UN SOUPÇON DE VÉRITÉ

Nancy Pickard

UN SOUPÇON DE VÉRITÉ

Traduit de l'anglais (États-Unis)
par Olivier de Broca et Isabelle St. Martin

Michel LAFON

Titre original :
The Whole Truth

7-13, boulevard Paul-Émile-Victor - Île de la Jatte
92521 Neuilly-sur-Seine Cedex

À mon fils, Nick.

1

Raymond

Le palais de justice de Bahia Beach, en Floride, offre une curieuse apparence de calme et de fraîcheur si l'on songe aux divorces, viols, meurtres, incendies volontaires, agressions et délits de toutes natures qui défilent jour après jour entre ses murs laiteux. Le tribunal de Howard County, au cœur de la vingt et unième circonscription judiciaire de Floride est un lieu de vifs contrastes et de douloureux paradoxes, d'ironie voilée comme de révélations brutales. Par-delà les hautes fenêtres étroites, le soleil de Floride est assez ardent pour roussir la peau des touristes, mais dans la salle d'audience, tout n'est qu'ombre et air conditionné.

J'ai le bout des doigts qui picotent en écrivant ces quelques phrases.

Elles semblent présager d'une surprise, d'un rebondissement quelconque, alors que selon toute vraisemblance il n'y en aura pas. Le jury doit rendre d'un instant à l'autre un verdict de culpabilité, et nous prévoyons déjà de revenir en rangs serrés d'ici trois ou quatre semaines pour entendre ce même jury prononcer une condamnation à mort.

Il n'empêche que mon introduction sonne comme l'annonce d'un dénouement inopiné.

C'est étrange, car je vois mal quel coup de théâtre pourrait survenir.

J'ai passé les dix jours qu'a duré le procès de Raymond Raintree, jugé pour l'enlèvement et le meurtre de Natalie Mae McCullen, à griffonner des notes avec des doigts engourdis par le froid. À présent, dans l'attente de la décision des jurés, je les replie dans le creux de mes paumes pour les réchauffer avant de reprendre le stylo. Je ne me sers pas de mon ordinateur portable parce que Mme le juge en a interdit l'usage, sous prétexte qu'elle ne supporte pas le cliquetis des claviers.

Le tribunal où siège Mme le juge Edyth Flasschoen – troisième chambre, deuxième étage – est particulièrement frisquet, parce qu'elle règle toujours le thermostat au plus bas. Il y fait si froid que l'on peut « sentir » l'air conditionné, une odeur métallique qui me pénètre les narines et s'y cramponne jusqu'à ce que je la déloge en déjeunant très épicé dans un restaurant de Bahia Boulevard. Mme le juge prend toutefois grand soin des membres du jury : aucun courant d'air glacé ne souffle directement sur eux.

Sur son estrade, calée dans un fauteuil à roulettes en cuir marron, Mme le juge tapote son micro d'un ongle vernis rose. C'est une virago d'une soixantaine d'années qui, sous le brushing irréprochable, cache des appétits de vampire. Lorsque je l'ai interviewée pour le livre que j'écris sur cette affaire, elle m'a confié : « Il fait toujours trop chaud à mon goût. Je pourrais me mettre nue sous cette robe, je continuerais à suer comme une truie... »

– Que le spectacle commence, ordonne-t-elle à présent à son huissier.

Je me suis installée au fond de la salle, du côté de l'allée où se trouve la table du procureur. Les bancs dans le dos de l'accusé sont bondés, mais les spectateurs qui y ont pris place n'ont pas l'air à leur aise. Nul ne veut laisser croire qu'il éprouve la moindre compassion pour Raymond Raintree.

Le juge Flasschoen fronce les sourcils en direction des avocats de la défense.

– Je préviens le public et la défense au premier rang, je ne tolèrerai aucun éclat à l'énoncé de ce verdict, quel qu'il soit. C'est bien compris ?

Cette mise en garde vise tout particulièrement Leanne English, l'avocate de Ray Raintree, ce qui paraît assez injuste, dans la mesure où elle n'a pas tenté grand-chose pour empêcher la condamnation de son client. Si la défense n'a pour seule obligation que de contraindre le procureur à démontrer la réalité des charges qui pèsent sur l'accusé, alors Leanne a été exemplaire. C'est pourtant vers elle que Mme le juge pointe un doigt menaçant :

– Nous ne prenons pas l'outrage à magistrat à la légère dans cette enceinte. Vous voulez assister à votre propre procès ? Vous voulez savoir ce qu'on ressent dans la peau d'un accusé ? Toute personne qui ne restera pas en silence à sa place se verra offrir l'occasion d'en faire l'expérience.

Leanne, une petite rouquine en tailleur noir seyant, hoche la tête.

Autant le jury a peu apprécié l'avocate, autant il a adoré le procureur, Franklin DeWeese, un grand Noir au visage régulier et aux manières engageantes, qui semble déjà promis à une carrière politique. Il a fourni une superbe prestation au cours du procès, fixant l'attention des jurés sur les preuves qui accablent l'accusé, tout en les détournant des deux questions troublantes restées en suspens : aucun mobile solide n'a jamais été établi, et à ce jour nul ne sait qui est réellement l'accusé.

Ray Raintree est un homme sans identité.

À une époque où les citoyens du monde s'inquiètent de la facilité déconcertante avec laquelle des inconnus peuvent accéder à tout ce qui touche leur existence, Ray semble être le fruit de la génération spontanée. Les archives criminelles informatisées ne l'ont pas identifié, pas plus que les services des empreintes digitales ou le test ADN. Personne, moi comprise, n'a pu lui dénicher le moindre passé. La chose n'a rien de réjouissant pour un auteur qui est censé remettre un manuscrit terminé à son éditeur dans deux semaines.

Dans son réquisitoire, Franklin DeWeese a insisté sur ce point :

– Peu importe qui était Ray et quels étaient ses antécédents avant le meurtre de Natalie. Peu importent les personnages qu'il a campés après l'avoir tuée. Une seule chose nous intéresse : savoir où il se trouvait et ce qu'il faisait à l'heure de la mort de la fillette. Et quand bien même il aurait été président des États-Unis la veille ou prix Nobel de physique le lendemain, cela n'aurait rien changé à notre affaire. Car Ray, ou quel que soit son nom, s'il est l'homme qui a tué cette enfant – et c'est lui –, est avant tout un meurtrier. Mlle English aura beau marteler qu'il vous faut connaître ses mobiles, je maintiens que la loi ne vous y oblige pas. Vous n'avez pas à savoir pourquoi il a commis ce crime ; il vous suffit de savoir qu'il l'a bien commis. Et cela, nous l'avons prouvé sans l'ombre d'un doute. Ray Raintree a enlevé cette enfant, il l'a tuée et il a mutilé son corps. C'est tout ce qu'il vous faut retenir pour le condamner.

Le procureur m'a convaincue, et sans doute a-t-il persuadé le jury.

Mais ce n'est pas cette argumentation juridique qui va nourrir de faits précis le ventre mou de mon livre. D'autre part, je suis mal à l'aise à l'idée que l'État où je vis puisse bientôt exécuter un homme dépourvu de toute identité. J'ignore pourquoi cela devrait me chagriner – en dehors des impératifs de délais que je dois respecter – mais le fait est que cela me tracasse.

Le chef du jury se lève, un papier à la main.

En ce jour de verdict, il arbore un costume bleu clair, une chemise blanche et une cravate bleu marine. Avec ses joues rougeaudes et ses cheveux noirs plaqués, on dirait qu'il arrive tout droit de sa ferme. Il a l'air sombre, nerveux, conscient de l'importance de son rôle et de cet instant. Ses collègues du jury ne le quittent pas des yeux, comme s'ils redoutaient, en regardant ailleurs, de révéler une décision que pourtant nous connaissons tous déjà.

J'ai suivi de nombreux procès, observé quantités de jurés et tous paraissent aussi apeurés et sincères au moment fatidique. Ray se lève, ses avocats l'imitent. Franklin et ses assistants sont debout. Dans la salle, chacun retient son souffle.

Je m'aperçois avec surprise que les battements de mon cœur se sont accélérés.

– Mesdames et messieurs les jurés, êtes-vous parvenus à un verdict ?

– Oui, Votre Honneur, annonce le premier juré d'une voix claire.

Après quelques phrases de jargon officiel, il annonce enfin :

– Le jury déclare à l'unanimité l'accusé coupable du chef d'inculpation numéro 62.

Une fois encore, je suis étonnée de constater à quel point ces quelques mots me soulagent.

Tant pis pour le coup de théâtre que je semblais prédire : voilà exactement comment ce procès devait s'achever, et maintenant qu'il est clos, je peux écrire mon dernier chapitre.

Dociles, nous conservons le maintien qui sied à une salle de tribunal. Mais un bruit mat nous fait soudain sursauter sur nos sièges.

Le père de Natalie, Tony McCullen, vient de claquer sa grosse main d'ancien boxeur sur la rambarde de bois qui le sépare des procureurs. À lui seul, ce geste parle pour nous tous : Oui ! Condamné !

Je souffre pour Tony et sa femme Susan. La décision prise par le jury sera peut-être une étape nécessaire sur le chemin de leur guérison, mais c'est aussi une compensation bien maigre, bien dérisoire pour la perte de leur petite fille.

Ray n'a pas bougé d'un cil depuis la lecture du verdict.

Un bras passé autour de ses épaules, Leanne lui murmure quelques mots à l'oreille. Très calme lui aussi, Franklin DeWeese se tourne pour serrer la main de ses assistants, pour embrasser Tony McCullen. Appelée à témoigner à la barre sur les faits et gestes de sa fille le soir de la tragédie, Susan McCullen a passé les jours suivants assise sur un banc à l'extérieur de la salle d'audience, soutenue par des parents et des amis. Elle avait le droit d'entrer pour écouter le verdict, mais elle m'a confié hier qu'elle préférait ne pas y assister.

– Je veux le voir mourir, m'a-t-elle dit, le visage creusé et les yeux hagards.

Elle ne veut pas poser son regard sur lui avant ce jour fatal.

Après le verdict, les membres du jury...

Les membres du jury regardent Ray Raintree avec une curieuse expression. Que se passe-t-il ? Qu'a-t-il encore fait ? Le sixième et le septième juré échangent un coup d'œil horrifié. Le chef du jury fronce les sourcils. Sa voisine de gauche semble prise de nausées, tandis que les autres détournent la tête, comme pour échapper à la vision d'une image intolérable.

Mme le juge ne semble rien avoir remarqué d'anormal. Sur son estrade, elle rassemble des documents pour fixer la date de la prochaine audience, au cours de laquelle on prononcera la sentence.

Mais il se passe décidément quelque chose du côté des jurés.

Je me lève aussi discrètement que possible et fais semblant de me dérouiller les jambes pour essayer d'en savoir plus. Tout au long du procès, j'ai éprouvé une grande sympathie pour les jurés, ne serait-ce que parce qu'ils ont dû souffrir le spectacle de Ray Raintree pendant dix jours. Je sais d'expérience que ce n'est pas une partie de plaisir. Quand on a plongé une fois dans ses yeux malsains, on frissonne d'horreur à l'idée que son visage fut le dernier contemplé par Natalie.

Leanne English s'apprête à dire quelque chose à Franklin.

Oh ! mon Dieu ! Ray la pousse violemment et la propulse dans l'allée en direction du procureur. Franklin laisse échapper un grognement de surprise lorsque l'avocate vient le heurter. Leanne s'accroche à son bras, il tente de la rattraper, mais elle lui glisse entre les mains et s'affale sur le sol avec un cri.

Plusieurs exclamations fusent.

Le tribunal plonge dans le tumulte.

Ayant écarté son avocate du chemin, Ray se dirige à présent vers l'estrade du juge Flasschoen.

– Tuez-moi ! lui crie-t-il. Tuez-moi tout de suite ! Allez ! Tuez-moi !

Le juge Flasschoen se dresse. Sa main droite disparaît dans la longue manche noire qui enveloppe son bras gauche, et en ressort armée d'un petit pistolet.

Elle vise... et ouvre le feu sur Ray, qui s'écroule.

Un juge vient d'abattre un accusé en plein tribunal !

Je m'entends crier en chœur avec des dizaines de spectateurs médusés :

– Il est mort ? Elle l'a tué ?

La Petite Sirène

par Marie Lightfoot

~

Chapitre premier

Le Sud de la Floride est un entrelacs de canaux menant tous à l'Intracoastal Waterway, cette grande voie navigable qui court du Texas à Boston, avant de se jeter dans l'océan Atlantique. Dans la ville de Bahia Beach, l'eau est omniprésente, au point de rendre perpétuellement nerveux les parents d'enfants en bas âge. Il suffit d'une minute, le temps de répondre à un coup de téléphone, pour qu'un bambin s'éloigne de quelques mètres et tombe à l'eau. On compte la bagatelle de trois cent vingt-sept canaux à Bahia Beach, pour la plupart bordés d'habitations. Ces maisons sont très souvent occupées par des familles, où l'on prévient les enfants dès qu'ils commencent à marcher à quatre pattes :

– Ne va pas près de l'eau !

Pour circuler en voiture à Bahia Beach, il faut franchir une multitude de ponts, dont certains basculants, qui se soulèvent pour livrer passage à des navires de gros tonnage, sous le regard impatient des automobilistes. Mais en général, il s'agit de petits ouvrages enjambant d'étroits canaux. La meilleure façon de les découvrir, c'est encore de passer dessous en bateau. Les enfants raffolent de ces balades, à moins qu'elles ne les effraient. Car sous chaque pont s'ouvre un autre univers, une grotte sombre et humide, incrustée de bernacles, où règnent des odeurs de poisson et de varech. Il faut attendre la marée basse pour s'y aventurer, car l'eau qui monte et reflue chaque jour de l'Atlantique vient lécher le tablier du pont. Lorsque la mer se retire, les canotiers peuvent glisser sous les arches en se couchant au fond de leur barque, la voûte défilant à quelques centimètres seulement de leur visage. Mais à l'étale de jusant, le niveau de l'eau est suffisamment bas pour permettre à un homme de la taille de Brad Williams – un mètre quatre-vingt-dix – de passer sans même courber la tête.

Le 16 juin au matin, Brad, qui arbore une épaisse crinière de cheveux blond-roux malgré ses cinquante-sept printemps, était assis au gouvernail de son canot à moteur, baptisé *Carrousel.* Sa femme Jeannie, son aînée de quelques années, mais au physique entretenu par la pratique régulière du tennis, avait pris place devant lui, le visage tourné vers la proue. Elle tricotait un gilet pour sa petite-fille, bercée par le ronronnement rassurant du moteur diesel de onze chevaux. Le petit bateau est un héritage que Brad entretient avec soin et que tous les membres de la famille aiment comme un animal domestique. Une sorte de poney infatigable qui les transporte partout ou presque, chez leurs amis qui habitent les pieds dans l'eau, parfois même en pleine mer, où le *Carrousel* bondit sur les flots avec légèreté.

Ce mardi matin, le couple se rendait à la maison des

parents de Brad, sur un canal voisin. Les Williams père et mère préférant passer l'été dans leur Maine natal, ils laissent à leur fils et belle-fille le soin de surveiller leur propriété. Pour Brad et Jeannie, cette visite de routine est un excellent prétexte à une balade matinale sur le *Carrousel.*

Au-dessus de leur tête, à hauteur de rue, bourdonnait la circulation automobile de Bahia Beach, avec ses quelque cent mille habitants. Mais au fil de l'eau, tout était paisible. Le petit moteur silencieux leur permet de longer les jardins sans troubler la tranquillité de ce quartier résidentiel.

Pour atteindre la maison de ses parents, Brad doit franchir trois ponts. Au premier, qui fait la jonction entre Sunrise Boulevard et la 14e Rue, Jeannie était si absorbée par son tricot (il fallait que ce gilet soit terminé dimanche pour le baptême) que Brad dut lui rappeler de s'incliner. Le niveau de l'eau était encore haut, obligeant les Williams à se plier en deux pour passer, mais ils avaient l'habitude. Après plus de trente ans sur les berges, ils se courbaient sous les ponts aussi naturellement qu'un promeneur évite une branche d'arbre.

Le premier obstacle fut donc franchi sans encombre. Jeannie n'a pas sauté une maille. Le gilet en confection était d'un blanc éclatant, comme l'exigeait la cérémonie. Le fil de coton était si délicat qu'elle craignait d'accrocher les fibres avec ses doigts rendus calleux par le carénage de leurs différents bateaux.

Un œil sur son tricot, Jeannie ne perdait pourtant rien de la beauté du décor. Les pelouses vertes qui descendaient en pente douce vers les pontons et les margelles soigneusement entretenues. Les jolies maisons. Les grands palmiers. Le concert des perroquets sauvages. Les jardins où poussaient fièrement les orangers, les avocatiers ou pamplemoussiers qui, à cette période de l'année, ployaient sous les fruits. Quelques pélicans à grand bec, perchés sur des poteaux en bois. Les mouettes qui tournoyaient au-dessus des mâts. Et, surplombant le tout, un ciel bleu et ensoleillé. C'était une matinée idéale, semblable ou presque à toutes celles que découvrent au réveil ceux qui ont la chance d'habiter la Floride. À 7 heures du matin, le thermomètre indiquait déjà trente-trois degrés, mais à fleur d'eau, la température restait agréable.

Jeannie et Brad ne se lassaient pas de ces journées où tout semblait leur sourire. Vingt-cinq ans de mariage. Trois filles merveilleuses. Et désormais une petite-fille, un adorable bout de chou appelé Melanie. Brad lui construisait déjà un lit en forme de bateau qui, une fois terminé, la bercerait doucement, comme si elle voguait sur les mers.

Le deuxième pont était aussi facile à négocier que le premier. Baisser la tête. S'engager sous la voûte. Ressortir de l'autre côté.

Les amis des Williams appréciaient beaucoup ces excursions à bord du *Carrousel*, même si certains, plus habitués au plancher des vaches, étaient pris d'une vague appréhension à l'approche des ponts. Il faut parfois se courber si bas que l'on a peur de se racler le dos contre le ciment ou de se cogner aux travées. Mais les Williams n'ont encore perdu aucun de leurs passagers.

Le troisième et dernier pont était en vue. Au-delà, Brad pouvait apercevoir la maison de ses parents.

– Elle est toujours debout, plaisanta-t-il, avec un fort

accent du Maine, sa région natale qu'il a pourtant quittée à l'âge de vingt ans.

– Tiens, quelqu'un a abandonné sa canne à pêche, remarqua Jeannie, avec des intonations qui trahissaient son éducation bostonienne. La police a dû l'embarquer.

À l'approche du troisième pont, ils virent en effet une canne à pêche coincée entre deux piliers du garde-fou. Il était interdit de pêcher ici, mais beaucoup s'y risquaient malgré tout. Bahia est une ville plutôt prospère, comme Pompano Beach au nord ou Fort Lauderdale au sud, mais l'endroit attire également de nombreux sans-abri, et il faut bien se nourrir. Jeannie ne voudrait rien avaler qui ait été pêché dans ces canaux. Simple snobisme peut-être, mais elle ne peut s'empêcher de penser à la pollution que laissent dans leur sillage toutes les péniches empruntant l'Intracoastal Waterway. Sans parler des rejets industriels. Jeannie n'en démord pas : ce qui vit dans ces eaux peut bien y rester et si elle devait un jour connaître la faim, elle préfèrerait faire la queue devant une soupe populaire.

En s'approchant, les Williams constatèrent que la canne en fibre de verre était arquée et la ligne tendue.

– Encore un qui a attrapé une vieille chambre à air, dit Jeannie.

– Tu dates ! railla Brad. Aujourd'hui, les pneus n'ont plus de chambre à air...

– J'ai dit « vieille », non ?

Brad songea que la canne ressemblait au genre d'instrument dont se servait son gendre, un fondu de pêche, pour ferrer un gros espadon, plus qu'à la gaule d'un vagabond cherchant à prendre une sole. On imaginait mal que son propriétaire ait pu l'abandonner ici. Si la ligne était coincée sous le pont, il lui suffisait de la couper pour sauver son matériel.

Brad ralentit le bateau.

Les Williams aperçurent alors un homme revêtu de l'uniforme marron clair de la police de Bahia Beach, appuyé à la rambarde du pont. Une paire de lunettes de soleil pendait à sa main gauche. Son regard était braqué sur l'endroit précis où la ligne disparaissait dans l'eau sombre. Puis ses yeux se portèrent sur les occupants du canot. Il leur cria :

– Vous voyez ce qu'il y a au bout de cette ligne ?

Tandis que Brad manœuvrait aussi près que possible du fil sans le toucher, Jeannie se pencha à tribord. Au début, elle ne vit rien, parce que l'eau était noire sous le pont. Puis elle distingua une masse sombre...

Un poisson ?

Non ! Elle eut un mouvement de recul parce qu'elle avait cru reconnaître une touffe de poils et qu'elle avait aussitôt pensé à un ragondin. Se reprenant, elle regarda de plus près. Non, les poils étaient trop longs, trop légers pour...

Jeannie porta soudain la main à sa bouche.

Elle laissa échapper un petit cri et Brad comprit qu'il se passait quelque chose de grave. Il se sentit remué au plus profond de lui-même lorsque sa femme se mit à hurler :

– C'est un corps ! Oh, mon Dieu ! C'est un enfant !

Aujourd'hui, Jeannie ne se rappelle pas avoir prononcé ces mots, ni même avoir crié. Ce dont elle se souvient en revanche, ce qu'elle n'oubliera jamais, ce sont ces cheveux qui flottaient dans l'eau, avec, encore pincée au bout d'une mèche, une barrette de plastique rose comme en portent les petites filles.

Ce matin-là, l'eau en se retirant inexorablement découvrit aux yeux des observateurs horrifiés un corps de petite taille, le corps d'une fillette, suspendu au pont par un fil de pêche enroulé autour de son cou.

Le policier descendit précipitamment sur la rive et plongea dans le canal sans se donner la peine d'ôter ses chaussures. S'il y avait la moindre chance de sauver l'enfant, il fallait la sortir de l'eau le plus vite possible. Mais tout lui disait qu'elle était morte depuis un moment déjà : le cou paraissait brisé, la peau était toute fripée et le corps frêle flottait lourdement dans l'eau.

Il constata en effet que la petite fille était morte. Dès lors, mieux valait la laisser exactement comme il l'avait trouvée, afin de mener une enquête méthodique sur son décès.

L'uniforme ruisselant, le policier se hissa sur la berge.

Une troupe de badauds commençait à s'assembler.

C'était un spectacle horrible que ce corps peu à peu mis au jour par le retrait de l'eau, d'abord la tête, anormalement inclinée sur le côté, puis les épaules vêtues d'un tee-shirt blanc si imbibé qu'on voyait la peau à travers. Terrible ironie, le tee-shirt représentait La Petite Sirène, un personnage de dessin animé très apprécié des fillettes quelques années auparavant. On vit aussi un short rose, des jambes et des pieds nus, mais seulement lorsque le corps de l'enfant fut enfin étendu avec précaution sur une embarcation de la police. En attendant, il resta suspendu là pendant une durée qui sembla interminable, tandis que les policiers prenaient photos, croquis et notes.

Les cheveux de l'enfant tombaient en mèches éparses sur ses épaules. Ils avaient cette couleur sombre et terne que prennent les cheveux blonds lorsqu'ils sont détrempés. La barrette rose était toujours en place.

Aucun des enquêteurs présents ne souhaitait laisser l'enfant pendue à ce pont une seconde de plus que nécessaire. Mais ils ne voulaient pas prendre le risque de commettre la moindre erreur qui pût entraver l'arrestation et la condamnation du meurtrier. Une certaine lenteur d'action était impérative, quitte à choquer les habitants du quartier.

– Qu'attendez-vous pour la décrocher ? criaient-ils. Vous ne pouvez pas couper cette ligne ? !

Dans le canot se trouvaient deux membres de la police maritime de Bahia Beach, créée en 1965. À l'époque, un brigadier et deux agents devaient se contenter d'un Zodiac pour patrouiller deux cent vingt kilomètres de canaux et huit kilomètres de plage. Une tâche évidemment impossible. Aujourd'hui, la section maritime comprend une dizaine d'hommes disposant d'un entraînement spécial et affectés à des embarcations de plusieurs types. Ce jour-là, il s'agissait d'un Boston Whaler de 7,50 mètres. Les agents de cette brigade sont pour l'essentiel chargés de réguler la circulation sur les canaux – ils infligent des amendes pour excès de vitesse, arrêtent les plaisanciers qui ont un verre dans le nez. Mais on fait également appel à eux lorsqu'on a besoin d'un plongeur ou d'accéder par voie d'eau aux lieux d'un crime.

Aussitôt que possible, mais seulement après en avoir

reçu l'autorisation de leurs collègues de la section criminelle, ces policiers déposèrent l'enfant sur leur bateau. L'autre solution aurait consisté à la remonter avec la canne à pêche mais on y renonça rapidement. Non pas que les agents à terre fussent trop délicats pour tenter la manœuvre, mais ils risquaient de déchirer le cou et de provoquer des lésions post mortem pouvant compromettre l'autopsie.

Chacun se sentit soulagé de voir le petit corps enfin libéré de son collet et enveloppé dans un grand sac noir. On l'emporta par voie d'eau, car c'était à la fois plus rapide et plus discret, jusqu'aux appontements de la police, situés sur la 12e Rue Nord-Est.

Pendant ce temps, le pont restait partiellement fermé à la circulation, au grand dam des automobilistes et plaisanciers qui ignoraient encore la raison de ces perturbations. Mais après tout, on était à Bahia Beach, et tout le monde avait l'habitude d'attendre patiemment l'ouverture des ponts basculants.

Les Williams laissèrent leurs nom et adresse à la police, puis s'éloignèrent à bord du *Carrousel*. Terriblement secoués, ils poursuivirent leur chemin vers la maison des parents de Brad. Ils ne virent pas le corps de la petite fille sorti du canal. Jeannie en était heureuse, car le peu qu'elle avait aperçu suffirait à la marquer jusqu'à fin de ses jours.

Le dimanche suivant, à la cathédrale Saint-Joseph, Jeannie et Brad devaient verser des larmes silencieuses au baptême de Melanie. Main dans la main, ils penseraient à cette autre petite fille et aux grands-parents qui pleuraient sa mort. Comme toute la Floride, les Williams sauraient alors le nom de la victime et de ceux qui l'avaient chérie.

– La vie est un don extraordinairement précieux, dira Jeannie à ses filles ce matin-là. Tous les jours, je bénis le ciel que vous soyez là pour en profiter avec nous.

Elle sait que cette pensée l'habitera toujours et qu'elle ne pourra pas quitter des yeux un instant ses petits-enfants lorsqu'elle en aura la garde.

Les policiers de la brigade criminelle se présentèrent sur les lieux du crime peu après 7 h 30 du matin.

Le premier agent sur place, Jimmy Clubman, n'avait pas chômé avant leur arrivée. Il avait travaillé le plus consciencieusement du monde, malgré ses vêtements et ses chaussures détrempés. Jeune policier ne faisant état que de deux années de service, Clubman est lui-même père de deux enfants. Il a été très choqué par sa découverte macabre.

– Je patrouillais mon secteur...

Il raconte comment, tous les matins, il sillonne ce quartier résidentiel.

– J'ai remarqué la canne à pêche sur le pont, mais je n'ai pas vu son propriétaire. J'ai pensé qu'il m'avait repéré et s'était enfui ou caché, sans avoir le temps de dégager son matériel. Je suis descendu de voiture dans l'idée de le chercher, parce qu'il ne devait pas être allé bien loin, avec cette belle canne à pêche plantée là.

Le policier tenta de la déloger d'entre les piliers de la rambarde, mais il ne réussit pas même à la bouger, car la ligne était prise dans l'eau.

– Sans ce couple qui passait par là en canot, je serais probablement remonté dans ma voiture. Quand j'ai vu que la canne était vraiment coincée, je me suis dit qu'après tout c'était une bonne leçon pour le pêcheur. Une leçon qui valait tous les avertissements que j'aurais pu lui donner. Avec les déchets qui flottent sous ces ponts, on a vite fait d'y laisser son hameçon.

Avant l'arrivée du *Carrousel*, il tira plusieurs fois sur la ligne, en vain. Par la suite, il eut un frisson en pensant au choc qu'il aurait éprouvé s'il avait réussi à ramener la prise... En deux années de service, il avait déjà eu l'occasion de voir des scènes peu ragoûtantes. Il préférait ne pas tomber dessus quand il patrouillait seul. Le fait d'avoir de la compagnie, même celle de deux civils apeurés, lui avait facilité la tâche.

Car Jimmy Clubman avait du pain sur la planche.

Pour commencer, il ordonna aux Williams de rester dans leur bateau jusqu'à l'arrivée de la brigade criminelle.

– Ils me faisaient de la peine, raconta-t-il ensuite. Tu parles d'une surprise, quand tu te paies une petite virée en bateau de bon matin...

Mais il n'eut guère de temps à leur consacrer. Les Williams durent se réconforter mutuellement. Car le policier devait d'abord penser à protéger au maximum le lieu du crime, notamment en bloquant la voie du côté où se trouvait la canne à pêche, à l'aide de sa voiture et des cônes orange sortis de son coffre.

Il ne jugea pas nécessaire de fermer complètement le pont car cette rue menait à une sorte de péninsule et les habitants resteraient bloqués chez eux pendant la durée des investigations sur le lieu du crime. À coup sûr, ils pousseraient des hauts cris et les pompiers n'apprécieraient pas non plus. Lorsque Clubman appela son chef pour signaler la découverte du corps et demander des renforts, il lui suggéra de mobiliser la police maritime afin de neutraliser la zone en interdisant tout accès par voie d'eau.

Le sergent Clubman nota que la découverte du corps intervint à 7 h 12. Il consigna également que la température de l'air était de trente-quatre degrés, que le ciel était dégagé, avec une légère brise soufflant du sud-ouest et un taux d'humidité de 90 %.

Il espérait que ces informations – en particulier l'heure, la température et l'humidité – aideraient le médecin légiste à déterminer l'heure de la mort. Il aurait fallu prendre aussi la température de l'eau mais la brigade criminelle s'en chargerait, comme de vérifier les autres données. Clubman rédigea une description précise du corps, concluant que le visage de la victime paraissait « serein ». Les inspecteurs dépêchés sur les lieux du crime feraient leurs propres observations, mais Clubman a l'ambition de monter en grade : il s'entraîne à raisonner comme eux, à relever tous les détails qui pourraient avoir de l'importance. Par exemple le fait qu'on ne voyait pas trace d'œil exorbité ou de langue saillante, habituels en cas de strangulation.

– À mon avis, elle n'a pas succombé pendue à cette canne à pêche. Elle était déjà morte quand on l'a accrochée là, et il me paraît évident qu'elle a été assassinée. Parce que je ne vois pas d'autre explication.

Ni lui ni aucun des enquêteurs chargés de ce meurtre n'envisagèrent sérieusement la possibilité qu'il ait pu s'agir d'un suicide. Tout d'abord, il fallait prendre en considération le très jeune âge de la victime. Non pas que les enfants ne se donnent jamais la mort ; on sait malheureusement que de tels drames surviennent. Mais il y avait aussi la méthode même de cette pendaison, impossible à mettre en œuvre par une personne seule. Les enquêteurs ont vite écarté l'hypothèse selon laquelle il aurait pu s'agir d'un accident macabre. Un policier à l'esprit tordu suggéra que des enfants avaient pu jouer « au pêcheur », qu'ils avaient utilisé l'enfant comme « appât » avant de prendre la fuite, terrifiés par les conséquences de leur geste. Mais le lieu, la victime, la méthode, tout plaidait en faveur de l'homicide.

Clubman jugea que l'enfant devait avoir six ans.

Il avait vu juste. Son sixième anniversaire remontait au 1er mai dernier. La petite fille était de race blanche, elle mesurait exactement quatre-vingt-neuf centimètres, pour un poids de vingt kilos. C'était une enfant menue, aux cheveux blonds coupés à hauteur d'épaules, avec une longue frange sur le devant. On apprit par la suite qu'elle aimait quand sa mère dégageait ses cheveux sur les côtés pour les nouer au sommet de la tête avec une ribambelle de barrettes en plastique de toutes les couleurs. Elle avait des yeux bleu nuit. Les policiers ne le surent que plus tard, car lorsqu'ils virent Natalie pour la première fois, ses paupières étaient fermées. Pour les hommes qui l'ont détachée puis déposée avec tendresse au fond de leur bateau, c'était aussi bien ainsi. Les plus endurcis d'entre eux trouvaient difficiles de croiser le regard d'un enfant mort.

La police de Bahia Beach n'eut aucun mal à identifier la jeune victime.

Pourtant, sa disparition n'avait pas été signalée. Mais la petite Natalie portait dans la poche gauche de son short rose une carte d'identité plastifiée.

« Je m'appelle Natalie McCullen. J'habite au 2533 Palm Sunrise, Bahia Beach, Floride. Mon numéro de téléphone est le 394-999-1232. Mes parents s'appellent Susan et Anthony McCullen. Merci de les appeler pour moi. »

À première vue, cette carte pouvait intriguer car Natalie paraissait assez grande pour se rappeler son adresse et son numéro de téléphone. Soigneusement tapés à la machine, ces renseignements donnaient presque à penser que ses parents s'attendaient à ce qu'elle soit un jour identifiée par des inconnus. Mais l'explication figurait en caractères gras sur la carte : **Je suis sourde**.

Il ne fallut pas plus de dix secondes au capitaine Cynthia Giancola, la supérieure de l'agent Clubman, pour comprendre que ce meurtre allait défrayer la chronique. Le tueur semblait avoir placé à dessein le corps en évidence sur ce pont. La victime, la méthode et le quartier allaient contribuer à donner la plus grande publicité à cette affaire. Les médias ne tarderaient pas à s'en emparer. Sans perdre une minute, le capitaine Giancola tira sur les ficelles pour que le dossier soit confié à deux excellents inspecteurs, Paul Flanck et Robyn Anschutz.

Sans être hispanique, l'inspecteur Paul Flanck en a le physique.

– Ça aide, reconnaît-il, surtout ici où une personne sur deux parle espagnol.

Au moment où il fut affecté à cette enquête, il avait trente-deux ans et se décrivait comme un « bon gars, culturiste à ses heures et fanatique de course à pied », originaire de Fort Meyers, en Floride. Il était divorcé, sans enfant. Son principal hobby consistait à prendre des leçons d'espagnol.

– Faut bien penser à l'avenir...

Un avenir proche où, à l'entendre, l'anglais se trouvera relégué au rang de deuxième langue en Floride.

L'inspecteur Robyn Anschutz ne partage pas sa vision des choses. À trente-quatre ans, mariée à un fils d'exilé cubain, elle considère que les Hispaniques continuent de subir un statut de minorité, quelles que soient les données démographiques. Jolie, les cheveux blonds coupés courts, le sourire chaleureux et les yeux noisette, Robyn offre un contraste physique frappant avec son coéquipier. Seule ressemblance, ils ont la même taille – un mètre soixante-quinze –, mais en relevant ses cheveux en chignon sur le sommet de sa tête, Robyn s'octroie deux ou trois centimètres de plus que Paul, prétexte à d'infinies taquineries.

Le sort de la population d'origine hispanique est l'un des nombreux thèmes sur lesquels les inspecteurs se chamaillent régulièrement, comme un vieux couple marié. Ils ont la franchise de reconnaître que leur « union » professionnelle n'a pas été bénie par les dieux de l'Olympe :

– Loin de là ! dit Robyn en riant. Plutôt par les pontes de la police, au rez-de-chaussée d'un commissariat...

Leurs supérieurs les considèrent tous deux en effet comme des éléments de grande valeur.

Le sourire avenant de Robyn incitc lcs malfrats à se mettre à table, tandis qu'avec ses muscles et son regard noir, Paul impressionne les suspects sans avoir à porter la main sur eux. Les deux inspecteurs sont réputés pour leur sens du devoir. Autrement dit, s'il y avait une équipe capable d'obtenir des résultats aussi rapides que fiables, évitant ainsi tout embarras à la police de Bahia Beach, c'étaient bien Flanck et Anschutz. À eux de mettre leurs différences personnelles dans leur poche et leur mouchoir par-dessus.

Outre le fait qu'ils étaient de bons flics, Paul et Robyn avait un point commun : ni l'un ni l'autre n'avait d'enfant, pas même d'un second mariage. Par la suite, Paul avait déduit que c'était peut-être une des raisons pour lesquelles on leur avait confié cette enquête.

– C'était censé nous rendre plus objectifs ? demanda-t-il au capitaine Giancola. Vous vous êtes dit qu'on prendrait la chose moins à cœur ? Si c'est le cas, eh bien, ça n'a pas marché...

Mais on lui a affirmé que cela n'avait rien à voir.

Ce genre de doutes surgissent plus tard, quand, le recul aidant, on voudrait revenir sur le déroulement d'une enquête et que les donneurs de leçons s'empressent de vous expliquer comment il aurait fallu s'y prendre. Le 17 juillet au matin, les inspecteurs Flanck et Anschutz ne savaient qu'une chose : ils avaient l'ordre de se rendre le plus vite possible sur les lieux du crime. Là, ils pourraient compter sur l'unité légiste de la brigade criminelle. Comme l'explique Paul :

– Ce sont nos spécialistes de terrain. Ils réunissent les indices et ils sont chargés de les conserver jusqu'au moment de leur présentation au tribunal.

L'organisation des forces de l'ordre n'est pas la même en Floride que dans d'autres États américains. Ainsi, il n'existe pas de police d'État, à part une police de la route dont la mission se borne, comme son nom l'indique, à la surveillance des autoroutes. L'autorité se trouve donc dévolue en grande part au shérif. Chaque comté possède son propre laboratoire de recherches, et dans les villes de moindre importance, le représentant de la loi est un shérif adjoint détaché. Mais Bahia Beach est assez grand pour financer un service de police et diligenter ses propres enquêtes, du vol à l'arraché à l'attentat terroriste.

Les policiers trouvèrent un certain nombre d'éléments importants sur les lieux du crime.

Paul Flanck découvrit lui-même l'empreinte de pied sur le yacht. Et les cendres. Et les empreintes digitales sur la canne à pêche. Et les marques dans le sol à l'endroit où le meurtrier avait planté la pointe de ses chaussures pour escalader le talus et ses talons pour redescendre. Un lien direct serait ensuite établi entre ces indices et le crime. Robyn, de son côté, eut une intuition qui devait mener à l'arrestation éclair du suspect.

La découverte d'un enfant assassiné, cette horrible expérience infligée aux Williams, a souvent pour effet de modifier le comportement des gens, parfois de manière spectaculaire. Mais comme le dit Paul :

– C'est une leçon dont je me serais bien passé ! Je préfèrerais être aussi bête et ignare qu'avant, si ça pouvait ramener Natalie à la vie.

Quelle épreuve terrible, pour des parents, d'attendre des nouvelles de leur enfant disparu et d'apprendre sa mort. Mais s'il y a une situation plus cauchemardesque encore, c'est sans doute celle qu'ont vécue les parents de Natalie McCullen ce matin-là.

Car ils ne s'étaient même pas aperçus de sa disparition.

Apparemment, Natalie est sortie en cachette de la maison pour une petite escapade en solitaire. Et cela après que sa mère l'eut embrassée et mise au lit, c'est-à-dire aux environs de 21 heures, le lundi soir, 15 juin.

Aux dires de tous les témoins, Natalie avait l'âme aventureuse. Contrairement aux autres enfants, elle n'avait jamais peur du noir. Lorsqu'elle jouait dans le jardin, à la nuit tombée, Susan et Anthony devaient toujours l'appeler plusieurs fois, en faisant clignoter la lampe de la véranda.

– Elle serait restée dehors toute la nuit, si on la laissait faire, dit Susan.

Pour ses parents, Natalie était une étoile filante, un feu follet qui brillait jour et nuit. Une fillette qui connaissait tous les habitants du quartier, vive et spontanée comme un jeune chiot.

Lorsque la sonnette des McCullen retentit à 8 h 30 ce mardi matin, Susan alla ouvrir en robe de chambre et trouva deux inspecteurs de police, un homme et une femme, à la porte de sa maison. Ils déclinèrent leur identité, puis lui demandèrent avec le plus grand ménagement :

– Vous êtes la mère de Natalie McCullen ?

– Oui. Pourquoi ? Elle a fait quelque chose de mal ? Elle n'a que six ans !

– Madame, nous sommes désolés de vous poser la question mais... vous savez où se trouve votre fille ?

– Bien sûr ! Elle dort dans sa chambre !

– Vous voulez bien vérifier ?

– Pourquoi ?

Mais Susan n'attendit pas leur réponse. Le cœur soulevé par une angoisse épouvantable, elle pivota sur ses talons et disparut dans le couloir menant à la chambre de sa fille.

Les policiers l'entendirent pousser un cri.

– Natalie ! Natalie ? Où es-tu ?

Sur le perron, tremblante, Robyn Anschutz prit une longue inspiration. Elle sentit ses yeux s'emplir de larmes et ses lèvres tressaillir. Son coéquipier serra les mâchoires, en se répétant simplement : « Merde, merde et merde. »

– Où est ma fille ?

Folle de panique, la mère revint en courant devant les policiers, qui auraient voulu être à mille lieues d'ici.

Ils lui apprirent qu'on venait de trouver le corps d'une petite fille – sans donner plus de détails pour le moment – et que l'enfant portait dans sa poche une carte au nom de Natalie McCullen. Ils la lui décrivirent, ainsi que ses vêtements. Ils lui dirent que, selon toute vraisemblance, il s'agissait bien de Natalie. Enfin, ils l'informèrent que le corps de la petite était en route pour la morgue.

– Il y avait de quoi vous donner envie de changer de métier et de gagner votre vie à tondre des pelouses, devait raconter plus tard Paul Flanck.

La situation était rendue plus pénible encore par le fait que, dans les meurtres d'enfants, les premiers suspects sont toujours les parents. Il fallait donc interroger Susan et Anthony au moment où ils se trouvaient confrontés au pire choc et à la plus grande détresse de leur existence. Difficile pour les deux policiers d'imaginer que la jeune femme désemparée qui se tenait devant eux sur le seuil de sa maison, au bord de la crise d'hystérie, ait pu sauvagement assassiner sa propre fille.

– Mon bébé, mon bébé, répéta Susan McCullen, avant

de s'effondrer sur le sol, au milieu des larmes et des cris. Non, non, non !

L'homme qui accourut à son secours sembla si anéanti par la nouvelle de la mort de sa fille que le premier réflexe de l'inspecteur Robyn Anschutz ne fut pas de le bombarder de questions mais de le serrer dans ses bras.

2

Raymond

– Vous êtes dans mon tribunal !

Mme le juge Flasschoen a posé son pistolet pour se saisir de son marteau. Elle se met à frapper à coups répétés.

– Silence ! J'exige le silence dans mon tribunal !

Nous jouons tous des coudes pour voir ce qu'il est advenu de l'homme sur lequel elle vient de tirer.

Elle se rassied si pesamment que son fauteuil part en roue libre heurter le mur derrière elle. Sous le choc, on entend son cou craquer dans le microphone accroché aux plis de sa toge. Mme le juge se frotte la nuque puis se drape du silence hautain de la justice, tandis que le chaos se déchaîne sous ses yeux.

Ray gît inerte au pied de la tribune.

À travers la foule, j'aperçois Leanne qui se relève et se précipite à son côté. Un genou au sol, elle crie :

– Mais enfin, faites quelque chose ! Appelez une ambulance ! Il a besoin d'un médecin !

Derrière moi, les deux battants de la porte principale s'ouvrent à toute volée et claquent contre le mur. Cinq shérifs adjoints de Howard County font irruption dans la salle. Deux d'entre eux, en uniforme vert bouteille, chemise à manches courtes et badge doré à la poitrine, prennent position au fond du tribunal, pour empêcher le public de sortir. Un troisième s'engage dans l'allée centrale :

– Mesdames et messieurs, asseyez-vous et restez calmes. Silence ! Reprenez vos places ! Nous vous laisserons sortir dans deux minutes, mais pour le moment nous avons besoin de votre coopération.

Lentement, à contrecœur, nous obtempérons, mais quelques secondes plus tard, nous bondissons de nouveau sur nos pieds et le brouhaha reprend.

La rumeur vient de se répandre que Ray est vivant, mais inconscient. Je tente alors de m'approcher furtivement, espérant qu'aucun shérif adjoint ne m'en empêchera. Je veux voir de mes propres yeux, pour mon livre.

– Excusez-moi. Il faut que je passe. Merci.

Les spectateurs s'écartent avec obligeance. Quelques-uns me dévisagent sans gêne, comme s'ils se rappelaient vaguement m'avoir vue sur les jaquettes de mes livres, dans un article de magazine ou à la télévision.

– Vous ne seriez pas... me dit même quelqu'un.

Je hoche la tête, souris et continue.

Je suis presque arrivée, il est là...

Je m'arrête, sentant mes genoux fléchir à la vue de Ray Raintree allongé face contre terre. Voilà des années que je décris des meurtres, mais c'est la première fois que je vois un homme se faire abattre d'un coup de feu. Les cadavres à la morgue, c'est une chose – j'en ai vu assez pour y être presque habituée – mais un homme blessé sous mes yeux, un homme que je connais personnellement... c'est effrayant. Je ne vois pas couler de sang, qui doit maculer sa chair et ses vêtements. Ses avocats l'ont habillé d'une chemise blanche, d'un pantalon sombre et d'une cravate, pour tenter de lui donner une allure normale. Ses baskets noires – ils n'ont jamais réussi à lui faire mettre des chaussures de ville – sont immobiles sur le plancher.

Il est peut-être bien mort, après tout, et pas seulement blessé...

Je jette un coup d'œil à droite, vers Tony McCullen. Assis au milieu de spectateurs debout et agités, le père de Natalie semble sonné. Il se penche en avant et pose la tête entre ses jambes, comme s'il était sur le point de s'évanouir.

– Marie ! Viens !

Je sursaute à l'appel de mon nom.

C'est l'assistant de Leanne, Manny Meade, qui me fait signe.

Avec le juge et quelques jurés, Manny est sans doute la personne la plus âgée de ce côté-là de la barrière qui sépare les acteurs du public. Gros, le visage plein, toujours débraillé dans ses costumes immenses, Manny ressemble plus à un caïd de la pègre qu'à un assistant judiciaire. Je n'ai pas encore trouvé le moyen de le décrire avec tact dans mon livre. J'hésite aussi à révéler qu'il a fait autrefois de la prison pour avoir truqué des événements sportifs. En tant que repris de justice, Manny ne peut pas prétendre devenir avocat, mais la loi de Floride lui permet de travailler comme assistant judiciaire.

Âgé de soixante-trois ans, Manny est aussi un ancien combattant.

– Le plus vieil assistant judiciaire au sud de la Floride, aime-t-il se vanter, même si je doute que ce soit vrai.

Il entrouvre le portillon par lequel entrent et sortent les témoins. Je me glisse à l'intérieur.

– Manny !

Je tente de maîtriser ma voix chargée d'adrénaline. Il me paraît soudain inconvenant d'être aussi assoiffée de détails.

– Il est gravement blessé ? Leanne n'a rien ?

– Je ne sais pas.

Je me tourne pour interroger l'adjoint de Leanne, Jaime Suarez, qui hausse les épaules :

– Je n'en sais pas plus que vous.

– Pourquoi n'allez-vous pas l'aider ?

– Leanne a la situation en main, affirme Manny.

– Pas question de toucher ce salopard, grimace Jaime.

Si son client pouvait l'entendre, il serait en droit de lui intenter un procès pour faute professionnelle. Dans un chapitre de mon livre, au premier jet, j'avais décrit Jaime comme « un homme grand et mince, élégant, qui affiche le regard impassible des prisonniers de guerre et le rictus cynique d'un malfrat ». En me relisant, j'ai supprimé la phrase, parce que je n'ai pas l'habitude d'insulter mes personnages.

– Vous n'allez pas me citer, hein ? s'empresse-t-il d'ajouter.

– Promis, mais à une condition : dites-moi ce que Leanne a dit à Ray.

– Quand ça ?

– Juste avant qu'il perde les pédales. Elle s'est penchée

pour lui murmurer quelque chose à l'oreille. Qu'est-ce que c'était ?

– Elle a dit quelque chose ?

Jaime jette un coup d'œil en direction de l'assistant judiciaire, qui doit avoir trente ans de plus que lui et autant de kilos. Les mauvaises langues prétendent qu'il y a la même différence entre leur QI, à l'avantage du plus âgé. Une autre observation que j'ai gommée après l'avoir écrite.

– Tu l'as entendu dire quelque chose, Manny ?

L'intéressé fait non en secouant son double menton.

– Elle lui a passé un bras sur les épaules, dis-je pour leur rafraîchir la mémoire. Et elle lui a soufflé quelque chose. Une seconde plus tard, il a pété les plombs. Vous ne savez pas ce qu'elle lui a dit ?

Manny grommelle du coin de la bouche :

– Peut-être bien que c'était : « Réglez mes honoraires avant le premier du mois, Ray. »

La plaisanterie m'arrache un sourire.

Jaime incline la tête de mon côté.

– Alors, Marie, vous allez encore faire passer les criminels pour des héros et nous pour de pauvres abrutis ?

– Marie n'a jamais la dent dure pour personne, sauf pour les tueurs, dit Manny.

Il m'adresse un clin d'œil avant de se retourner vers son jeune patron :

– En plus d'être très jolie, elle est toujours réglo avec les gens qu'elle décrit. Tu n'as pas lu ses bouquins ?

– Merci, Manny.

– Tu crois que j'ai le temps de *lire* des histoires de procès ? dit Jaime. Et d'abord, pourquoi je devrais dépenser de l'argent pour voir d'autres avocats récolter les lauriers ?

Manny me glisse sur le ton de la confidence moqueuse :

– Jaime est un ardent défenseur de l'humanité.

– Un homme de principes, c'est évident, dis-je.

– C'est ça, rétorque le jeune homme en question. L'humanité... Comme si Ray Raintree était humain.

Cette fois, son assistant le tance du regard comme un père mettant en garde un fils insolent qui aurait poussé le bouchon trop loin.

Jaime serre les mâchoires et se tait.

– Mais comment peut-il être inconscient ?

Derrière moi, une voix vient de poser cette question lourde de scepticisme. C'est une femme aux cheveux gris, debout derrière la table de la défense. Je l'ai aperçue chaque jour au tribunal. Lorsque je me suis renseignée sur son compte auprès d'un shérif adjoint, il m'a répondu que c'était une « habituée », qui assistait à tous les procès un peu sulfureux.

– Ce n'était qu'un ridicule calibre 22, me dit-elle, avec un geste de dédain. J'ai le même à la maison pour éloigner les écureuils de mes mangeoires à oiseaux. Je ne suis pas sûre qu'on puisse tuer un moineau avec ça. En tout cas, on n'a jamais vu personne se vider de son sang après une blessure faite par un calibre 22. Alors comment peut-il être inconscient ?

– Peut-être qu'elle a visé entre les deux yeux, répond Manny.

Jaime et la femme ont un rire bref, puis elle se penche par-dessus la barrière pour me souffler :

– Je sais ce que Mme English lui a dit avant que le juge lui tire dessus. Vous en avez besoin pour votre livre ? Vous voulez savoir ce qu'elle a murmuré à Ray ? Après le verdict ? Elle lui a dit : « Ne plaisantez pas avec le juge, Ray, elle est toujours armée ! »

– Merci.

Je note, un peu sonnée moi aussi. J'ignore si je dois la croire, mais je prends son nom, en affichant ma volonté de l'épeler correctement. Elle semble flattée.

– J'adore vos livres, me confie-t-elle, visiblement désireuse d'engager la conversation sur le sujet.

À cet instant, les portes de l'ascenseur s'ouvrent et deux infirmiers font leur entrée dans le tribunal, portant une civière et une trousse à pharmacie. Cette interruption me donne une bonne excuse pour me concentrer sur mes notes. Lorsqu'ils soulèvent Ray sur le brancard et l'emportent vers l'ascenseur, l'accusé semble complètement hors circuit. Sa tête oscille légèrement, son visage se tourne, et nous pouvons constater que Mme le juge ne lui a pas tiré entre les deux yeux. Sa chemise blanche est tachée de sang à hauteur de la poitrine. Petit calibre ou pas, Ray semble bien touché et inconscient. Très vite, les infirmiers le font entrer dans l'ascenseur, en compagnie de Leanne English et d'un shérif adjoint.

Puis les portes de l'ascenseur se referment.

Rideau.

– Au revoir, Ray ! chantonne Manny.

– Bon débarras ! lance Jaime en écho.

Un spectateur applaudit, la femme derrière nous crie :

– Le juge ! Le juge !

Les applaudissements enflent et bientôt c'est la salle tout entière qui plébiscite la magistrate. Le juge Flasschoen se met debout, lève les bras. Les manches de sa robe tombent sur ses coudes, révélant une sangle noire fixée à son avant-bras gauche, à l'endroit où elle cachait le pistolet. Elle salue son public, qui tape du pied, crie et siffle tandis que les shérifs adjoints tentent en vain de rétablir l'ordre.

Pendant cette ovation, je griffonne quelques notes pour ne pas oublier à quel point Ray paraissait petit et malingre sur cette civière. De loin, il passerait facilement pour un enfant. De près, pour un adolescent. J'aurais juré que, l'espace d'une seconde, ses paupières s'étaient entrouvertes et que ses yeux s'étaient posés sur moi.

En relevant le nez, je m'aperçois que le procureur, le séduisant Franklin DeWeese, me regarde fixement, avec une expression indéchiffrable. Mon pouls s'accélère tant que ça en devient gênant, et je remercie le ciel que les mouvements de notre cœur ne soient pas perceptibles de l'extérieur. Je me surprends à admirer les contours de cette belle bouche, et je m'empresse de remonter vers les yeux, qui ne me rendent guère plus sereine.

– Félicitations, Franklin.

– Merci, Marie. Alors comme ça on a rejoint l'autre bord ?

– Quoi ? Parce que je me tiens de ce côté-ci ?

Je suis toujours étonnée des préjugés que l'on me prête, quand je mets tous mes efforts à n'en manifester aucun.

– Son Honneur va-t-elle faire l'objet de poursuites, Franklin ?

– À en croire la foule, je devrais plutôt lui décerner une médaille.

– Après tout, la peine de mort est appliquée en Floride : elle a seulement essayé de vous prendre de vitesse.

Il esquisse un sourire.

– Même notre chaise électrique vaut mieux que ce cirque, Marie.

La chaise électrique de Floride a la réputation de tomber en panne au pire moment.

– En général, on ne les blesse pas d'abord pour les tuer ensuite...

– Où vont-ils l'emmener ?

– Curieuse ?

– Oui !

– Fichons le camp.

Le procureur me prend par le coude et, par réflexe, je m'écarte légèrement. Sa main retombe. De manière plus discrète, il me dirige vers l'ascenseur que viennent d'emprunter Ray, les infirmiers, un shérif adjoint et Leanne English.

Nous attendons face aux portes métallisées, sur lesquelles on distingue le reflet d'un homme noir en costume anthracite et d'une femme blonde en robe d'été pastel. Nos regards se croisent brièvement dans ce miroir grossier.

Un bruit mat signale l'arrivée de l'ascenseur.

Les portes coulissent, découvrant l'intérieur de la cabine... et je pousse un cri ! Le shérif adjoint qui accompagnait Ray est effondré sur le sol. C'est un jeune homme d'une trentaine d'années, mais qui pleure comme un enfant, le regard affolé, tandis que le sang gicle d'une plaie ouverte à son visage.

La Petite Sirène

par Marie Lightfoot

~

Chapitre II

Il fut un temps où Susan et Tony McCullen n'en croyaient pas leur bonheur.

Ils étaient jeunes, encore amoureux, parents d'une fille et de jumeaux. Ils s'entendaient bien avec leurs familles respectives. Tony avait un bon travail, avec de belles perspectives de carrière. Cerise sur le gâteau, ils habitaient une des plus jolies maisons de Bahia Beach, dans un quartier huppé. Tony en parlait comme d'une occasion en or, car ils n'avaient pas eu à débourser un centime pour s'y installer.

– Elle appartient à mon patron, expliquait-il à ceux qui s'étonnaient de voir un vendeur de pièces détachées pour automobiles et une caissière de supermarché s'offrir une telle adresse. Il descend souvent en Floride, mais sa femme ne l'accompagne jamais parce qu'elle a beaucoup de mal à se libérer.

Et voilà cette superbe maison inhabitée, avec ses quatre chambres, sa piscine et son garage pour trois voitures, sur un canal chic de Bahia Beach, à proximité immédiate de l'Intracoastal Waterway, dans un quartier élégant, où les palmiers royaux s'alignent comme à la parade le long des rues, où les maisons se négocient fréquemment au-dessus du million de dollars. Le patron de Tony ne voulait pas la vendre, mais il ne souhaitait pas non plus la louer à des inconnus. Un beau matin, il a donc demandé à son vendeur Anthony McCullen :

– Tony, ça vous dirait de vous installer chez moi avec votre famille ?

Gratuitement. Ou presque. Les McCullen devaient payer l'électricité, mais en utilisant les ventilateurs de plafond au lieu de l'air conditionné, ils réduisaient ces frais à peu de chose. Et leur patron réglait toutes les autres factures, aussi bien la tonte de la pelouse que l'entretien de la piscine, et même un ménage complet une fois par mois. Le fait que le couple ait trois enfants et plusieurs chats ne semblait même pas le préoccuper.

– Et si je casse quelque chose ? lui demanda Tony.

– Les accidents, ça arrive. Mais je vous connais, vous et Susan, et je ne vois personne d'autre en qui je pourrais avoir plus confiance. Il y a de la casse ? Les assurances sont faites pour ça. Ne vous inquiétez pas.

– Vous ne voulez pas la vendre ?

– Surtout pas ! Nous l'avons fait construire pour notre retraite, et le moment approche. J'aime cette maison, ma femme l'adore. Nous y habiterons un jour, mais en attendant, c'est dommage de la laisser vide, quand une famille comme la vôtre pourrait en profiter.

Et c'est ainsi que les McCullen ont emménagé.

À l'époque, Tony et Susan avaient tous deux vingt-sept ans. Leur fille Natalie en avait quatre et les jumeaux, Todd et Troy, seulement dix-huit mois. Susan pleura de joie lorsque son mari lui répéta l'offre de son patron, elle pleura en visitant la maison pour la première fois et elle versa encore des larmes le jour de leur emménagement. Cela représentait beaucoup plus pour elle qu'un logement gratis. Désormais, ils pourraient économiser le loyer de leur appartement et les frais de garde des enfants. Elle resterait à la maison sans se sentir coupable de ne pas contribuer aux revenus du ménage.

Mais Susan est d'une nature anxieuse, que cet arrangement exceptionnel ne soulageait pas entièrement.

– C'est beaucoup trop pour nous, s'alarma-t-elle auprès de Tony. Comment allons-nous payer l'électricité pour une aussi grande maison ? Et puis les enfants ne savent pas encore nager. Si l'un d'eux tombe dans la piscine ou dans le canal ?

Tony répondit qu'ils pouvaient vivre sans brancher l'air conditionné, et qu'il apprendrait aux enfants à nager.

Susan se sentit en partie rassurée, mais ses inquiétudes ne s'arrêtaient pas là.

– Nous savions qu'un jour nous serions obligés de déménager. Quelle serait la réaction de nos enfants, lorsqu'il faudrait retourner dans notre ancien quartier ? C'est difficile de redescendre, quand on a goûté au luxe. Ma grand-mère disait souvent : « Comment veux-tu les retenir à la ferme, quand ils ont vu les lumières de la ville ? »

Son appréhension au sujet de l'argent se révéla sans fondement, au moins la première année. Ils faisaient visiter la maison aux parents et aux amis, organisaient des fêtes autour de la piscine : les invités apportaient les boissons mais n'avaient pas le droit d'en abuser, pour éviter tout risque de casse ou de tapage. Les McCullen commencèrent à épargner pour leur propre demeure, celle, beaucoup plus modeste, qu'ils espéraient s'offrir un jour.

Bref, ils étaient heureux, leur patron ravi, et tant pis si les autres employés ne cachaient pas leur jalousie.

Cependant plus leur bas de laine grossissait, plus les McCullen eurent envie d'un bateau, un petit, pour sillonner ces canaux qui leur tendaient les bras. La maison possédait un bel appontement en bois, et à quoi bon avoir un appontement si on n'a pas de bateau ?

C'est ainsi qu'au début de la deuxième année, ils firent l'acquisition d'un canot à moteur d'occasion, pour 8 000 dollars à crédit, qu'ils baptisèrent le *Lucky Ducky*.

– Je n'avais pas idée que les bateaux coûtaient aussi cher à entretenir ! dit Susan.

Originaires du Midwest, les McCullen n'habitent Bahia Beach que depuis quelques années, et ils ont été longtemps trop occupés à subvenir aux besoins de leurs enfants pour prêter attention au commerce florissant des bateaux de plaisance en Floride.

– On aurait aussi bien pu tapisser ce canot avec des billets de cent dollars !

Tony prétend que sa femme exagère, mais c'est vrai, il y a eu la remise en état complète du moteur, plus toute une série de réparations moins coûteuses et d'accessoires à acheter.

– Tu savais qu'il faut même acheter un porte-clés spécial ? téléphonait Susan à sa mère, restée à Dayton, dans l'Ohio. Avec un flotteur, au cas où la clé tomberait à l'eau.

Les dépenses augmentèrent aussi du seul fait qu'ils habitaient un quartier riche où les mères ne reculaient pas à l'idée de conduire une voiture pleine d'enfants au McDonald's plusieurs fois par semaine, voire par jour. Un quartier où Susan refusait d'envoyer Natalie à l'école avec des vêtements moins beaux que ceux de ses amies.

Ce train de vie finissait par coûter cher, et pourtant les McCullen n'essayaient pas de rivaliser avec le standing de leurs voisins ! Ils voulaient simplement que leurs enfants ne se sentent pas différents de leurs camarades de jeux.

– J'avais peur qu'ils aient honte, explique Susan.

Ces derniers temps, elle avait beaucoup de mal à trouver le sommeil, tracassée par des fins de mois difficiles.

– Et je n'étais pas la seule dans le quartier, affirme-t-elle. J'ai découvert une chose en vivant ici, c'est que les riches ont aussi des problèmes pour régler leurs factures.

On a toujours tendance à vivre au-dessus de ses moyens, quels qu'ils soient. Et cette maison se transformait peu à peu en cadeau empoisonné. Au risque de passer pour une ingrate, Susan aurait voulu que le patron de Tony ne leur ait jamais fait une telle offre. Elle commençait à regretter leur minuscule appartement, loin des canaux, dans un quartier modeste de la ville.

Puis le drame s'est produit, et la maison de leurs rêves est devenu le théâtre du pire cauchemar qui puisse frapper des parents.

Tony McCullen s'exprime d'une manière posée qui convient parfaitement à son physique d'ancien boxeur amateur. Solide, musclé, il mesure un mètre quatre-vingts et possède une allonge exceptionnelle, de l'articulation de l'épaule aux phalanges. À l'époque où il écumait les rings, on le surnommait le Gorille, à cause de cet avantage physique, mais aussi parce qu'il est très poilu – sur les bras, les jambes, la poitrine et le dos.

– Il était très fort, dit Susan en parlant de cette période révolue, mais je l'ai mis en garde : « Si tu te fais casser le nez, je refuse de t'épouser. »

Elle ne plaisante qu'à moitié. En fait, Susan a insisté pour qu'il renonce à la boxe parce qu'elle avait horreur de le voir combattre et que la seule idée d'éventuelles lésions cérébrales la terrorisait.

– J'ai accepté par amour, dit-il.

Susan, ancienne candidate à un concours de beauté, était la fille la plus jolie et la plus sincère que Tony ait connue et il ne voulait pas la perdre.

Elle ne supportait pas d'entendre les gens l'appeler le Gorille. Quand il a arrêté les combats, elle a encore tapé du poing sur la table : fini les surnoms. Anthony était un beau prénom, il le porterait désormais, en alternance avec le diminutif de Tony. Mais plus de Gorille, en tout cas plus en présence de sa femme.

– De toute façon, je n'étais pas si doué que ça, confie-t-il. Susan m'a donné une bonne excuse pour raccrocher les gants.

Tony est un homme carré, entier, qui aime le dialogue, autant de traits qui ont certainement contribué à faire de lui un vendeur émérite de la Motor Land Company. Lorsque les inspecteurs de Bahia Beach l'interrogèrent, il leur répondit en les regardant droit dans les yeux, « même lorsque les larmes lui coulaient sur les joues », nota Robyn Anschutz dans son rapport.

Autrefois, les Chinois pensaient que des forces secrètes œuvraient pour rapprocher les personnes liées par le destin. Ces forces étaient considérées comme bénéfiques. Toutefois, lorsque les hommes abusaient de leur liberté, les dieux finissaient par les abandonner à leur sort.

Au fil de l'enquête, on devait parvenir à retracer le tragique enchaînement qui avait conduit Ray Raintree précisément vers l'appontement des McCullen, ce soir-là et à cette heure-là. On put aussi pointer du doigt « l'erreur humaine », cette porte qui aurait dû être verrouillée et qui resta ouverte, comme pour inviter la petite fille à aller à la rencontre de son meurtrier.

– Tous les soirs ou presque, je regarde le début du talk-show de Jay Leno au salon avant d'aller me coucher, expliqua tristement Tony aux inspecteurs. Ça me détend...

En Floride, *The Tonight Show* n'est diffusé qu'à partir de 23 h 30.

– Et vous le regardez jusqu'à quelle heure ? lui demanda l'inspecteur Anschutz.

– Je ne sais pas... J'écoute son monologue d'introduction, pas beaucoup plus, sauf s'il y a un invité qui m'intéresse. Dennis Rodman. Tonya Harding. Surtout des stars du sport, des personnalités controversées...

Malheureusement, ce soir-là, le premier invité de Jay Leno était un imitateur du cri du cochon, récent vainqueur d'un concours. Un exploit qui n'était pas assez palpitant pour inciter Tony à veiller plus longtemps. Il éteignit la télévision et les lumières du salon, puis alla se coucher.

– Vous n'avez pas jeté un œil sur vos enfants ?

Non, pas ce soir-là, parce qu'il ne le faisait pas chaque fois. Leurs trois enfants avaient le sommeil léger et il valait mieux ne pas courir le risque de les réveiller. Natalie était sourde, mais très sensible au moindre mouvement dans la maison. Que l'un des enfants vienne à ouvrir l'œil, et les parents pouvaient mettre une partie de la nuit à le rendormir.

Tony passa donc devant leur porte sur la pointe des pieds, puis longea le couloir en direction de la chambre qu'il partageait avec sa femme. Alors qu'il détaillait ses faits et gestes aux deux inspecteurs, il s'effondra en larmes, se reprochant de ne pas avoir jeté un dernier regard sur Natalie. Juste un regard sur son doux visage endormi. S'il avait poussé la porte, elle se serait peut-être réveillée, mais au pire Tony aurait perdu un peu de son temps de sommeil.

Hélas, il n'a pas ouvert la porte.

Il n'a pas jeté ce dernier coup d'œil.

Avant de s'installer en famille dans cette belle maison, Tony et Susan avaient aussi connu des instants de bonheur, ne serait-ce que la naissance de leurs trois enfants. Il y a les jumeaux, que Tony appelle les Saintes Terreurs : Troy et Todd, deux adorables bébés blonds qui dorment dans le même berceau et partagent chaque minute de leur existence depuis leur conception. Ils sont inséparables, débordants d'énergie (« Déjà dans mon ventre ! » se souvient Susan en levant les yeux au ciel) et très bruyants. L'ironie, c'est que leur sœur aînée n'a jamais entendu un seul de leurs cris lorsqu'ils étaient bébés, ni leurs premiers gazouillis, ni le premier mot sorti de leur bouche. Au moment de leur naissance, Natalie avait deux ans et elle était déjà sourde.

Mais elle n'était pas née avec ce handicap.

– La surdité a été causée par une série très inhabituelle d'infections de l'oreille interne, explique le Dr Norma Battle, son pédiatre. Je n'ai jamais vu d'infections aussi graves, aussi répétées, et à si peu d'intervalle, chez un enfant. La première a eu lieu avant l'âge de trois mois, et à partir de là, nous avions à peine le temps d'en guérir une qu'une autre survenait. Nous n'avons jamais pu la mettre suffisamment à l'abri de l'infection pour tenter une opération chirurgicale. Lorsque Natalie a atteint dix-huit mois, elle était pratiquement sourde.

Le médecin, elle-même quatre fois grand-mère, est visiblement émue par ces souvenirs.

– Je me dis parfois que, dans un autre siècle, elle aurait succombé à la maladie bien avant l'âge auquel elle a été tuée.

Puis elle esquisse un sourire las :

– D'un autre côté, lorsque Natalie a perdu l'ouïe, les infections se sont arrêtées comme par magie. Pour la première fois de sa vie ou presque, elle ne souffrait plus. D'une certaine manière, la surdité est apparue comme un soulagement. Ses parents eux-mêmes conviendraient qu'il est plus facile de s'occuper d'une enfant sourde – mais par ailleurs heureuse – que d'une enfant qui hurle de douleur ou qu'on gave de médicaments.

Le médecin pousse un long soupir.

– Par la suite, Natalie a joui d'une excellente santé. Elle est passée presque du jour au lendemain d'une souffrance permanente à la joie de vivre – malgré son handicap.

Pourquoi était-elle sujette à de telles infections de l'oreille ?

La pédiatre secoue la tête.

– Pourquoi, c'est la grande question de la médecine...

L'énigme philosophique, toujours sous-jacente. Pourquoi, en effet, quelqu'un attrape-t-il une maladie ? Et pourquoi son voisin y échappe-t-il ? Nous faisons mine de connaître la réponse, en nous abritant derrière des mots ronflants comme « déficience immunitaire ». Mais un « pourquoi » en cache toujours un autre, à l'infini. Pour tout dire, je ne sais pas pourquoi...

Le Dr Battle se tourne vers la fenêtre de son bureau. Elle semble abattue.

– Je ne sais pas pourquoi cette petite fille semblait ainsi frappée par le destin.

Les parents de Natalie reconnaissent en effet qu'il est plus facile – pour autant que ce soit comparable – de s'occuper d'une enfant sourde que d'une enfant tenaillée par la douleur.

– Au moins, nous pouvions suivre des cours de soutien, explique Susan. Nous pouvions nous documenter, et même apprendre un langage pour communiquer avec elle. Ce que je dis paraît dur, mais il ne faut pas oublier que nous avions enfin une enfant en bonne santé. Natalie souriait, elle était heureuse. Elle pouvait jouer, au lieu de rester allongée sur le divan, assommée par les calmants. Elle s'est épanouie du jour au lendemain, sans doute parce qu'elle était contente de ne plus souffrir.

Elle marque une pause, avant d'exprimer une pensée qui rejoint la réflexion du médecin :

– Pourquoi une petite fille doit-elle souffrir autant ? Elle est arrivée sur terre et pendant presque deux ans, elle n'a connu que la douleur. Elle a eu ensuite quatre années de vie normale pour mourir de manière atroce. Quel sens donner à une telle existence ? J'aimerais tant savoir...

Et pourquoi ceux qui l'aimaient ont-ils été soumis à une telle épreuve ?

À ces questions poignantes, aucun inspecteur ne pourrait jamais apporter de réponse. En revanche, les policiers réussirent à reconstituer l'emploi du temps probable de Natalie la nuit où elle a été tuée.

Natalie s'est réveillée, pour une raison inconnue. Un rêve. Une vibration dans les murs de la maison. Une douleur quelconque. Nous ne saurons jamais avec certitude. La petite fille elle-même n'a peut-être pas su exactement ce qui l'avait tirée du sommeil.

Sa chambre était plongée dans l'obscurité, mais Natalie n'a jamais eu peur du noir. Ne sachant pas encore lire l'heure, elle était incapable d'apprécier l'avancée de la nuit. Pour elle, le lever du jour et le petit déjeuner n'étaient peut-être qu'à quelques minutes.

Quoi qu'il en soit, elle a décidé de se lever. Elle a dû actionner l'interrupteur du plafonnier, car Susan l'a trouvé allumé le lendemain matin, lorsque les deux inspecteurs sont venus l'alerter.

Natalie s'est habillée.

Elle a enfilé une petite culotte prise dans son tiroir, qu'elle a laissé grand ouvert, malgré les instructions de sa mère. Elle a remis le short rose qu'elle portait la veille. Elle a choisi un tee-shirt propre parmi la pile de ceux soigneusement pliés dans le placard. Un de ses préférés, même si elle l'avait hérité de sa cousine Ginny. Il datait de la sortie du film *La Petite Sirène*. Natalie avait la cassette vidéo. Elle et ses amies étaient des fans, elles regardaient ce dessin animé au moins aussi souvent que les sorties plus récentes de chez Disney. La toute première fois qu'elle avait vu les aventures de son héroïne favorite, Natalie entendait encore, et elle se souvenait de la musique et de certains dialogues.

Elle a accroché une barrette rose dans ses cheveux. Elle ne sortait jamais sans. Puis elle a pris son bracelet favori – une enfilade de petits cœurs en plastique – qu'elle ne savait pourtant pas fermer toute seule sur son poignet.

Natalie n'a pas mis de chaussures. Aucune paire ne manquait. Ni ses tongs pour la plage, ni ses sandalettes en plastique rose pour la piscine, ni ses tennis, ni ses souliers blancs. En principe elle n'en avait pas le droit, mais il semble bien que ce matin-là, elle soit sortie se promener pieds nus.

– J'étais sûre que Tony avait fermé à clé la porte de derrière, dit Susan. Il le fait toujours. Je n'ai même pas pensé à vérifier.

Tony n'y avait pas pensé non plus.

Natalie a été très silencieuse en sortant de la maison. Si elle avait claqué la porte ou la moustiquaire, les garçons se seraient sans doute réveillés, et leurs parents aussi.

Mais Natalie a été plus discrète qu'une petite souris.

Le matin, Susan trouva la porte ouverte. Comme les jumeaux étaient debout et jouaient dehors, elle a pensé que Tony les avait laissés sortir.

Natalie adorait sentir l'herbe drue sous ses pieds nus.

Elle s'est peut-être dirigée tout de suite vers le bord de l'eau, ou bien elle s'est promenée un moment. Sans doute n'éprouvait-elle aucune peur. Ni de l'obscurité, ni du jardin, ni de ce quartier paisible où les voisins faisaient toujours attention à la petite fille sourde lorsqu'ils sortaient en marche arrière de leur allée. Contrairement aux

« bien entendants », Natalie ne pouvait pas être effrayée par les bruissements étranges de la nuit.

À un moment donné, elle est allée sur l'appontement.

Natalie n'avait pas peur de l'eau, et elle adorait les bateaux.

– Lorsqu'il n'y avait personne pour la surveiller, c'était toujours la bagarre pour la tenir à distance du canot, dit sa mère aux enquêteurs. Et quand elle allait sur l'appontement des voisins, je ne la perdais pas de vue, sinon elle montait dans leur bateau.

Natalie n'avait pas peur non plus des étrangers.

– Elle connaissait tout le monde, confirma son père. On avait beau lui dire de se méfier, les gens étaient toujours gentils avec elle. Partout où on allait, elle leur souriait et ils lui rendaient son sourire. Elle n'entendait pas ce que les gens lui racontaient, ce pouvait être des abrutis finis, mais elle n'en savait rien.

Cette nuit-là, lorsque Natalie est montée sur l'appontement, on pense que son regard a été attiré par un joli bateau à damier noir et blanc qui avançait en ronronnant sur le canal.

Le deuxième des trois appels liés au meurtre de Natalie McCullen parvint au commissariat de Bahia Beach à 23 h 55, le lundi 15 juin, la veille donc de la découverte du corps. L'appel provenait d'une dame qui habitait sur l'autre rive du canal, légèrement en diagonale. Elle signala la présence d'une embarcation qui se déplaçait avec une lenteur et une discrétion qu'elle trouvait suspectes. En Floride, les cambrioleurs peuvent arriver par terre comme par mer et il faut surveiller les deux accès si l'on veut s'en protéger.

– Envoyez quelqu'un pour vérifier, demanda-t-elle.

– Oui, m'dame.

La dame en question s'appelait Marjorie Noble, une veuve de quatre-vingt-six ans, qui vivait seule, et toujours très attentive à la moindre activité anormale sur son canal. Ce soir-là, elle était allongée sur sa véranda, à l'arrière de la maison. Elle crut entendre un moteur venant de l'est, en direction de l'Intracoastal Waterway.

Se sachant invisible, Mme Noble se leva et jeta un œil à travers le grillage. Des bateaux circulaient à toute heure de la journée sur les canaux, mais Mme Noble trouva étrange que l'on vienne ainsi rôder dans ce quartier résidentiel à près de minuit. Elle savait que ses voisins appréciaient sa vigilance de sentinelle, conséquence de ses crises d'insomnie. Très souvent, le soir venu, Mme Noble s'installait dans sa chaise longue et regardait s'écouler les longues heures de la nuit.

En temps normal, une personne de quatre-vingt-six ans qui se dit témoin d'une activité criminelle nocturne est une aubaine pour un avocat de la défense. Lors d'un contre-interrogatoire, il a beau jeu de réduire à néant la valeur de ce témoignage, en soulignant une vue, une ouïe ou une mémoire défaillantes. Juste ou injuste, c'est faisable. Mais pas dans le cas de Mme Noble. Car si aubaine il y avait, elle était pour le procureur.

– J'ai subi ma dernière opération de la cataracte il y a un mois et demi à peine, dit la vieille dame aux membres du jury.

– Quel effet ont eu ces opérations sur votre vue,

madame Noble ? demanda Franklin DeWeese avec la plus grande courtoisie.

Les avocats de Raymond Raintree émirent une objection, sous prétexte que la question exigeait un avis expert que le témoin n'était pas à même de fournir, mais le procureur répondit calmement que Mme Noble était au contraire le meilleur juge de sa vision et que, de toute façon, il pouvait appeler à la barre son ophtalmologiste, si la défense le souhaitait. Au grand dam de Leanne English, l'avocate principale, Mme le juge autorisa Franklin DeWeese à poursuivre. Un journaliste couvrant le procès observa à cette occasion que le procureur donnait parfois l'impression de réfréner une certaine outrecuidance, dans une affaire qui semblait gagnée d'avance pour l'accusation.

Mme Noble fut enfin autorisée à répondre à la question :

– J'ai retrouvé dix sur dix aux deux yeux.

De fait, comme devait en témoigner son chirurgien, Mme Noble avait, suite à cette opération, une vue légèrement supérieure à dix dixièmes.

La défense aurait probablement pu réfuter ces éléments, mais le témoin disposait de deux autres atouts d'une valeur inestimable pour l'accusation : une paire de jumelles et des enregistrements sur cassettes, datés avec précision.

– Quand j'ai lu sa déposition, j'ai eu envie de l'embrasser, dit Franklin DeWeese. D'ailleurs, lorsque nous nous sommes rencontrés pour la première fois, c'est ce que j'ai fait ! Un baiser sur la joue. J'espère qu'elle ne s'en est pas offusquée. En tout cas, je n'en ai pas eu l'impression. Je lui ai dit que je l'adorais et que je voulais l'épouser.

Le procureur sourit en se rappelant la réaction de la vieille dame.

– Elle m'a dit d'accord, du moment que je la laissais aller à son club de bridge le mercredi. Je lui ai répondu que je n'y voyais pas d'objection et que je l'y conduirais moi-même...

Pas étonnant que le procureur se soit entiché de son témoin. Non seulement Mme Noble s'exprimait avec vivacité et intelligence, mais elle avait une vision d'aigle, des jumelles et des enregistrements.

– J'observe les oiseaux, déclara-t-elle. Et si on veut s'y prendre sérieusement, il faut d'excellentes jumelles. Avec les miennes, je peux voir l'aigrette d'une mésange huppée à cinquante mètres.

Franklin s'empressa de faire remarquer aux jurés que la mésange était un tout petit oiseau. Beaucoup plus petit, par exemple, qu'un bateau sur le canal ou que l'homme posté au gouvernail.

En outre, Mme Noble avait toujours un magnétophone et son journal à portée de main sur la véranda, où elle passait le plus clair de son temps. Elle avait commencé ce journal pour des raisons médicales (« vous n'avez pas idée de ce que les docteurs vous demandent de consigner ! ») mais elle en avait bientôt fait une sorte de hobby. La vieille dame notait pratiquement toutes ces activités et tout cc qui lui passait par la tête. Mais lorsque l'écriture devint trop fastidieuse, elle opta pour un petit magnétophone offert par son fils.

Mme Noble prit l'habitude de parler dans cet appareil comme si elle s'adressait à une amie, ou à elle-même. Tout était là, dans ces piles de minicassettes. Jusqu'à ce que le procureur les produise devant le tribunal, aucune n'était transcrite, mais elles étaient toutes datées de la main de Mme Noble. (Elle continuait à tenir un journal écrit, mais uniquement pour les informations relatives à ses problèmes de santé.)

Le magnétophone servait à recueillir le présent comme le passé. Sur ces enregistrements, on trouvait aussi bien des réflexions philosophiques, fruits d'une longue expérience, que des bouts rimés, des souvenirs livrés à la postérité, sans oublier bien sûr le catalogue détaillé des activités de la journée, depuis le brossage de dents matinal jusqu'à la contemplation de la lune.

« J'entends un bateau. À cette heure-ci ? Ma montre indique 23 h 54. Je vais prendre mes jumelles. C'est un canot à moteur. Avec un motif noir et blanc sur la coque, comme un damier. Il y a une lettre ou un caractère sur le côté, mais je ne peux pas... Le chiffre 6, oui, c'est bien un 6. J'ai déjà vu ce canot, ou un qui lui ressemble. Il n'y a qu'une personne à bord, on dirait un petit garçon, mais ça m'étonnerait à une heure pareille. Que font ses parents ? Il porte une chemise jaune, un pantalon rose, une casquette de base-ball. Drôle d'accoutrement. On dirait un perroquet.

« 23 h 55. Je viens d'appeler la police. J'ai signalé un jeune homme suspect à bord d'un canot. Il n'a rien à faire sur ce canal à cette heure de la nuit. Les policiers ont dit qu'ils envoyaient quelqu'un pour vérifier. J'espère qu'ils feront vite !

« Minuit cinq. J'ai repris mes jumelles et j'ai vu le bateau redescendre le canal. À vrai dire, je ne l'ai pas vu, seulement entendu, parce que ma perspective est bouchée par cette marquise sur l'appontement du voisin. Il faut qu'il l'enlève, je me tue à le lui dire.

« Minuit trente-cinq. J'aperçois des lampes torches qui balaient nos jardins. Les policiers ? Si c'est le cas, ils arrivent trop tard. Le canot est parti depuis longtemps. »

C'était bien une voiture de patrouille effectuant une ronde dans le quartier. Quelques minutes plus tard, Mme Noble entendit un hélicoptère au-dessus de sa maison, puis le faisceau d'un projecteur vint éclabousser le canal. La lumière était si vive que la vieille dame put voir un poisson sauter hors de l'eau, comme attiré par ce lever de soleil artificiel. La police de Bahia Beach n'avait pas envoyé l'hélicoptère pour répondre spécialement à l'appel de Mme Noble ; comme il se trouvait dans les parages, il en avait profité pour survoler le canal.

Deux heures et demie plus tard, Broyle Crouse, le pilote, signala la présence d'un petit bateau à coque noire et blanche cinq canaux plus à l'ouest. Mais il l'identifia comme un bateau taxi appartenant à la compagnie Checker Crab. Ne détectant là rien de suspect, il vira en direction de l'océan et s'éloigna en vrombissant. Il ne vit qu'une seule personne à bord de l'embarcation, qui se trouvait embossée à un bateau plus gros, amarré à côté d'un pont.

Broyle Crouse venait de repérer le Checker Crab numéro 6, à hauteur du pont où, le lendemain matin, serait retrouvé le corps de Natalie. Selon toute vraisemblance, elle était déjà morte.

Malheureusement, pour cause de relève au standard de la police, il se produisit une de ces erreurs de transmission dont les meilleurs services ne sont pas à l'abri. Avant Mme Noble, il y avait eu un autre appel lié à cette affaire.

À 23 h 45, le propriétaire d'un petit chantier naval téléphona, très énervé, pour signaler la disparition d'un de ses bateaux, vraisemblablement volé.

– Votre nom, monsieur ?

– Donor Miller.

Il l'épela à la demande de la réceptionniste.

– Vous êtes le propriétaire du bateau en question ?

– Et comment que je suis le propriétaire ! De celui-là et de cinq autres tous pareils. Dites-leur de chercher un canot à damiers blancs et noirs, portant le numéro 6. Il est à moi, ce bateau !

La standardiste qui dépêcha Broyle Crouse sur la piste d'un canot suspect n'était pas au courant de cet appel. Le pilote de l'hélicoptère ne pouvait donc pas savoir qu'à 2 h 30, il avait aperçu un bateau dont le vol avait été signalé. Il ne fut pas davantage informé que M. Miller avait rappelé à 2 heures du matin pour annuler sa plainte.

– Fausse alerte, dit-il au standard. Le bateau n'a jamais quitté le chantier. C'est un de mes abrutis d'employés qui l'a amarré au mauvais endroit.

– Vous souhaitez annuler votre demande d'assistance, monsieur ?

– Ouais.

La police de Bahia Beach a pour consigne d'envoyer un agent sur tous les appels, même après annulation. Il s'agit de vérifier, par exemple, que la personne au téléphone n'avait pas un revolver braqué sur la tempe... Un agent se présente donc à la porte pour demander : « Vous êtes sûre que tout va bien, madame ? » Ou monsieur. En pratique, cette politique est rarement appliquée, pour la simple raison qu'il n'y a pas assez d'effectifs pour traiter les fausses alertes, en plus des appels légitimes. De toute façon, le vol d'un canot ne constituait pas une priorité, surtout pour les patrouilles de nuit. Ainsi, contrairement à la consigne, aucun policier ne se déplaça pour s'assurer que l'ordre était revenu sur le chantier, comme le prétendait le propriétaire.

Il semble donc que Natalie soit morte quelque part entre 23 h 55, au moment où Mme Noble a posé ses jumelles pour décrocher son téléphone, et 2 h 30 du matin, heure à laquelle Broyle Crouse a aperçu le canot à proximité du pont.

3

Raymond

Ray Raintree s'est enfui du palais de justice.

Le soir, en rentrant chez moi, j'en sais suffisamment sur les circonstances de son évasion pour me mettre aussitôt à écrire. Pourtant, au bout de deux paragraphes, j'ai déjà envie de m'arrêter et de respirer profondément pour retrouver mon calme.

Cette fois, j'écris sur mon ordinateur portable.

Au moment où les portes de l'ascenseur s'ouvraient sur le sous-sol, il roula hors de la civière et arracha l'arme que le shérif adjoint portait à la ceinture. Dans cette cabine étroite, le brancard laissait tout juste assez de place pour les quatre passagers debout. Ray sut tirer profit de cet espace réduit pour provoquer une panique maximale. Il se releva en distribuant les coups à grands moulinets. Atteints au visage, les membres de son « escorte » poussèrent des cris et levèrent les bras pour se protéger, au lieu de chercher à le maîtriser.

Le revolver au poing, il cogna tout ce qui se trouvait sur son passage. Tandis que le sang giclait, il saisit Leanne par les pans de son tailleur et la tira hors de l'ascenseur, laissant derrière lui une scène de carnage. Le fauve disparut, une proie entre ses griffes.

Les deux infirmiers s'effondrèrent en gémissant, couverts de sang.

Les portes de l'ascenseur se refermèrent, et le shérif adjoint se trouva réexpédié vers la salle d'audience, sonné et blessé.

Je m'interromps. J'ai besoin de me lever et de marcher un peu. Ray Raintree vient d'envoyer quatre personnes à l'hôpital, dans des états qui vont de bénins à critiques. Le shérif adjoint doit subir une opération de chirurgie faciale et les médecins ne savent pas encore avec certitude si des fragments d'os ont pénétré le cerveau. Les infirmiers souffrent également de fractures au visage et d'hématomes impressionnants. Quant à Leanne English, elle a la mâchoire brisée et une épaule démise : Ray Raintree l'a violemment traînée sur plusieurs centaines de mètres avant de la relâcher.

Je me rassieds devant mon ordinateur.

Lorsque les infirmiers purent s'exprimer de manière cohérente, ils diagnostiquèrent que la balle de pistolet tirée par le juge n'avait causé qu'une simple éraflure. Il arrive ainsi que les balles ricochent sur les corps qu'elles sont censées perforer. Les deux infirmiers n'avaient pas constaté de trou dans la poitrine à l'endroit où le projectile avait frappé l'accusé.

Dans ce cas, Ray est non seulement en fuite, mais en excellente santé, contrairement à ses victimes. La police a déjà reconstruit la suite du scénario. Ray a jeté sa chemise tachée de sang dans une poubelle, il a couru en direction de la New River qui traverse le centre-ville, à quelque distance du palais de justice. Une fois sur les quais, il a volé un gilet de sauvetage dans un des bateaux amarrés là en permanence. Il s'est peut-être lavé le visage et les bras dans la rivière. Puis il a regagné le boulevard avant de monter dans un trolley gratuit pour touristes.

Cet homme maigre, en baskets, pantalon sombre et gilet de sauvetage orange parut certes un peu bizarre aux passagers du trolley. Mais pas plus, au fond, que tous les originaux qu'ils avaient pu voir au cours de leurs vacances en Floride. Sans doute avait-il un maillot de bain sous son pantalon et préférait-il porter ce gros gilet de sauvetage sur les épaules, plutôt que dans les bras. Il leur sourit. Un peu gênés, ils répondirent à son sourire. Quel âge pouvait-il avoir ? À peine assez vieux pour ne plus aller au lycée. Mais du moment que ce curieux individu ne leur faisait pas la manche... À mesure que le trolley se remplissait, ils cessèrent de l'observer à la dérobée, pour l'ignorer totalement lorsque le véhicule se mit en marche.

Comme tous les touristes, Ray est descendu à la plage. Il s'est mêlé à la foule qui déambulait sur la promenade de planches. La dernière fois qu'on l'a vu, il entrait dans les toilettes publiques.

Et depuis, nul se sait ce qu'est devenu Ray Raintree.

Je délaisse à nouveau ma table de travail pour m'approcher de la fenêtre.

Un verdict de culpabilité, un coup de feu, une évasion... Pas étonnant après tout que je me sente aussi vidée.

J'ai ouvert mes portes-fenêtres coulissantes et j'ai éteint l'air conditionné pour décongeler après ces longues heures passées dans le tribunal glacial du juge Flasschoen. Je pose les mains à plat sur la moustiquaire et je sens le grillage chatouiller mes paumes. Je devine ce que ressentent les membres du jury. L'un d'eux m'a dit qu'après le verdict, Ray leur avait tiré la langue de manière obscène. Cela explique leur émoi et leur expression de dégoût juste avant le coup de feu. À l'heure qu'il est, je les imagine prostrés dans leur lit, les yeux rivés au plafond.

Ils doivent se sentir nerveux, avec Ray en cavale.

Écartant la moustiquaire, je fais quelques pas dans le jardin.

J'habite sur la rive ouest de l'Intracoastal Waterway, au fond d'une impasse privée, fermée par une grille, au nord de Bahia Bridge Boulevard. Lorsque je tire les rideaux de mes fenêtres, j'ai une vue imprenable sur le canal et sur le pont. La nuit, avec les phares des voitures, les lumières des bateaux et des maisons sur la rive d'en face, j'ai l'impression de vivre Noël à longueur d'année.

Cinq mètres en contrebas de mon jardin, les eaux turbulentes du canal viennent frapper violemment la jetée, interdisant tout amarrage de bateau.

J'ai choisi cet endroit pour des raisons de sécurité.

À l'entrée de l'impasse, des gardiens armés contrôlent vingt-quatre heures sur vingt-quatre l'identité des visiteurs. Ceux-ci ne pourront passer que si leur nom figure sur une liste préétablie, ou si l'on vérifie par téléphone qu'ils sont bien attendus. Il n'y a aucun accès possible par le canal, à moins que les intrus veuillent courir le risque de fracasser leur embarcation contre la jetée. Les habitants de l'impasse qui possèdent des bateaux les amarrent plus loin, dans des marinas privées, sous la surveillance de gardes armés.

Les promoteurs ont baptisé cette enclave l'Île de Bahia, alors que ce n'est pas une île, à peine une péninsule, mais plutôt une douce avancée de terre à un point du canal. Mes voisins l'appellent en riant la Résidence Paranoïa, mais nous avons tous nos raisons pour apprécier cette sécurité. En ce qui me concerne, je suis obligée de prendre des précautions contre le genre d'individus auquel je consacre mes livres, et contre une minorité infime mais envahissante de lecteurs.

Je regagne l'intérieur de la maison et pousse le verrou de la moustiquaire.

Ray s'est peut-être fait la belle, mais je me sens en parfaite sécurité ici.

Il est d'ailleurs très peu vraisemblable qu'il me choisisse pour cible. Les meurtriers que j'interviewe me considèrent toujours comme leur meilleure amie, jusqu'à la parution du livre. Ils se mettent alors à me détester, parce que j'ai révélé au grand jour la réalité de leur être, une vérité qui ne ressemble en rien à ce qu'ils racontent eux-mêmes. Le livre d'enquête que j'écris sur le crime atroce commis par Ray n'est pas sorti – il n'est pas terminé, et ne le sera peut-être jamais – donc Ray n'a encore aucune raison de me haïr.

Au fond, ce n'est qu'une affaire de calendrier éditorial.

Je m'approche d'une autre fenêtre, savoure la vue apaisante. J'entends le bruit du ressac.

Cette maison est la plus petite de l'impasse, un simple cube couleur abricot, avec un toit plat et des volets verts. Depuis la rue, on la devine à peine, dissimulée derrière six grands cyprès, trois de chaque côté de la porte d'entrée. Visibles de très loin, en amont comme en aval, ces arbres servent en quelque sorte de balise au trafic fluvial. Grâce à eux, je repère toujours l'emplacement de ma maison avant même de distinguer le pont de Bahia Boulevard.

En revanche, les gens à bord des bateaux auront beaucoup de mal à m'épier. Leur visibilité est en effet limitée par une jetée haute de cinq mètres et par le fait que la maison est bâtie sur un creux. De mes trois portes-fenêtres donnant sur le canal – la cuisine, le salon et le bureau –, il faut curieusement gravir une légère montée pour se poster au bord de l'eau. Autrement dit, j'aperçois les bateaux, à moins qu'ils ne passent juste sous mes fenêtres, mais eux ne peuvent pas me voir.

Je jette un regard circulaire sur l'intérieur de ma maison.

Tout est question de goût, évidemment, mais je ne peux m'empêcher de trouver que j'ai beaucoup de chance.

Il n'y a rien de tel qu'un coup de feu pour vous faire apprécier la vie à sa juste valeur.

Après le vestibule, la maison s'ouvre sur une vaste salle de séjour où le soleil entre à flots par une grande baie vitrée occupant toute la paroi sud. La cuisine est nichée dans l'aile ouest. À l'est, face au canal, se trouvent mon bureau, une salle de bains et une chambre d'amis. Ma chambre occupe tout l'étage, mais comme la maison est plutôt petite, elle ne paraît pas surdimensionnée. En tout cas, elle correspond idéalement à mon sens de l'espace. Pour la décoration intérieure, m'inspirant de la façade terre de Sienne, j'ai utilisé toutes les couleurs de la campagne italienne, ou d'une coupe de fruits bien mûrs – citrons, pêches, oranges, fraises et raisins muscats.

Bon, assez d'autosatisfaction...

Je me rassieds à mon bureau et à mon ordinateur, après

avoir posé un atlas ouvert sur ma gauche, pour pouvoir le consulter tout en pianotant sur mon clavier. Curieusement, je n'ai pas faim. Depuis l'évasion de Ray, je n'ai pas pris la moindre pause, ni pour dîner ni pour me changer, interviewant à tour de bras tous les responsables qui acceptaient de répondre à mes questions. Puis je suis rentrée à la maison pour mettre mes notes au propre. Ce travail fini, j'aurai grand besoin d'une douche, d'un snack et d'un bon lit, mais tant que j'écris, rien d'autre n'a d'importance.

Lorsqu'on se penche sur la carte de Floride, on se dit qu'il devrait être facile d'intercepter un fugitif...

Je tape sur mon clavier tout en jetant de fréquents coups d'œil sur mon atlas. C'est en abordant les sujets qu'il croit le mieux connaître qu'un écrivain risque le plus de se tromper.

Plus les criminels se trouvent au sud au moment de leur évasion, plus leur arrestation paraît aisée. La Floride étant une péninsule, entourée par la mer sur trois côtés, on y est presque aussi captif que sur une île. Il suffit d'emprunter l'autoroute I-95 à n'importe quel moment de la journée, et en particulier aux heures de pointe, pour se rendre compte qu'on a vite fait de se sentir pris au piège.

Depuis son lieu d'évasion, Ray ne pouvait guère descendre plus au sud que Homestead, sauf à plonger dans Florida Bay ou à s'exposer sur l'unique route conduisant aux Keys.

À l'est de Bahia Beach, il se heurte à l'Atlantique.

La seule route partant plein ouest vers le golfe du Mexique est la I-75, également connue sous le nom de route des Alligators, une voie à péage où il est très facile de dresser des barrages.

Au nord, le chemin est long jusqu'à la Géorgie, sur des routes très fréquentées, que Ray emprunte l'A1 ou l'I-95, qu'il traverse tout l'État pour remonter sur la 75 ou qu'il choisisse l'intérieur des terres sur l'autoroute 27.

Mais on peut voir les choses sous un autre angle.

Car la Floride offre aussi un terrain idéal aux fugitifs.

La circulation automobile intense, les rues animées, les bords de plage surpeuplés, autant d'occasions de se cacher, de faire de l'auto-stop, de se fondre dans le paysage. Certes, nous sommes entourés par la mer, mais là où il y a de l'eau, il y aussi des bateaux à voler ou à pirater. Qu'il saute sur le bon navire, et un fugitif peut débarquer en Colombie moins d'une semaine plus tard. Pour chaque autoroute facile à barrer, on compte des dizaines de routes secondaires, tout un réseau qui traverse les Everglades et les marécages, qui s'enfonce dans des forêts si épaisses qu'un homme peut s'y perdre jusqu'à la fin de ses jours, pour peu qu'il soit doté d'un fort instinct de survie. En outre, parmi les milliers de bateaux embossés sur les quais de Floride, beaucoup sont inoccupés, attendant que leur propriétaire descende de l'Indiana ou qu'il se libère le temps d'un week-end. De la même façon, de très nombreuses maisons restent vides une bonne partie de l'année, avant d'être louées à des touristes ou de trouver enfin acquéreur.

À bien des égards, la Floride est donc un paradis pour les fugitifs et un enfer pour les forces de l'ordre.

Encore faut-il que ces évadés aient de la suite dans les idées...

J'écris la suite d'un trait :

Dans le cas contraire, la Floride devient un cauchemar infesté de dangers, alligators et crocodiles, sables mou-

vants, moustiques, serpents et crapauds venimeux, ours noirs, panthères, sans compter les mangroves impénétrables et les occasions fréquentes de noyade.

Contente de cette phrase, je marque une pause pour la relire. Puis j'enchaîne avec la traque proprement dite :

Douze heures après son évasion, Ray Raintree est pris en chasse par environ deux cent cinquante policiers. Les shérifs adjoints des comtés de Howard, Palm Beach, Broward et Dade participent aux recherches, avec le renfort de la police routière et des garde-côtes. Beaucoup sont équipés de gilets pare-balles, de fusil d'assaut 9 mm et d'appareils de vision nocturne. Ajoutez à cela une meute de chiens policiers et une volée d'hélicoptères, et le tableau de chasse sera complet.

Le gouverneur devra faire appel à la Garde nationale si Ray n'est pas capturé dans les heures qui viennent.

– Cela représente au moins une centaine d'agents de la police militaire, m'a dit un responsable. Ils renforceront les barrages routiers et les équipes de recherches.

Celles qui sont déjà déployées passent au peigne fin la ville de Bahia Beach et ses environs. J'aimerais pouvoir raconter ce nouvel épisode du point de vue de Ray, mais je ne saurai sans doute rien de sa cavale. Il est plus que probable qu'il y laisse la vie. Quasiment personne n'est sorti vivant d'une chasse à l'homme de cette envergure... pour être ensuite conduit sur la chaise électrique. Encore que Ted Bundy y soit parvenu, et justement en Floride. À supposer qu'on le ramène vivant, Ray Raintree ne racontera jamais ce qu'il a ressenti, seul face à deux cent cinquante canons de fusil pointés sur lui.

Le téléphone sonne sur mon bureau.

– Mademoiselle Lightfoot ? Ici l'inspecteur Anschutz.

– Bonsoir, Robyn.

– Bonsoir, Marie, répond-elle avec un sourire dans la voix.

– Dites-moi qu'il est de nouveau sous les verrous.

– Non, et c'est pour ça que j'appelle. Nous avons besoin de votre aide.

– Mon aide ? Bien sûr, mais que puis-je faire ?

– Le capitaine Giancola – Cynthia – nous a demandé, à Paul et moi, de reprendre nos rapports sur Ray. Pour trouver une piste susceptible de diriger les recherches. Vous voyez le topo ? On essaie d'anticiper le comportement de Ray.

– Bonne chance...

– Je ne vous le fais pas dire. Voilà comment le capitaine voit les choses : nous avons interrogé Ray, vous avez interviewé Ray, vous nous avez interviewés sur nos interrogatoires. Vous me suivez ?

– Absolument.

– Giancola veut que nous relisions nos notes en quête d'un indice. Je sais, c'est beaucoup demander. Mais vous voulez bien vous y mettre ?

– Bien sûr, Robyn, encore que je ne sois pas très optimiste sur nos chances de réussite.

– Moi non plus. Vous avez mon numéro.

– Oui, au bureau et à la maison.

– Appelez-moi si vous trouvez quelque chose.

– Vous m'appellerez de votre côté, si vous trouvez quelque chose ?

– On n'a rien sans rien, soupire-t-elle en riant. D'accord, marché conclu.

Voilà qui est intéressant. Cela me permet de renvoyer l'ascenseur aux deux inspecteurs qui m'ont tant aidée pour la préparation de mon livre. Ils ont patiemment accepté de répondre à toutes les questions, ils ont même posé pour quelques photos. Je suis heureuse de leur rendre ce service, et un peu excitée à l'idée de dénicher *le* détail qui pourrait les mener jusqu'à Ray.

Je me prépare du café avant de sortir mes dossiers.

Confortablement installée sur le canapé du salon, je commence par mes chapitres trois et quatre, parce qu'ils préparent la première apparition de Ray dans mon récit, sans laisser présager l'horreur à venir au chapitre cinq.

La Petite Sirène

par Marie Lightfoot

~

Chapitre III

L'inspecteur Paul Flanck pouvait donner l'impression d'errer sans but précis sur les lieux du crime.

À la brigade criminelle, on considère couramment que Paul est doté d'une vision plus large et de plus grande portée que la moyenne de ses collègues – comme en témoigne son apprentissage de l'espagnol, en prévision de l'avenir. Sur les lieux d'un crime, son supérieur le capitaine Cynthia Giancola lui confie volontiers une mission spéciale : pendant que d'autres relèvent les détails les plus infimes, Paul, lui, est chargé de prendre une vue d'ensemble. Pour le capitaine Giancola, c'est exactement comme en photographie : il y a les gros plans et les panoramiques, et les deux angles sont indispensables aux enquêteurs.

Ainsi, le matin où fut découvert le corps de la fillette, l'inspecteur Flanck arpentait un large périmètre, au-delà du cordon policier. À ce moment-là, aucun des enquêteurs présents sur les lieux du crime n'était au courant de l'appel passé par Mme Noble environ sept heures plus tôt. Ils ignoraient également que, du haut de son hélicoptère, Broyle Crouse avait aperçu un Checker Crab embossé à peu de distance de ce pont.

Paul réfléchissait à l'itinéraire emprunté par l'assassin, à l'arrivée et au départ. S'il était en voiture, il lui aurait été facile de se garer sur le bord de la route, de balancer par-dessus le pont le corps attaché à la canne à pêche, puis de s'en aller. En bateau, la manœuvre paraissait un peu plus compliquée, mais réalisable. D'autant que le tueur n'avait pas forcément agi seul. Il pouvait y avoir eu un complice pour maintenir le bateau en place, un ou plusieurs autres pour fixer la canne à pêche sur le pont. Et pourquoi pas une personne en voiture et une autre en bateau ? À ce stade, Paul s'efforçait surtout de ne pas limiter son imagination. Il examina toutes les hypothèses qui lui venaient à l'esprit, à l'écoute de ce que lui soufflaient à la fois le bon sens, l'expérience et l'intuition.

– Je me suis aperçu qu'il n'y avait qu'un seul endroit où amarrer un bateau : à l'est du pont.

Pour l'inspecteur, cela voulait dire que si le ou les meurtriers se déplaçaient en bateau, ils étaient venus obligatoirement par l'est : quelques heures plus tôt, l'eau était trop haute pour laisser passer sous le pont la moindre embarcation arrivant de l'ouest.

Côté est, il n'y avait qu'un seul bateau amarré, un superbe Hatterras qui devait mesurer 14 mètres de long, selon Paul. Son nom était inscrit en lettres d'argent à la poupe : *Flambeur*. Paul esquissa un sourire. Les propriétaires avaient-ils eu le sentiment de faire une folie – de flamber – en s'offrant ce bijou ? Une passerelle volante avait été aménagée pour la pêche en haute mer. Ce yacht d'un blanc étincelant était embossé à un appontement de pierre en parfait état, au fond d'un jardin privé d'où l'on pouvait rejoindre la rue en escaladant un talus herbeux un peu raide.

Un canotier aurait facilement pu s'arrêter à hauteur du Hatterras, s'amarrer à l'un des gros taquets métalliques, puis emprunter l'échelle de plongée pour grimper sur le pont arrière. Il n'avait plus alors qu'à traverser cette surface en fibre de verre blanche, sauter au bas du Hatteras sur l'appontement et se frayer ensuite un chemin jusqu'à la rue.

Paul imagina la silhouette d'un homme en train de suivre ce parcours... une canne à pêche à la main, qu'il fixe entre les piliers du pont, laissant la ligne pendre dans le vide...

– Non, se corrigea Paul. Le tueur a dû lancer sa ligne et accrocher son canot avec l'hameçon. Sinon, il n'aurait pas pu rattraper le fil pour l'entourer autour du cou de sa victime...

Le tueur rebrousse chemin, grimpe sur le yacht pour sauter dans son bateau. Là, il s'empare de la ligne, l'enroule plusieurs fois autour de la gorge de la fillette, puis il dépose le corps dans l'eau, laissant la marée montante l'emporter vers le pont et l'engager en partie sous le tablier, jusqu'à ce que la ligne se tende.

– Bien sûr, mes suppositions ne valaient pas un clou si l'assassin était en voiture, ou s'il avait un complice en voiture.

Mais s'il était en bateau, il venait forcément de l'est, du côté de l'Intracoastal Waterway, à cause de la marée. (Plus tard, cette déduction serait corroborée par le fait que la compagnie Checker Crab était située à seulement quatre kilomètres à l'ouest de l'Intracoastal Waterway.)

Aucun des policiers présents sur les lieux du crime n'avait encore examiné le yacht privé. À l'extrémité du jardin, Paul vit deux personnes qui, depuis leur véranda, observaient l'agitation entourant le pont.

Il s'approcha assez près pour leur lancer :

– Il est à vous, ce bateau ?

En Floride, le fait qu'un bateau soit amarré devant une maison ne signifie pas automatiquement qu'il appartient à ses occupants. Beaucoup louent leur appontement.

Un homme d'une soixantaine d'années, en short et torse nu, poussa la moustiquaire :

– Oui !

Quelques minutes plus tard, Paul avait obtenu leur signature au bas d'un formulaire l'autorisant à fouiller le bateau. C'était un couple de retraités d'Oklahoma City, apparemment bouleversés par la nature du crime découvert à leur porte. Ils déclarèrent n'avoir rien entendu de suspect.

– Quelle mort affreuse ! dit la femme, les larmes aux yeux.

Elle expliqua à l'inspecteur qu'ils avaient emménagé à Bahia Beach pour se rapprocher de leurs petits-enfants. S'ils pouvaient se rendre utiles d'une manière ou d'une autre, ce serait avec plaisir... Paul redescendit bientôt en direction du bateau et l'admira un moment depuis l'appontement.

Lui-même amateur de pêche au gros, il songea au plaisir qu'il aurait à barrer ce bijou jusqu'à Government Cut un dimanche matin, puis à jeter un crabe au bout d'une ligne, jusqu'à quarante mètres de profondeur, en espérant ramener un tarpon de soixante-dix livres ou un barracuda. Difficile de ne pas se sentir taraudé par l'envie dans une ville qui devait compter quelque trente mille bateaux, dont certains assez grands pour accueillir un hélicoptère. Mais Paul devait choisir entre se payer un beau bateau et se préparer une retraite décente... De toute façon, on pouvait attraper un très gros poisson dans un ketch de 2 mètres, et c'était la taille de la prise qui comptait à ses yeux, pas celle du bateau.

Très vite, il décela une tache sombre sur le pont par ailleurs d'une blancheur éclatante. Il ôta ses chaussures et monta à bord du *Flambeur* pour y voir de plus près.

La tache ressemblait à des cendres de cigarette sur lesquelles on aurait posé le pied.

Le tueur avait très bien pu laisser tomber ses cendres sur le pont sans s'en apercevoir. Si, comme le pensait Paul, le crime s'était produit en pleine nuit, le meurtrier aurait pu ne pas voir tomber les cendres, malgré la lune qui éclairait le pont du yacht. La plus petite ombre eût suffi à dissimuler la tache. Mais soudain Paul aperçut un indice qui le fit tressaillir.

Sur la bordure du pont, à l'endroit où aurait pris pied un individu venant d'une autre embarcation, on distinguait très clairement l'empreinte d'unc pointe de semelle. Avec un motif en V, entrecoupé de ces « traces d'usure » qui font la joie d'un enquêteur, car elles permettent d'identifier sans risque d'erreur la chaussure correspondante. À condition bien sûr de trouver la chaussure... Il suffit d'un peu d'eau et de sable au fond du bateau piloté par le meurtrier : il marche dedans avant de se hisser à bord du *Flambeur*, et laisse une belle empreinte de pied.

Paul recula avec précaution.

Il descendit du yacht et se rechaussa, puis rejoignit ses collègues pour leur signaler ses trouvailles. Elles pouvaient s'avérer inutiles, sans aucune relation avec le crime. Ou bien, au contraire...

Le scénario imaginé par Paul Flanck, qui mettait en scène un tueur agissant seul, à bord d'un bateau, se révéla correspondre presque point pour point à ce qui s'était passé le mardi matin, aux toutes premières heures de la journée.

L'inspecteur Robyn Anschutz prétend n'avoir fait qu'une seule chose vraiment utile ce matin-là sur les lieux du crime : obéir à plusieurs petites manies personnelles. Robyn appartient à cette génération de jeunes policiers qui, outre la formation traditionnelle, ont été gavés de statistiques du FBI et de profils psychologiques. Aujourd'hui, elle croit dur comme fer à deux règles un peu surprenantes mais prouvées par les faits :

Primo : non seulement les assassins reviennent toujours sur le lieu de leur crime, mais ils aiment suivre le déroulement de l'enquête.

Secundo : les meurtriers sont très souvent attirés par le travail de la police.

Autrement dit, ils aiment côtoyer des policiers, ils prennent plaisir à les voir s'affairer sur le lieu de leur crime. Ils cherchent aussi à « se rendre utiles », par exemple en se portant volontaires pour une battue. Le spectacle de ces « idiots de flics » engagés sur de fausses pistes leur procure un délicieux sentiment de supériorité.

Aussi Robyn observa-t-elle longuement chaque visage dans la foule qui grossissait heure après heure ce matin-là. Policiers, journalistes, badauds...

– Je ne me rends pas très souvent sur les lieux d'un meurtre, dit-elle, ce qui peut vous surprendre. Mais quand j'y vais, j'insiste toujours auprès de nos photographes et cameramen pour qu'ils incluent les spectateurs dans leurs prises de vue. Je veux savoir qui était là.

Robyn l'avoue, elle n'avait jusqu'alors jamais identifié de suspect parmi tous ces visages anonymes, pourtant elle restait persuadée que cela arriverait un jour. Au début d'une enquête, elle se donne le temps d'examiner minutieusement les « photos de spectateurs », pour être à même de reconnaître un éventuel suspect si d'aventure elle devait le croiser.

– Disons que c'était juste une marotte, explique Robyn. Jusqu'au meurtre de Natalie McCullen...

Ce matin-là, en se livrant sur le lieu du crime à sa petite manie jusqu'alors improductive, Robyn vit surtout une galerie de portraits typiques de la Floride. De vieilles dames bronzées, en corsages rose et vert, leurs maris en chemise hawaïenne, short ou pantalon de lin. Des femmes en maillot de bain, en robe d'été, en bermuda, en tee-shirt ou débardeur. Des hommes torse nu. Le mélange habituel de touristes, de retraités et d'actifs locaux, auxquels se mêlait une poignée de ces sans-abri qui hantent jusqu'aux avenues les plus chics. Son regard fut attiré par une silhouette qu'elle avait prise tout d'abord pour celle d'un garçon. Vêtu de jaune et de rose criards, une casquette de base-ball verte vissée sur la tête, il donnait l'impression d'avoir été habillé à la six-quatre-deux par une mère distraite.

En en y regardant de plus près, Robyn constata que ce corps noueux n'était pas celui d'un enfant mais d'un jeune homme. Sous la visière de la casquette, elle ne pouvait distinguer son visage, mais elle devinait qu'il suivait avec beaucoup d'attention les opérations de police. Il semblait très seul, même au milieu de cet attroupement de badauds retenu par le cordon policier.

Robyn le photographia mentalement. Pour plus de sûreté, elle alla trouver le photographe de la police qui mitraillait le lieu du crime et lui recommanda de ne pas oublier la « gravure de mode en rose crado ».

– Je ne sais pas si c'était du flair ou de l'expérience, dit Robyn. Mais si on m'avait demandé, le couteau sous la gorge, de choisir le meurtrier parmi la foule, c'est lui que j'aurais désigné.

Elle ne s'était pas trompée.

La localisation puis l'arrestation du suspect se révélèrent presque aussi faciles que l'identification de la victime.

– On aurait dû se douter que c'était trop beau, dit Paul Flanck avec amertume. Et que les choses allaient se compliquer par la suite...

Mais l'inspecteur est réputé pour son pessimisme doublé de cynisme. « Un bouclier de protection », dit Robyn à ce sujet. Elle prétend que certains policiers ont besoin d'adopter ce type d'attitude pour se mettre à l'abri de graves désillusions. À ces mots, Paul éclate de rire :

– Allez, Robyn, je suis réaliste, un point c'est tout.

Et d'ajouter :

– Le monde n'a qu'à me prouver qu'il est meilleur que ce que je pense. En attendant, je continuerai à m'attendre au pire.

Robyn Anschutz se souvient avec quelle rapidité incroyable les morceaux du puzzle se sont assemblés pour les conduire tout droit à la compagnie de bateaux taxis Checker Crab :

– Broyle Crouse, le pilote d'hélicoptère, a déjà pas mal d'heures de vol au compteur. Quand il a appris sous quel pont nous avions trouvé le corps, il s'est rappelé le bateau taxi qu'il avait aperçu au même endroit la veille. Il n'était pas sûr que ça ait un rapport avec le crime, mais il a appelé mon coéquipier. Ce sont de vieux copains. Ils vont souvent à la pêche ensemble.

« Donc Crouse raconte à Paul qu'il a vu le Checker Crab numéro 6 embossé le long du gros Hatteras amarré à côté du pont. Et qu'il y avait une personne à bord. Un homme, à son avis. Paul recoupe ces informations avec l'empreinte de pied et les cendres de cigarette qu'il a trouvées sur le yacht. Puis on a fait un pas de géant avec l'appel de cette vieille dame qui a signalé un canot à damiers à hauteur du ponton des McCullcn. Et enfin l'appel du propriétaire du chantier naval. Tous les morceaux s'emboîtaient ! C'est la standardiste du commissariat qui a pris l'initiative de nous prévenir. Nous avons tous été très secoués par le meurtre de cette petite fille, et par la manière dont on a retrouvé son corps, pendu à ce pont. Alors tout le monde était sur le qui-vive...

Les inspecteurs Anschutz et Flanck n'eurent aucun mal à obtenir un mandat de perquisition.

Les bateaux taxis sont très agréables. Les touristes en raffolent, d'autant que cela revient moins cher que de prendre un taxi sur quatre roues. Les habitants de Bahia Beach y ont recours avec parcimonie, pour des occasions spéciales, un goûter d'anniversaire ou une virée avec des amis de passage. Les trois compagnies disposant d'une licence pour écumer les canaux de la région se livrent une concurrence acharnée autour des grands hôtels et des restaurants. Ils peuvent déposer les touristes dans les centres commerciaux ou même les transporter jusqu'à Ocean World, le parc d'attractions de Fort Lauderdale.

De jour comme de nuit, c'est une balade qui vaut le détour.

Dans la journée, les touristes peuvent suivre le ballet fascinant des bateaux qui se croisent sur l'Intracoastal Waterway, et admirer les belles maisons qui bordent les canaux. Le soir, les innombrables lumières qui scintillent dans l'eau noire leur offre un spectacle féerique. Comme le dit le maire de Bahia Beach : « Si je récoltais un dollar chaque fois qu'un touriste en bateau taxi s'écriait : “Ah, ce que j'aimerais habiter ici !” je serais assez riche pour me présenter au poste de gouverneur. »

La Checker Crab était la plus petite des compagnies de bateaux taxis à Bahia Beach. Ses deux rivales opéraient depuis des appontements flambant neufs situés directement sur l'Intracoastal Waterway. Mais les enquêteurs trouvèrent la Checker sur un bras mort de la New River.

Ils se garèrent sur le parking, trois heures à peine après la découverte du corps de Natalie.

L'enquête avançait à grands pas.

– Tu parles d'une décharge, dit Paul après un bref coup d'œil sur le chantier naval.

– Question d'atmosphère, répondit sa partenaire.

Ils arrivaient seuls, mais les renforts n'étaient pas loin.

– On ne savait pas si on allait trouver un suspect, explique Paul. On était d'abord à la recherche du canot.

Curieusement, en dépit de son aspect interlope, le chantier n'avait jamais connu de démêlés avec la police. Ses bateaux passaient avec succès l'inspection technique, les pilotes n'accumulaient pas les contraventions, et la Checker Crab payait ses impôts rubis sur l'ongle. Elle ne faisait l'objet d'aucune plainte déposée par le voisinage. Selon toute apparence, le chantier n'était pas le plus mauvais sujet du comté, seulement un des plus mal entretenus. On ne pouvait même pas lui reprocher d'être une offense à la vue, car un rideau de mangrove le dérobait en grande partie aux regards.

En arrivant à la porte du propriétaire des lieux, les inspecteurs Flanck et Anschutz se dirent qu'ils tenaient l'explication au laisser-aller ambiant. « Il avait l'air du parfait loser », se souvient Paul.

– Vous êtes le propriétaire ?

– Il faut vraiment que j'avoue ?

Le trait d'humour surprit les policiers.

– Vous n'êtes pas encore sous serment, répondit Paul sur le même ton.

À ce stade de l'enquête, les deux inspecteurs devaient considérer le propriétaire du chantier comme un suspect possible. C'était un homme d'environ soixante-cinq ans, petit et joufflu, vêtu d'un jean crasseux et d'un tee-shirt sale qui couvrait difficilement son ventre proéminent. Les rares mèches de cheveux noirs qui s'accrochaient sur son crâne dégarni avaient une teinte huileuse. Robyn le trouva assez repoussant. Elle fronça les sourcils en découvrant ce qu'il portait autour du cou : une chaîne en argent au bout de laquelle pendait un minuscule mais authentique scorpion, pris entre deux plaques de verre. L'homme ne s'était visiblement pas rasé depuis plusieurs jours, ses ongles étaient longs, cassés et noirs. Il n'en rit pas moins de bon cœur à la réponse de Paul, puis écarta un bras pour inviter l'inspecteur à entrer. Avant de s'asseoir, Paul serra avec réticence la main que lui tendait l'homme par-dessus le bureau en métal gris, frêle esquif sombrant sous un déluge de paperasses.

Le patron du chantier ne tendit pas la main à Robyn, il ne la gratifia d'aucun regard et ne lui adressa aucun de ses commentaires. À vrai dire, elle était ravie de ne pas avoir à serrer cette paluche pleine de cambouis. Et ce n'était pas la première fois qu'on l'ignorait ainsi : elle a même appris à en tirer parti, au lieu de s'en offusquer. Elle prétend que cela lui donne le loisir d'observer jusqu'à la moindre nuance.

– Je m'appelle Donor Miller, dit l'homme, en tripotant le scorpion aplati sur sa poitrine. Et, oui, je l'avoue, je suis le propriétaire de cet endroit.

– Alors je n'ai pas besoin de vous passer à tabac ? plaisanta Paul.

– Hé, je n'en ai pas honte à ce point-là.

– Vous avez dit Donor ? Drôle de prénom.

M. Miller poussa un soupir, et relâcha son médaillon.

– Une mauvaise blague de mes vieux. Mais vous savez

ce qu'on dit : rira bien qui rira le dernier... Aujourd'hui ils sont entre quatre planches et je suis encore là. Que puis-je pour vous, inspecteur ? Ma licence a expiré ?

– Vous avez signalé le vol d'un de vos bateaux hier.

Le patron de la Checker Crab ouvrit des yeux surpris puis agita la main comme pour chasser les mouches.

– Oh, merde ! C'est pour ça que vous êtes là ? Fausse alerte. J'ai cru qu'il avait disparu, mais il n'était pas amarré à sa place. Je m'en suis rendu compte plus tard. Je vais passer un savon à celui qui s'est gouré.

– Vous êtes sûr que le canot n'a jamais quitté le chantier ?

– Pourquoi l'aurait-il quitté ?

– Quelqu'un aurait pu l'emprunter.

– Pour une partie de plaisir, vous voulez dire ?

– Par exemple.

Le patron du chantier secoua la tête. Il ramassa un vieil harmonica sur son bureau et le tapota dans le creux de sa main.

– Non. La clé n'était pas dessus et j'ai bricolé mes bateaux pour qu'ils ne démarrent pas facilement sans clé de contact. Je vous dis, un abruti d'employé l'aura mal rangé.

– C'était quel bateau, monsieur Miller ?

– Lequel ? Vous voulez dire, quel numéro ? Eh bien, je n'en ai que six et c'était le numéro 6.

– Vous voulez bien me le montrer ?

Robyn vit le propriétaire tiquer. Pour la première fois, il montrait un signe d'impatience. Il reposa l'harmonica.

– Ecoutez, je vous le répète, c'était une erreur. Pourquoi voulez-vous perdre votre temps à inspecter un bateau qui n'a jamais disparu ?

– Il faut bien que je mette quelque chose dans mon rapport.

Donor Miller éclata de rire.

– La paperasse ! Elle va nous submerger ! C'est bon, venez, je vais vous montrer ce fichu bateau. Merde, un rapport sur un bateau qui n'a pas été volé, ça me la coupe !

Paul, qui a un faible pour l'harmonica, lui demanda :

– Vous jouez de ce truc ?

– Ça ?

Miller baissa les yeux sur l'instrument puis le jeta sur son bureau :

– C'est pour les amateurs. Les joueurs de blues qui ne connaissent que trois accords. J'étais musicien avant, mais je ne joue plus. On se fait beaucoup plus de blé dans les bateaux.

Les inspecteurs suivirent le petit homme rondouillard en direction des quais. En chemin, ils prirent quelques renseignements sur la Checker Crab, sans savoir si ces informations leur seraient d'une quelconque utilité.

– Combien d'hommes travaillent avec vous, monsieur Miller ?

– On est quel jour aujourd'hui ? Mardi ? Personne n'a encore claqué la porte ce matin, alors j'imagine qu'il y en a onze. Mais le terme « travailler » me paraît excessif...

– Onze à plein temps ?

– Oh ! non. Moi et mon chef mécano, on est les seuls à plein temps.

– Alors vous employez des pilotes et des mécaniciens à mi-temps ?

– Ouais, mais je préfère quand les pilotes peuvent effectuer eux-mêmes les réparations.

– Rien que des hommes ?

– Quelques femmes. Dans l'ensemble, ils ne restent pas longtemps. Beaucoup de gamins, vous savez, des petits gars de l'université qui se font un peu d'argent de poche. Pour eux, c'est le boulot idéal : c'est pas tuant, ils encaissent des pourboires et draguent les filles. Ou les garçons, ajouta-t-il avec un rictus.

– Quels sont vos horaires ?

– De 6 heures du matin à minuit.

– Et c'est aux environs de minuit que vous avez cru qu'un bateau avait disparu ?

– Ouais.

– Vous vous rappelez l'heure exacte à laquelle vous vous êtes aperçu qu'il n'était pas à son emplacement habituel ?

Le patron du chantier lui décocha un regard appuyé.

– Parce que vous avez besoin de ça aussi pour votre rapport ?

– Vous avez appelé la police à 23 h 45.

– Alors retirez de ça le temps qu'il m'a fallu pour aller de l'appontement à mon téléphone, après être resté à gueuler un bon coup.

– Combien, cinq, dix minutes... entre le moment où vous trouvez l'emplacement vide et le coup de téléphone ?

– Plus ou moins.

– Mais pas une heure.

– Ah ! non. Jamais de la vie. Mais quelle différence ça peut foutre ? Bon, d'accord, peut-être bien que ça faisait cinq minutes.

– Ne me dites pas ça pour me faire plaisir. C'était cinq minutes ou pas ?

– J'en sais rien, moi ! J'ai pas chronométré. Cinq minutes, ça me paraît correct.

– Et à quelle heure avez-vous constaté que le bateau était de retour ?

– Il n'était pas de retour, je me tue à vous le dire. Il n'avait pas quitté le chantier.

Robyn intervint pour la première fois.

– Monsieur Miller, votre bateau a été vu au moins deux fois la nuit dernière, après minuit, sur l'eau. Le numéro 6. De la Checker Crab.

– Quoi ?

Le patron du chantier regarda fixement Paul, comme si c'était lui qui venait de parler.

– Bordel ! Qui a pris mon bateau ? Pourquoi vous me faites tourner en bourrique comme ça ? Vous saviez depuis le début qu'il avait vraiment disparu ?

Robyn sortit le mandat de perquisition.

– Nous enquêtons sur ce bateau dans le cadre d'un homicide.

– Un quoi ?

– Un homicide.

Ils arrivaient sur les quais. Les inspecteurs comptèrent trois canots à damiers, trois emplacements vides, et une dizaine de bateaux plus gros.

– Merde alors, dit M. Miller, en portant la main à son pendentif. Un de mes canots ?

– À qui appartiennent ces bateaux-là, monsieur Miller ?

– Quoi ? Oh, je loue des emplacements.

Ils allèrent à l'endroit où était amarré le numéro 6.

– Quand vous avez appelé la police, monsieur Miller, lui demanda Robyn, il y avait quelqu'un d'autre sur le chantier ?

– Vous voulez savoir si j'ai un témoin, c'est ça ? Il m'en faut un ? Il devait bien y avoir un ou deux pilotes qui traînaient encore dans les parages. Bon sang ! J'ai besoin d'un avocat ?

– Calmez-vous, dit Paul. Nous devons vous poser un certain nombre de questions. Si vous n'avez rien fait, vous n'avez aucune raison de vous inquiéter. Pour le moment, c'est le bateau qui nous intéresse. C'est celui-là ?

– Oui.

Robyn avança sur l'appontement pendant que Paul demandait au propriétaire :

– Il est sorti depuis ?

Miller se contenta de secouer la tête, sa volubilité soudain éteinte. « Il avait l'air mort de trouille », raconterait Robyn à son supérieur. Elle ne prenait pas de plaisir particulier à faire peur aux témoins, mais c'était pratiquement inévitable dès lors qu'il était question de meurtre.

La dernière personne à utiliser le canot avait visiblement oublié de le nettoyer. À l'intérieur, Robyn découvrit une bâche noire, un sachet de pop-corn à moitié vide et plusieurs empreintes de pied assez nettes.

Et un bracelet d'enfant.

– Paul !

Le bracelet flottait dans deux ou trois centimètres d'eau, au fond de l'embarcation. C'était une chaînette de petits cœurs en plastique de teintes différentes, du rouge grenat au rose le plus pâle. Le fermoir était intact, comme si sa jeune propriétaire, n'ayant pu attacher le bracelet à son poignet, s'était contentée de le tenir serré dans le creux de sa main.

L'inspecteur et le patron du chantier s'approchèrent.

Robyn Anschutz se sentait en proie à des émotions contradictoires : la joie d'être sur la bonne piste mais aussi une tristesse si profonde qu'elle eut peur d'éclater en sanglots, là, entre son coéquipier et le vieux patron de la Checker Crab.

– Qu'est-ce que vous regardez ? demanda celui-ci. Ecoutez, je ne sais pas ce qui s'est passé, mais moi, je n'ai rien à voir avec ça !

La réaction de Paul Flanck à la vue de ce bracelet d'enfant n'avait rien de conflictuel. Il contempla Donor Miller d'un air écœuré : « Demande-nous qui a été tué, espèce de gros salopard. »

Les deux inspecteurs réunirent rapidement les renseignements dont ils avaient besoin.

– Qui a amarré ce canot à cet emplacement hier soir, monsieur Miller ?

– Je ne sais pas.

– Pourquoi avez-vous annulé votre appel ?

– J'avais récupéré mon bateau ! Écoutez, quel rapport avec cet homicide dont vous m'avez parlé...

– À votre connaissance, quelle est la dernière personne à avoir emprunté ce canot ? Qui a accès à votre jeu de clés ? Les pilotes disposent-ils d'un double ?

– Hé, minute ! Je ferais peut-être mieux d'appeler mon avocat. Je ne suis pas responsable si quelqu'un a fait une connerie avec un de mes bateaux. Par les temps qui courent, c'est une sacrée vacherie d'être propriétaire. On ne peut plus mener tranquillement son business sans être traîné en justice. D'abord, qu'est-ce que vous lui reprochez, à mon bateau ?

– Il a été aperçu à proximité de l'endroit où un enfant a été tué.

– Tué ? Vous voulez dire assassiné ? Par un pervers, un bourreau d'enfant ? Ou tué dans un accident de bateau ? C'était un accident, hein ? Quelqu'un a volé mon canot, il a heurté un autre bateau et il y a eu un mort ? Moi, j'y suis pour rien.

Il pointa un index sur le numéro 6.

– La coque n'a pas une égratignure.

– Comment le savez-vous ?

– Parce que je l'ai sous les yeux. Regardez vous-même !

– Retournons dans votre bureau pour vérifier qui a pris ce bateau hier.

– Paul !

Pendant que son coéquipier questionnait le patron du chantier, Robyn avait fouiné aux alentours. Les deux hommes se tournèrent vers la jeune femme. Mains sur les hanches, elle était penchée au-dessus d'une vieille poubelle métallique installée en bout de quai, à un mètre de la proue du canot numéro 6.

– Viens voir.

Lorsqu'ils se furent approchés, elle sortit de sa poche un stylo, à la pointe duquel elle souleva un chiffon qui traînait parmi les déchets. De sa main libre glissée sous un pan de chemise, elle pinça alors un coin du tissu afin d'étaler cette éventuelle pièce à conviction sans y apposer ses propres empreintes. Elle l'exhiba au regard des deux hommes comme un vêtement pendu sur un fil à linge.

C'était un tee-shirt blanc et mouillé, au dos duquel on reconnaissait les mots Checker Crab, écrits en noir. Sur le devant apparaissait une tache rougeâtre qui ressemblait à du sang dilué. Et sur la poche de poitrine, trois lettres imprimées : RAY.

L'inspecteur Anschutz fixa le propriétaire du chantier. D'une voix calme, elle demanda :

– Monsieur Miller, qui est ce Ray ?

La Petite Sirène

par Marie Lightfoot

~

Chapitre IV

Ray ? C'est ce drôle de type à qui je donne des petits boulots. Je ne sais rien de lui, sauf qu'il fait ce que je lui dis, du moment que ça n'est pas trop compliqué.

Une puanteur âcre flottait sur les quais. Une personne moins habituée aurait pu se pincer le nez et crier au rat crevé, mais les inspecteurs, tous deux nés en Floride, reconnaissaient là les odeurs caractéristiques d'une zone marécageuse, mélange de poisson pourri et de feuilles de palétuvier en décomposition. Le chantier était situé sur un bras mort de la New River, cette rivière qui serpente à travers des paysages très variés, depuis le centre-ville de Fort Lauderdale jusqu'au lac Okeechobee, paradis du plaisancier comme du biologiste.

– C'est quoi, son nom ?

– Raymond Raintree.

– Et où peut-on le trouver ?

– Ben, il sort pratiquement jamais d'ici.

Robyn Anschutz et Paul Flanck échangèrent un regard :

– Vous voulez bien nous conduire à lui ?

Le propriétaire s'adossa lourdement contre la rambarde et se passa une main sur le front.

– Comme si ça avait de l'importance, ce que je veux. Merde. Le petit salaud. Je suis peut-être la seule personne au monde à lui avoir jamais donné un coup de main, et voilà comment il me remercie. Merde.

Paul le dévisageait avec mépris. « Interroge-nous un peu sur la victime. Rien qu'une question, pour me prouver que tu as un cœur. »

– Ce Ray a un casier judiciaire ? demanda Robyn. Est-ce qu'il possède une arme à feu ?

– Non, il n'a pas de foutu casier. Il n'a même pas de carte de sécu, si vous voulez savoir.

Robyn fronça les sourcils.

– Quel âge a-t-il ? C'est un gamin ou quoi ?

– Un immigré clandestin ?

– Non, non, c'est un drôle de gars, c'est tout. Il s'est pointé un jour, ça fait déjà un bail, je lui ai donné du travail et il n'est jamais reparti. Bon, j'avoue, je ne l'ai pas déclaré. Je lui glisse un billet de temps en temps.

– Monsieur Miller, Ray possède-t-il une arme ? Un revolver, un fusil, une bombe artisanale ?

– Pourquoi pas un engin thermonucléaire, pendant que vous y êtes ? J'en sais foutre rien. Ça m'étonnerait, ce n'est pas le genre. Ce n'est pas un teigneux, plutôt un planqué.

– Un planqué ?

– Un gars sur la réserve, quoi. Merde, si j'avais sa dégaine, moi aussi je serais timide. Il n'a pas un poil de personnalité. C'est comme qui dirait un ermite.

D'ailleurs, c'est comme ça qu'ils l'appellent, les autres : bernard-l'ermite.

– Et où est... sa coquille ?

– Hein ?

– Où est-ce qu'il habite ?

– Ici. Je vous ai dit, je suis peut-être le seul qui ait jamais été gentil avec lui. Je le laisse pieuter sur les bateaux. C'est pas les couchettes vides qui manquent.

– Ça m'étonnerait que les propriétaires apprécient.

– Comme si j'allais leur raconter !

– On peut le voir ?

– Je ne sais pas où il est exactement. Mais je pourrais l'appeler de mon bureau.

– Allons-y.

Ils suivirent le patron du chantier jusqu'à son bureau. Là, il décrocha le combiné du téléphone et, du pouce, enfonça une touche de plastique noir.

– Ray, tu es convoqué dans mon bureau ! Ray Raintree, dans mon bureau !

Les deux inspecteurs eurent un moment d'hésitation. Au lieu d'attirer le suspect, ce haut-parleur qu'ils entendaient résonner dans tout le chantier ne risquait-il pas de lui donner le signal de la fuite ? Ils allaient céder à la panique quand la porte s'ouvrit.

« J'en suis restée bouche bée, dira Robyn Anschutz, en évoquant l'instant où Ray Raintree est entré dans son champ de vision. C'était lui ! Mon type en chemise jaune fluo, celui que j'avais repéré sur les lieux du crime. On n'a même pas eu le temps de poser la main sur la crosse de notre revolver, que le type était là, devant nous ! J'avais bien dit aux photographes de tirer son portrait. Je n'en croyais pas mes yeux. »

– Vous m'avez appelé, patron ?

Le dénommé Ray paraissait nerveux. Ce fut la seconde réflexion que se fit Paul. La première tenait davantage de la réaction instinctive : un mouvement de recul, une envie de détourner le regard de l'étrange individu qui se tenait sur le seuil de la pièce, le visage en partie masqué par la visière de sa casquette de base-ball verte. Paul ignorait l'étonnement qui venait de saisir sa coéquipière, ce frisson glacé qui lui parcourait l'échine. De son côté, il ressentait le même dégoût qu'il avait éprouvé le jour où il avait marché sur un de ces gros cancrelats volants qui infestent la Floride.

Son ex-femme avait une expression pour décrire les criminels qu'il arrêtait, lorsqu'il lui montrait leurs photos d'identité : « Répugnante créature », disait-elle, avec une grimace de dédain qui l'agaçait. Souvent, elle ajoutait une remarque du genre : « Et ça croupit dans la fange... »

C'était sans doute vrai, mais Paul sentait qu'elle lui reprochait aussi de se complaire dans la « fange », lui qui passait sa vie à traquer les criminels.

En découvrant le suspect, Paul se surprit à répéter mentalement ce qu'aurait dit sa femme : répugnante créature...

Et d'abord, s'agissait-il d'un homme ou d'un simple gamin ?

– Quel âge avez-vous ? demanda Paul.

Ray haussa les épaules, puis laissa échapper d'une voix étranglée :

– Vingt-huit ?

– C'est à vous de me dire.

Le suspect hocha la tête, comme pour confirmer sa réponse.

Il aurait pu passer pour beaucoup plus jeune, presque pour un collégien. Peut-être mentait-il sur son âge ? Et dans ce cas, pour quelle raison ? Paul tentait de se remémorer les lois régissant le travail des mineurs, mais il avait du mal à chasser de son esprit des images empruntées au *Seigneur des Anneaux*, le roman de Tolkien, un de ses meilleurs souvenirs de lecture. Parmi les personnages du livre, il y avait cette créature immonde et malfaisante appelée Gollum, qui avait séjourné si longtemps dans les entrailles de la terre qu'elle ressemblait à une larve luminescente. A priori, la comparaison était plutôt mal venue, car le jeune homme avait le teint très mat. Plus tard, Paul essaierait pourtant de la justifier :

– Il y avait chez lui un côté sournois et visqueux, comme une bête qui se cache dans le marais. Je me suis dit : pourvu que je n'aie pas à lui faire une fouille au corps. Je n'avais pas envie de le toucher. Après tout, il prendrait plus son pied si je laissais cet honneur à Robyn...

Journalistes, avocats ou même codétenus tenteraient plus tard de définir ce qui chez Ray leur donnait ainsi la chair de poule. De leur propre aveu, ils n'apporteraient pas de réponse satisfaisante à ce phénomène. Le plus souvent, ils finissaient par dire : « C'est difficile à expliquer, il faut le voir de ses yeux. »

Le propriétaire du chantier intervint soudain :

– Ce sont des flics, Ray.

– Vous voulez nous excuser pendant que nous nous entretenons avec Ray, monsieur Miller ? dit sèchement Robyn.

– Vous me demandez de sortir ?

– J'ai été assez claire.

– Je ne sais pas si je dois. Et s'il dit quelque chose qui

met en cause mon chantier ? Je pourrais m'attirer des tas d'ennuis que je n'ai pas mérités.

Le jeune homme se tenait toujours sur le seuil de la pièce, en chemise hawaïenne jaune orangé et bermuda rose. Il ne demanda jamais ce qui amenait les policiers, ni ce qu'on lui reprochait. Lors du premier interrogatoire, il ne prononça pas un mot qui n'ait été sollicité par une question directe.

– Ces flics veulent te parler, Ray.

– Monsieur Miller, dit Robyn. S'il vous plaît !

– Tu veux que je reste, Ray ?

L'intéressé haussa les épaules.

– Si tu as besoin d'un avocat, Ray, tu me le dis, j'appelle quelqu'un.

Paul jeta à sa coéquipière un coup d'œil qui voulait dire : « Attention, nous perdons le contrôle de la situation. »

Robyn réagit sur-le-champ en informant le suspect de ses droits :

– Raymond Raintree, vous êtes en état d'arrestation. Vous avez le droit de...

Elle avait pris cette initiative seule, sous l'œil décontenancé de son coéquipier, car le patron du chantier menaçait de se transformer en empêcheur de danser en rond. S'il devait être témoin des quelques minutes cruciales à venir, autant prendre des gants avec le suspect. Et tant pis si celui-ci décidait de se fermer comme une huître : il valait mieux cela que de voir un jury se laisser distraire par une plainte pour violation des droits civils.

– Vous ne voulez pas d'avocat ?

– Non.

– Vous comprenez que tout ce que vous direz pourra être retenu contre vous ?

– Oui.

Comme Donor Miller faisait mine de les interrompre, Robyn pivota brusquement vers lui :

– Vous, fermez-la ! Vous m'avez entendu lui lire ses droits, vous l'avez entendu répondre qu'il comprenait, qu'il ne voulait pas d'avocat et qu'il était disposé à répondre à nos questions. Alors soit vous sortez d'ici, soit vous la bouclez. Un mot de plus et je vous coffre pour entrave à la justice ? C'est clair ?

Le propriétaire parut surpris, mais il se laissa bientôt choir dans son fauteuil et se colla une main sur la bouche en guise de bâillon, ce qui ne fit qu'accroître la colère de l'inspecteur.

« Et pendant ce temps, devait raconter plus tard Robyn, notre suspect se tenait sur le pas de la porte, à nous regarder avec ses yeux de merlan frit. »

Lorsqu'ils conduisirent leur suspect au commissariat, Donor Miller lui lança ses dernières instructions :

– Si tu as besoin de quelque chose, Ray, dis-leur que tu veux m'appeler ! Tu as droit à un coup de téléphone ! Et motus sur mes petites affaires, tu entends ? Mon business ne les regarde pas !

Et pour finir :

– Je ne voudrais pas apprendre qu'un enfant a souffert à cause de toi, Ray !

– Alléluia ! dit Paul Flanck à Robyn, par-dessus la tête du suspect. Ce type a peut-être du cœur, après tout.

Le premier interrogatoire, comme ceux qui devaient suivre, ne ressembla à rien de ce qu'avaient connu jusqu'alors les inspecteurs. Sa transcription résume bien l'atmosphère commune à ces séances, puisqu'ils répétèrent inlassablement les mêmes questions au suspect. Le plus déconcertant, c'est que ce dernier reconnaissait presque tous les faits, mais s'obstinait à nier les conclusions évidentes auxquelles ils conduisaient.

– Ray, est-ce que tu as pris un des canots de M. Miller hier soir ?

– Oui.

– Lequel ?

– Le 6.

– Le bateau numéro 6 ?

– Oui.

– Où est-il maintenant ?

– En cale 10.

– Quand l'as-tu pris hier soir ? À quelle heure ?

– J'en sais rien.

– À quelle heure l'as-tu ramené, Ray ?

– J'en sais rien.

C'était plausible, le suspect ne portant pas de montre.

– Où es-tu allé ?

– Je me suis baladé sur les canaux.

– Quels canaux exactement, Ray ? Montre-nous sur cette carte...

– Je suis passé par là... et là... et je suis redescendu par ici...

– Tu as pris le canal entre Royal Palm et Palm Sunrise ?

C'est là qu'habitait Natalie McCullen, dans la maison appartenant au patron de son père.

– Oui.

– À quelle heure ?

– Vers minuit.

Il était minuit moins cinq lorsque Mme Marjorie Noble appela la police pour signaler le passage d'un canot à damiers sur « son » canal, celui-là même où habitaient les McCullen.

– Tu reconnais que tu y étais à minuit ?

– Oui.

– Combien de temps es-tu resté sur ce canal, Ray ?

– Le temps de faire l'aller-retour.

– Tu t'es arrêté sur un appontement ?

– Oui.

– Lequel, Ray ? Montre-nous sur la carte.

– Celui-là.

Un doigt sale désigna le ponton des McCullen.

– Qu'est-ce que tu as fait, Ray ?

– J'ai vu une petite fille.

À ces mots, Robyn retint son souffle.

– Qu'est-ce qui s'est passé ensuite, Ray ?

– Elle est montée dans le bateau.

– Comment l'as-tu fait monter ?

– Le pop-corn.

On avait trouvé un sachet de pop-corn au fond du bateau.

– Elle est montée avec toi pour prendre du pop-corn ?

– Oui.

– Tu l'as tuée ?

– Non, je ne l'ai pas tuée.

Il avait prononcé cette phrase sur un ton d'une parfaite impassibilité. Les questions ne semblaient ni le surprendre, ni le contrarier.

– Tu sais qu'elle est morte, Ray ?

– Ah oui ?

– Est-ce que tu l'as tuée ?

– Non.

Il secoua la tête comme un petit garçon qui nie avoir commis une bêtise.

– Alors qui l'a tuée, Ray ?

– J'en sais rien.

– Il y avait quelqu'un d'autre dans le bateau, à part toi et la fille ?

– Non.

– Il n'y avait que vous deux ?

– Oui.

– Elle est descendue du canot avec quelqu'un d'autre ?

– Non.

– Donc, elle est restée avec toi ?

– Oui.

– Mais tu ne l'as pas tuée ?

– Non.

– Tu admets qu'elle est montée avec toi dans le bateau et qu'il n'y avait personne d'autre, alors raconte-nous la suite.

Silence.

– Où l'as-tu emmenée ?

– Chais pas.

– Tu ne sais pas ? Montre-nous sur la carte.

– Je ne peux pas, j'en sais rien.

Mme Noble l'avait vu sur le canal à minuit. Le pilote de l'hélicoptère l'avait aperçu à hauteur du pont à 2 h 30 du matin.

– Qu'as-tu fait pendant ces deux heures et demie, Ray ?

– J'en sais rien.

– La dernière fois que tu l'as vue, elle était en vie ?

– Oui.

– Elle était en vie ? Tu veux dire... Elle respirait encore ?

Ray fit non de la tête.

– Quoi ? Elle ne respirait plus mais elle n'était pas morte ? Qu'est-ce que tu nous racontes ?

Pour toute réponse, le suspect secoua de nouveau la tête.

– Qu'est-ce que ça veut dire, bordel ?

Soudain, Ray se mit à hurler.

– Elle n'était pas morte ! Elle n'était pas morte !

Les deux inspecteurs le calmèrent en lui passant aussitôt les menottes et des chaînes au pied. Ils se sentirent soulagés, le genre de soulagement qu'on éprouve après avoir enfermé un serpent à sonnette dans un sac ou endormi un animal enragé.

Mais une crainte taraudait encore Robyn : cet homme qui vous glaçait le sang, qui avait tout avoué sauf le meurtre lui-même, n'était-il pas plus malin qu'il le laissait paraître ? Face à des preuves accablantes, n'était-il pas déjà en train de bâtir son système de défense, fondé sur son irresponsabilité totale, pour cause de démence ? Bref, Robyn redoutait d'avoir affaire à un suspect qui non seulement n'avait rien d'un demeuré, mais qui pouvait se révéler nettement plus habile que les enquêteurs. Beaucoup devaient par la suite nourrir le même soupçon.

Raymond Raintree pieds et poings liés, les inspecteurs énumérèrent ses aveux :

– Si j'ai bien compris, tu reconnais que tu as vu la fillette, qu'elle a fait un tour en bateau avec toi, qu'à la fin elle ne respirait plus, mais tu prétends qu'elle n'était pas morte et que tu ne l'as pas tuée ?

Le suspect respirait bruyamment, tête baissée, les yeux rivés au sol. Il ne répondit pas.

– Ça dépasse l'entendement, Ray.

Silence.

– C'est comme si tu nous disais que tu vois le ciel, mais qu'il n'existe pas.

En désespoir de cause, tous ceux qui devaient le questionner, policiers, avocats ou psychologues, auraient recours au même genre de métaphores : « Autant dire que ta main ne t'appartient pas, Ray. » « C'est comme si tu voulais me faire croire que tu n'es pas assis sur cette chaise, Ray. » Ou encore : « Comment peux-tu continuer à refuser l'évidence ? Tu nous donnes ton portrait-robot et après tu nous dis que ça n'est pas toi ! »

À maintes reprises, il livrerait des détails tendant à prouver que Natalie était morte, pour réfuter aussitôt cette conclusion. Il reconnaîtrait des éléments qui semblaient l'impliquer de manière irréfutable, lui et personne d'autre, pour rejeter ensuite toute culpabilité.

Cela aurait dû être des aveux en règle, mais ce n'en était pas.

– Vous connaissez ce bouquin qui dit que les femmes viennent de Vénus et les hommes de Mars ? demanda Robyn Anschutz. Eh bien, si vous voulez mon avis, Ray Raintree vient de la planète Pluton.

On dressa le catalogue des effets personnels du suspect. La liste était courte, mais elle renforçait les soupçons. Il y avait là une vieille guitare et trois sacs à dos. L'un était rempli de bandes dessinées. Un autre contenait un rasoir, des lames de rechange, un tube de dentifrice, une brosse à dents, un paquet de médiators et des cordes de guitare. Plus une pelle d'enfant en plastique rouge et une enveloppe blanche enfermant trois dents de lait. Cette dernière découverte suscita à la fois l'intérêt et l'effroi des inspecteurs : fallait-il redouter un autre meurtre, voire plusieurs ? Ces trois petits morceaux d'ivoire étaient-ils les trophées collectionnés par un tueur en série ?

Le deuxième sac était également bourré de médicaments de toutes sortes, pour la plupart vendus seulement sur ordonnance. Les flacons portaient encore les étiquettes au nom des malades. Le troisième sac contenait les vêtements de Ray. Ces trois sacs en eux-mêmes pouvaient sembler assez étranges, mais ce qui piqua surtout la curiosité des enquêteurs, c'est ce qu'ils n'y avaient pas trouvé : ni permis de conduire, ni carte de Sécurité sociale, ni carnet de chèques. Pas de facture, pas de numéro de téléphone, aucun document officiel, aucune photo ni journal personnels. Ray ne possédait pas le moindre bout de papier, ni sur lui, ni dans ses affaires, à l'exception des bandes dessinées.

– C'est exactement comme pour la nuit du meurtre, dit Robyn à Paul. On dirait qu'il cherche à nier sa propre existence, alors qu'il est là sous nos yeux.

La Petite Sirène

Par Marie Lightfoot

~

Chapitre V

Au moment où l'inspecteur Robyn Anschutz découvrait le tee-shirt taché de sang dans une poubelle, le médecin légiste du comté de Howard commençait l'autopsie de Natalie McCullen.

À voix haute, le Dr Adam Strough indiqua le jour et l'heure dans un microphone qui pendait au-dessus de la table métallique où reposait le petit corps, nu et sans lésion apparente, à l'exception des meurtrissures laissées à la gorge par le fil de pêche. L'incision pouvait débuter.

En général, le Dr Strough ne pratiquait pas d'autopsie si vite après la réception d'un cadavre. Dans une ville de taille moyenne comme Bahia Beach, le service du médecin légiste comptait couramment plusieurs corps en attente à n'importe quelle heure du jour ou de la nuit, surtout pendant les mois les plus chauds de l'année, lorsqu'à la montée du mercure correspondait une baisse proportionnelle du seuil de tolérance des habitants envers leur prochain. Pourtant, ce jour-là, le Dr Strough donna la priorité à la petite fille.

– Il est 15 h 30.

Trois quarts d'heure plus tard, il finissait seulement de découper le crâne pour retirer le cerveau.

– Je ne sais pas pourquoi j'ai été aussi minutieux, dit-il ensuite. Je n'avais aucun motif de soupçonner quoi que ce soit d'anormal. Il y avait du sang sur le tee-shirt, mais pas sur le visage, sans doute parce que le corps est resté plusieurs heures dans l'eau. Il semblait parfaitement intact, mis à part les lésions au niveau du cou. Pourtant, mon petit doigt me disait d'avancer avec précaution.

Alors qu'il ôtait la dernière parcelle de la voûte crânienne, le médecin légiste lança une exclamation de surprise dans le microphone :

– Ça alors ! Il lui manque une partie du cerveau !

Comment une telle chose était-elle possible, puisque le crâne n'avait pas été touché ?

Quelques heures plus tard, après de multiples examens au scanner et aux rayons, après une dissection au millimètre, le Dr Strough confia ses conclusions au microphone :

– Le cerveau a subi une intervention post mortem avec pour résultat l'ablation de la glande pinéale...

Sur la bande magnétique, la voix était blanche.

Cependant, les inspecteurs Anschutz et Flanck continuaient d'interroger leur suspect dans les locaux de la Checker Crab. Le lendemain, leur supérieur, le capitaine Cynthia Giancola, ordonnerait que soit conduite une recherche sur ordinateur pour déterminer si une mutilation aussi étrange avait déjà été répertoriée dans un autre homicide.

Cette recherche ne donna aucun résultat.

Les enquêteurs avaient affaire à un vol d'organe sans précédent dans l'histoire criminelle.

– La glande pinéale est l'organe le plus mystérieux du corps humain.

Le Dr Strough ouvrait ainsi l'exposé qu'il allait devoir présenter à plusieurs reprises, devant les policiers bien sûr, mais aussi devant les avocats de la défense, l'accusation, la famille de la victime, les psychologues, les journalistes et enfin les membres du jury.

Cette glande était si mystérieuse que le médecin légiste avait été obligé de se documenter pour se rafraîchir quelque peu la mémoire. Il tenait à aborder le sujet avec un maximum de compétence, malgré les zones d'ombre qui subsistaient dans ce domaine.

Lors de la première conférence de presse, il expliqua aux journalistes :

– Le nom de cette glande vient d'un mot latin signifiant pomme de pin. Elle a en effet la forme conique d'une petite pomme de pin. Au XVIIe siècle, René Descartes la tenait pour le siège de l'âme. Selon lui, c'était dans cet organe, situé dans les replis les plus profonds du cerveau, que se réalisait la jonction entre le corps et l'esprit. Il croyait que seul l'homme était doté d'une glande pinéale. Descartes se trompait sur ce point, comme sur d'autres. Les animaux vertébrés possèdent aussi une glande pinéale. Mais à ce jour, la science n'en sait pas beaucoup plus que le philosophe sur son rôle. Nous savons qu'elle appartient au système endocrinien, qui comprend entre autres l'hypophyse et la thyroïde. Nous savons que sa fonction est liée à la lumière, au sommeil, à la maturité sexuelle, mais à l'orée du XXIe siècle, nous devons admettre avec humilité que nos connaissances s'arrêtent là.

Il laissa courir un murmure de surprise parmi son auditoire, avant de poursuivre :

– Imaginez une minuscule pomme de pin de couleur grisâtre, légèrement pointue à une extrémité, plus large et plus arrondie à l'autre. Le tout n'est pas plus gros que l'ongle de votre auriculaire. À présent, placez ce cône au centre de votre boîte crânienne. Au cœur même de votre cerveau, si je puis dire. Car n'oubliez pas que la glande pinéale ne fait pas partie du cerveau, mais du système endocrinien – le système hormonal, si vous préférez.

– Vous voulez dire comme les glandes surrénales ? lui demanda-t-on.

– Exactement. Toutes les glandes endocrines secrètent des hormones. En ce qui concerne la pinéale, il s'agit de la mélatonine.

– La substance qui nous aide à nous endormir ?

– Oui, mais on pense qu'elle a d'autres fonctions. Il semble par exemple qu'elle intervient lors de la puberté. La glande pinéale est plus grosse chez un enfant de moins de six ans que chez un adulte. Et chez l'enfant, elle sécrète davantage de mélatonine, ce qui aurait pour effet de retarder le développement sexuel. Dans certains cas où l'enfant possède une glande pinéale plus petite que la normale, il a tendance à mûrir plus vite sur le plan sexuel que ses pairs. La sécrétion de mélatonine est apparemment sujette aux saisons et à la lumière. Plus il y a de lumière, plus la glande pinéale secrètera de mélatonine.

– À quoi sert-elle encore, docteur ?

Le Dr Strough secoua la tête comme s'il était confronté à une énigme insoluble. Il décida de ne pas embrouiller son auditoire en lui exposant ce que l'on savait du rôle joué par la glande pinéale chez les vertébrés inférieurs, et de s'en tenir à l'homme.

– J'aimerais pouvoir vous répondre. Certains la présentent comme un organe essentiel à notre équilibre : sinon pourquoi la nature se serait-elle donnée autant de mal à le protéger ? Rendez-vous compte : la glande pinéale est enfouie dans les replis du cerveau, sous la structure osseuse du crâne, à l'abri d'une capsule interne très résistante. Pas étonnant après tout que Descartes y ait vu le siège de l'âme.

– Comment le meurtrier s'y est-il pris ? lui demanda-t-on. Comment peut-on extraire une partie du cerveau sans ouvrir le crâne ?

Le Dr Strough marqua une hésitation. Ce qu'il avait à dire sur ce point était assez atroce, même si la victime n'avait rien senti.

– Il est passé par le nez.

Un frisson d'horreur parcourut l'assistance, certains journalistes laissant échapper une exclamation de dégoût.

– Il s'est probablement servi d'une sonde très fine, munie d'un renflement évasé à son extrémité.

– Mais qui pourrait avoir l'idée de faire une chose parcille, docteur ?

– Eh bien, il s'agit en fait d'une méthode très ancienne permettant d'évacuer le cerveau sans toucher à la boîte crânienne. Les Égyptiens l'utilisaient lorsqu'ils embaumaient leurs momies. Il suffit d'enfoncer la sonde avec juste assez de force pour percer un petit os situé à la base du nez.

Nouvelle réaction horrifiée de l'auditoire.

Lors des interviews ultérieures, le Dr Strough allait avoir recours à divers croquis, coupes du cerveau et même radios pour satisfaire la curiosité morbide du public à propos de ce minuscule organe dérobé sur le corps d'une petite fille. Mais pendant cette première conférence organisée par la police de Bahia Beach, il resta aussi sobre que possible.

– A-t-elle été violée ?

– Non.

– A-t-elle subi des violences sexuelles ?

– Je n'en ai trouvé aucune trace.

– Y avait-il d'autres mutilations infligées au corps, à part...

– À part l'ablation de la glande pinéale ? Non.

– De quoi est-elle morte exactement ?

– Le meurtrier a comprimé ses carotides, assez fort et assez longtemps pour la tuer. Il a coupé l'afflux de sang dans le cerveau. La mort a été rapide et relativement indolore. La victime a dû souffrir un peu de la pression exercée sur le cou mais elle aura vite perdu connaissance. Et j'insiste sur ce point : l'acte chirurgical a été pratiqué post mortem. Autrement dit, elle était morte lorsque la sonde a pénétré son cerveau. Elle n'a rien senti.

– Maigre consolation, marmonna une voix.

Et pourtant, comme le pressentait le médecin, ce fut effectivement un grand réconfort pour la famille, et pour tous ceux que le sort de Natalie avait ému, de savoir qu'elle n'avait pas souffert. Chacun se le répétait inlassablement. Cela ne rendait pas sa mort moins affreuse, seulement un peu moins difficile à supporter.

Puis une journaliste posa la question qui était dans tous les esprits :

– Docteur ? Pour quelle raison peut-on vouloir dérober une glande pinéale ?

Le médecin légiste haussa les épaules.

– Qui sait pourquoi ces individus commettent de telles atrocités ?

En réalité, personne n'avait jamais commis « une telle atrocité ». Comme le démontrèrent les recherches effectuées en ce sens par la police de Bahia Beach, il s'agissait d'un crime sans précédent. Depuis des siècles, des assassins avaient prélevé certaines parties du corps, mais on ne trouva nulle part la moindre trace d'un voleur de glande pinéale. Cet organe étant le plus secret de notre organisme, il fallait supposer que le coupable n'avait pas agi par hasard et qu'il savait exactement comment procéder.

– Peut-on parler d'une opération chirurgicale ? demanda-t-on au Dr Strough. Comme l'aurait pratiquée un médecin ?

– Une chose est sûre, je n'aimerais pas tomber sous son scalpel. Mais il est parvenu à ses fins. On peut même concevoir qu'il ait réussi à extraire la glande pinéale intacte. Mais s'il vous opérait, vous seriez un légume à votre réveil d'anesthésie. Si toutefois vous vous réveillez...

– Vous voulez dire que c'était plus de la charcuterie que de la chirurgie ?

Le médecin légiste se contenta de hocher la tête, parce que la réponse lui semblait évidente, et parce qu'il ne souhaitait pas s'étendre davantage sur le sujet. Si les journalistes avaient pu assister à l'autopsie, ils lui épargneraient probablement de telles questions. Croyaient-ils vraiment qu'il soit possible de procéder à un tel acte proprement ?

– Il peut arriver, dans certaines opérations, que les chirurgiens passent par le nez, expliqua-t-il. Mais jamais sans l'aide de tout l'appareillage moderne qui guide leurs mains là où le regard ne pénètre plus.

Dans le cas de Natalie, on était à mille lieues de la chirurgie moderne. Et tous ceux qui apprirent ces détails en eurent le sang glacé.

Dans un premier temps, le meurtre de la petite fille sourde était apparu comme un drame affreux, certes, mais pas unique.

Il y avait bien la mise en scène macabre de ce corps suspendu à un pont, attendant d'être découvert par le reflux de la marée ou par le premier passant que la canne à pêche aurait intrigué. C'était insolite, peut-être même du jamais vu dans les annales du crime, mais ce n'était pas la première fois qu'un meurtrier faisait en sorte que le corps de sa victime soit aisément retrouvé. Il y avait aussi le fait que la jeune victime était sourde mais depuis l'aube des temps, des enfants, handicapés ou non, périssent entre des mains criminelles.

Autre particularité peut-être de cette affaire, la rapidité avec laquelle le suspect fut appréhendé, grâce notamment à un certain nombre de coïncidences. Les policiers savent pourtant que de tels « coups de chance » se produisent.

Malgré leur caractère souvent exceptionnel, tous ces éléments ne pouvaient susciter, en termes de résonance médiatique, qu'un émoi de brève durée, d'autant que dans la journée on apprenait la mise sous les verrous d'un suspect. Le meurtre fournit donc son lot d'horreur au journal de midi, et l'arrestation fit la une des infos. Mais le lendemain matin, la mort de Natalie McCullen était déjà éclipsée par d'autres faits divers.

La publication des résultats de l'autopsie créa une situation toute nouvelle.

De simple « meurtrier », le suspect devenait un « monstre ».

La Petite Sirène

par Marie Lightfoot

~

Chapitre VI

Un « monstre »... C'était sans conteste l'opinion des policiers qui interrogèrent le suspect, et leur aversion à son égard ne fit que s'accroître lorsqu'il refusa de se soumettre au détecteur de mensonge. Les inspecteurs durent se contenter de juger par eux-mêmes la foi qu'ils pouvaient accorder à ses réponses.

– Ray, ça te dit quelque chose, la glande pinéale ?

– De quoi ? fit-il en plissant l'œil gauche.

– Allons, Ray, la glande pinéale. Tu connais ?

– Jamais entendu parler.

À ce stade, le prévenu avait troqué sa bonne disposition des premières heures contre une attitude plus franchement hostile. Au fil des semaines, son humeur devait connaître des phases très différentes, comme dans la métamorphose d'un insecte. Certains jours, les policiers auraient juré qu'il souffrait de débilité légère, parfois il les surprenait par son intelligence. Sa docilité initiale laissa place à une certaine agressivité, bientôt suivie par une sorte d'exubérance qui ressemblait à s'y méprendre à du plaisir. Enfin viendrait une résistance de fer.

Paul Flanck échangea un regard avec Robyn Anschutz. Elle pensait comme lui : si Ray ne savait pas ce qu'était la glande pinéale, pourquoi se donnerait-il tant de mal à s'en procurer une ?

– Tu as prélevé la glande pinéale sur le corps de Natalie McCullen ?

– Jamais de la vie !

Cette soudaine véhémence faisait croire qu'il avait menti à la première question. S'il n'avait jamais entendu parler de cet organe, pourquoi mettait-il autant de précipitation à nier cette amputation ?

– Quelqu'un d'autre a extrait la glande pinéale de Natalie McCullen ?

– Comment je saurais ?

– Qui d'autre que toi pourrait le savoir ?

– C'est une question à choix multiples ?

– Peut-être bien, mais pour toi, le choix est simple : la perpétuité ou la chaise électrique. Ça te suffit comme options ? La réponse pourrait dépendre de ta volonté à coopérer avec nous. Qui lui a enfoncé une sonde dans le crâne pour retirer la glande pinéale ?

– Mais c'est dégueulasse ! Qui a pu faire une chose pareille ?

– C'est ta réponse ?

– Vous êtes sourd ?

– Pourquoi ? Tu as quelque chose contre les sourds, Ray ?

Le suspect mit sa main en entonnoir sur une oreille :

– Vous dites ?

À cet instant, Paul Flanck fut saisi d'une telle rage qu'il quitta la salle d'interrogatoire pour aller respirer un grand coup dans le couloir.

Les inspecteurs tentèrent ensuite de déterminer ce que Ray pouvait avoir fait d'une glande pinéale qu'il prétendait ne pas connaître. Robyn devait parfois se pincer pour s'assurer qu'elle était bien assise dans cette pièce, à écouter des questions aussi scabreuses.

– Est-ce que tu as mangé la glande pinéale prélevée sur le corps de Natalie McCullen ?

– Non.

Mais aussitôt, il se passa la langue sur les lèvres, comme s'il se léchait les babines. Robyn n'avait jamais vu un geste aussi obscène.

– Tu l'as cachée quelque part ?

– Je ne sais pas de quoi vous parlez.

– Tu l'as jetée ?

– Un sou est un sou, les petits ruisseaux font les grandes rivières.

– Tu l'as donnée à manger aux poissons ? demanda Robyn.

– Vous êtes cinglée ou quoi ?

Il avait l'air sincèrement choqué. Paul s'étonnait toujours de ce qui pouvait scandaliser les meurtriers. Il en connaissait qui s'irritaient du moindre blasphème : l'un d'eux avait poignardé une femme parce qu'elle avait osé proférer devant lui un « nom de Dieu » provocateur. Ceux que l'on appelle les « durs » ont souvent les nerfs très fragiles. On les insulte à ses risques et périls. Et comme il est impossible de deviner avec exactitude ce qui offense un criminel, mieux vaut se tenir à distance raisonnable. Hélas, Natalie McCullen était trop jeune pour le savoir, et trop vulnérable pour échapper à un meurtrier qui avait jeté son dévolu sur elle.

– Tu l'as donnée à quelqu'un ?

– Faut pas vendre la peau de l'ours avant de l'avoir tué, dit Ray, sourire aux lèvres.

À l'abri derrière le suspect, Robyn secoua la tête à l'intention de Paul. Il n'était pas difficile de lire l'expression sur son visage : ce type est fou ! Paul leva les yeux au ciel, en parfait accord avec son équipière.

– Si tu ne l'as pas donnée, tu l'as vendue ?

– Par les petites annonces ?

Lorsqu'on reconduisit le suspect dans sa cellule, et que les deux inspecteurs se retrouvèrent seuls, Robyn s'écria :

– Enfin merde ! Pourquoi voulait-il cette glande ? Il en a bien fait quelque chose !

Au moment où débuta le procès, ils n'avaient toujours pas la réponse à cette énigme. Les jurés n'ignoreraient rien des détails les plus sordides, mais ils n'auraient pas besoin de connaître les mobiles de Ray pour le juger coupable de meurtre.

Le chantier naval de la Checker Crab ne brillait pas par son ordre lorsque les policiers entreprirent de le fouiller. Mais ce n'était rien comparé à l'état dans lequel ils l'abandonnèrent, après avoir cherché l'endroit où Ray pouvait avoir pratiqué son intervention chirurgicale sur le corps de l'enfant. Du bureau de Donor Miller aux recoins graisseux des hangars de maintenance, en passant par les bateaux qui étaient à quai la nuit du meurtre, tout fut passé au peigne fin. Peine perdue.

– Ce pauvre Miller, on lui a laissé un sacré bordel à ranger ! dit Paul Flanck, sans cacher sa satisfaction. Mais on a fait chou blanc. Un moment, on a cru tenir une piste, mais c'était la table où les employés vidaient le poisson.

Malgré les efforts déployés, les policiers étaient encore bredouilles au moment où s'ouvrit le procès. Lorsque le procureur Franklin DeWeese se présenta pour la première fois dans la salle du tribunal, face aux jurés, il ne savait pas où Ray avait emporté le corps de l'enfant entre l'heure à laquelle elle était montée dans son canot et l'heure à laquelle il l'avait pendue au pont de la 32e Rue. On aurait voulu gommer cette lacune du dossier, mais dans son réquisitoire d'ouverture, le procureur prit soin d'en minimiser la portée :

– Autant vous le dire tout de suite, nous ignorons où Ray Raintree a transporté le cadavre de Natalie, entre le moment où il l'a tuée et celui où il l'a abandonnée sous le pont. Durant cet intervalle, il s'est livré à un acte odieux sur ce pauvre corps. Où exactement, nous ne le savons pas. La défense tentera de vous convaincre qu'il s'agit d'un point crucial. Elle prétendra qu'il vous faut connaître chaque minute de son emploi du temps pour le déclarer coupable. C'est faux. Vous avez ma parole. Cela n'a strictement aucune importance au regard de la loi. Cela ne change rien à ce procès. Pour le condamner, il vous suffit de savoir une chose : il a enlevé cette enfant, il l'a tuée et il a mutilé son corps. Point final. Voilà tout ce que vous devez savoir pour condamner cet homme et pour l'empêcher de commettre la même atrocité sur un autre enfant innocent.

Bien que pratiquée post mortem, « l'intervention chirurgicale » aurait dû laisser beaucoup de sang et de tissu humain. La police n'en trouva pratiquement pas. Un examen au microscope révéla quelques traces sur la toile et dans le bateau, où l'on identifia également des cheveux de Natalie. Les policiers présumaient qu'après l'avoir tuée, Ray avait recouvert son corps de la bâche, au fond du canot. Ensuite, il avait probablement penché la tête de la victime hors de l'embarcation pour l'« opérer ». Quelle que soit la méthode employée, il avait pris soin d'éviter au maximum les souillures – giclées de sang ou débris de cervelle.

Les policiers furent donc incapables de localiser le théâtre du meurtre et de la mutilation. Ils ne savaient pas non plus ce que Ray avait fait de la glande pinéale et pour quelle raison il s'en était emparé. Mais rien de tout cela n'avait d'importance aux yeux du procureur, et les membres du jury lui donnèrent raison.

Tout au long du procès, Franklin DeWeese leur répèterait inlassablement :

– La question n'est pas « où l'a-t-il tuée » ? Ni « où a-t-il mutilé son corps » ? La question n'est même pas : « pourquoi a-t-il commis ces crimes » ? Mais seulement : les a-t-il commis ? A-t-il enlevé Natalie McCullen ? L'a-t-il assassinée ? Et la réponse à ces questions simples est évidente : oui, trois fois oui ! Sa déposition le condamne. Les indices trouvés dans le bateau le condamnent. Un témoin oculaire habitant de l'autre côté du canal le condamne. Le témoignage du pilote de l'hélicoptère... L'empreinte de pied et les cendres sur le Hatteras... Les traces de pas sur le talus menant au pont... Les empreintes digitales sur la canne à pêche... La marque d'une main d'enfant ensanglantée sur son tee-shirt... Tout, absolument tout le condamne.

Le procureur regarda un à un les jurés.

– Il n'y a ici aucun doute raisonnable. Les preuves vous paraîtront si accablantes que vous n'aurez aucune difficulté à parvenir à un verdict unanime : Ray Raintree est coupable de l'enlèvement et du meurtre de la petite Natalie McCullen, âgée de six ans.

« Et c'était aussi simple que ça ! confièrent plus tard certains jurés. Nous n'avons pas hésité une seconde. Aucun d'entre nous. Coupable, coupable, coupable... Douze fois coupable. Bien sûr, certains éléments manquaient, et la défense a essayé de nous jeter de la poudre aux yeux. Mais M. DeWeese nous avait prévenus. Et nous avons pris la bonne décision, celle que nous dictaient la loi et le dossier. »

Le fait que l'employeur de Ray, Donor Miller, ne se présente pas à la barre des témoins n'avait eu non plus aucune incidence sur le procès. Trois jours après l'arrestation du suspect et la fouille intensive des locaux de la Checker Crab, le propriétaire du chantier naval disparut.

– On a téléphoné, et c'est un employé qui a répondu, se souvient Robyn. Il n'avait pas vu Miller de la journée, personne ne savait où il était. Il a promis qu'il lui dirait de nous rappeler dès son arrivée. Comme on est restés sans nouvelles pendant plusieurs heures, on a décidé d'aller faire un tour sur place.

Les inspecteurs trouvèrent l'endroit comme ils l'avaient laissé : dans une pagaille indescriptible, que les employés s'évertuaient mollement à réorganiser. Ils manquaient d'autant plus de zèle que c'était jour de paie et que leur patron tardait à arriver, les chèques à la main. La vieille Oldsmobile décapotable de Miller était garée sur le parking et la paperasse jonchait son bureau, comme à l'accoutumée. Flanck et Anschutz se procurèrent son adresse, un petit appartement où s'entassaient les cassettes de vieux films hollywoodiens et des instruments de musique plus poussiéreux encore. Ce trou à rats semblait en parfaite harmonie avec son propriétaire. Pourtant il avait déserté les lieux, et ses voisins ne l'avaient pas vu depuis la veille.

– On s'est tout simplement dit qu'il avait mis les voiles, raconte Paul Flanck.

– Plusieurs employés ont entendu une violente dispute entre lui et un homme sur le chantier, ajoute Robyn. Un homme qu'ils ont pris pour un créancier.

– De toute façon, Miller avait clairement fait savoir qu'il ne voulait pas être mêlé à cette affaire. Il avait peur qu'on lui colle quelque chose sur le dos. Alors au diable les flics, il s'est dégotté une voiture d'occasion et il a quitté la ville.

Les deux inspecteurs se souvenaient de la surprise de Miller lorsqu'il avait appris que le canot numéro 6 avait bel et bien disparu momentanément de son chantier.

Ils avaient la conviction qu'il n'était en rien mêlé au crime. Dans le cas contraire, pourquoi aurait-il signalé la disparition du canot ? Pourquoi convoquer la police sur son chantier, s'il était coupable ?

En choisissant de prendre la clé des champs, Donor Miller abandonnait un commerce rentable, à défaut d'être très reluisant. Mais les policiers ne se préoccupèrent guère de remettre la main sur lui, pour la même raison qu'ils ne s'étaient pas obstinés à élucider certains points mystérieux de cette affaire : ils tenaient leur coupable, et suffisamment de preuves pour le faire condamner, avec ou sans le témoignage de son employeur.

On ne se donna même pas la peine de communiquer la nouvelle de cette disparition à Ray Raintree. Donor Miller s'était volatilisé dans l'air chaud et humide de la Floride, mais nul ne s'en soucia, à l'exception peut-être des employés à qui il devait une semaine de salaire.

L'émotion soulevée par les résultats de l'autopsie n'était toujours pas retombée lorsque la police de Bahia Beach décida de ne plus esquiver les questions relatives à l'enquête. Au contraire, elle lança un appel au public pour toute information pouvant mener à l'identification du suspect.

Non pas que ce dernier soit resté muet. Il s'était même montré un temps d'une grande prolixité, rebattant les oreilles de ses interlocuteurs... jusqu'au jour où il s'était muré dans un mutisme complet.

Lorsque les inspecteurs Flanck et Anschutz lui demandèrent d'où il venait, il déclara qu'il était né à Brooklyn, dans une famille de coiffeurs. Depuis qu'il était assez grand pour se jucher sur un fauteuil de barbier, il avait accompagné son père et ses deux oncles dans la boutique, tous les samedis.

En écoutant ce banal récit d'enfance, Paul réprima presque un bâillement.

– Le samedi, c'était le grand jour de la semaine pour les coiffeurs, dit Ray. Les hommes n'allaient pas au travail, ils venaient pour cette coupe qu'ils avaient trop longtemps remise au lendemain. Leurs femmes se moquaient d'eux, elles les traitaient de hippies. Après le coiffeur, ils faisaient laver leur voiture et s'arrêtaient à la quincaillerie. Puis ils rentraient chez eux pour regarder un match à la télé. Et peut-être le soir, un barbecue dans le jardin, avec leurs cheveux rasés de près, pour faire dire aux copains : « Hé, faut que tu me donnes l'adresse de ton coiffeur... »

À en croire Ray, le samedi à Brooklyn était une fête typiquement masculine et américaine. Il se décrivait aux inspecteurs comme un petit garçon sage, écoutant avec plaisir les discussions entre hommes.

– Les femmes venaient en semaine. Le mardi, le mercredi, le jeudi, avec leurs gamins, après l'école. Le lundi on était fermé, bien sûr. Les coiffeurs et les salons de beauté sont toujours fermés le lundi.

– Comment s'appelait la boutique, Ray ?

– « Chez Ray, barbier », dit-il, comme si cela allait de soi. Mon père portait le même prénom que moi. Ray *senior*. Comme il était l'aîné des frères, on a donné son nom à la boutique.

Mais plus tard, il raconta aux inspecteurs que le salon de coiffure appartenait à la famille depuis quatre générations. Robyn calcula que cela devait remonter à la guerre de Sécession ou presque. Toutefois cette tradition de père en fils revêtait un intérêt particulier, en relation avec certains éléments du dossier.

– Autrefois, les barbiers maniaient aussi bien les ciseaux que le bistouri, je me trompe ? C'est de là que vient ta passion pour la chirurgie, Ray ? Une sorte d'héritage ancestral ?

Il eut un ricanement à donner la chair de poule.

– Attends une minute, intervint Paul. Tu nous a bien dit que le salon portait le nom de ton père. Comment est-ce possible, puisque ton grand-père et ton arrière-grand-père en étaient déjà propriétaires ?

– Oh ! ils s'appelaient déjà Ray. Raymond. Dans la famille, tous les hommes portent ce nom...

– Il paraît que vous avez été coiffeur, dit à Ray l'avocate de l'assistance judiciaire, la première fois qu'elle rencontra son client.

C'était avant l'entrée en scène de Leanne English et de son cabinet.

– D'où sortez-vous ça ?

– Je l'ai lu là-dedans, dit-elle en tapotant une transcription des interrogatoires menés par les inspecteurs.

– Ce n'est pas la vérité.

– Ah non ? Alors quelle est la vérité, Ray ?

– Mes parents étaient métayers en Alabama. Près de Mobile. On cultivait le coton.

Il leva les mains pour montrer ses paumes.

– Regardez, elles sont encore calleuses. De mes années de cueillette, quand j'étais petit. On était dans les champs de l'aube à la nuit tombée. C'est pour ça que je ne suis jamais allé à l'école. Mes parents me faisaient travailler avec eux sur la ferme. On avait besoin du peu d'argent que je pouvais rapporter, sinon ils ne m'auraient pas forcé. Parce que c'étaient des gens formidables, mes parents, et on formait une famille très unie. Maman était un vrai cordon bleu et papa était l'homme le plus fort du comté, peut-être même de tout l'État. Il gagnait très bien sa vie, mais on n'a jamais roulé sur l'or, parce qu'il distribuait son argent à d'autres métayers, pour que leur famille n'ait pas faim et que leurs enfants puissent porter des chaussures en hiver.

« Ma mère râlait quand il donnait ce qu'on avait gagné

à la sueur de notre front, mais elle ne le pensait pas vraiment, je le voyais bien, parce qu'elle cuisinait toujours pour les voisins. Elle leur apportait des tartes aux pommes de terre ou des pâtés en croûte.

« Ils sont morts maintenant, tous les deux, mais c'étaient des gens bien.

– Il n'y a jamais eu de coiffeur dans votre famille ? lui demanda l'avocate.

– Non, j'ai raconté ces bobards aux flics parce que leurs têtes ne me revenaient pas. La vérité, c'est que mes parents étaient métayers.

L'avocate avala toute l'histoire, jusqu'à ce qu'elle aille la répéter à son patron, qui la regarda d'un air incrédule :

– Sans blague ? Des métayers philanthropes ?

Un jeune assistant du procureur se présenta ensuite à la prison pour interroger l'inculpé, sous l'œil vigilant de son avocate.

– Alors, Ray, quelle version est la bonne ? Fils de barbier ? Ou fils de métayer ?

– C'est bon, dit le suspect, comme quelqu'un qui se résigne à la capitulation.

Il adressa un sourire en coin à son avocate, qu'il avait bernée si facilement.

– Je vous ai fait marcher. Maintenant j'en ai assez. Je vais vous dire la vérité, mais après vous allez me foutre la paix sur ma vie. Tout ça, c'est le passé, je ne veux plus y revenir. Il y avait une part de vrai dans ce que j'ai servi aux flics et dans ce que je vous ai raconté...

Nouveau regard en biais à son avocate, qui le soutint sans ciller.

– Mon père était médecin.

Ray éclata de rire, à gorge déployée. Ses petites dents pointues ressemblaient plus à celles d'un bébé qu'à celles d'un adulte. Et il donnait l'impression de ne pas avoir abusé du dentifrice trouvé dans ses affaires.

– Il était chirurgien. Comme les barbiers autrefois. Vous voyez, je n'ai menti qu'à moitié. Et c'était aussi un gentleman farmer.

Son sourire narquois réapparut.

– C'est ce qui m'a donné l'idée du métayer. Mais en fait, on élevait des chevaux. On avait de grands prés où on les faisait paître. C'est presque comme une ferme, non ? Et mon père était vraiment un type hors du commun. Il a sauvé des tas d'enfants. Il soignait les os... Comment ça s'appelle ?

– Chirurgien orthopédiste, Ray, dit l'assistant du procureur, dubitatif.

– Ouais, c'est ça. Il réparait les fractures, les malformations de naissance, ce genre de trucs.

– Et ta mère, dit le jeune procureur sur le même ton, c'était un cordon bleu. La reine de la cuisine à l'étouffée, peut-être bien ?

– Bon, si vous ne me croyez pas, dit Ray, prenant ombrage, je ne vous dirai plus rien.

– Allons, Ray. Mets-toi à table. D'où viens-tu ?

Le suspect n'était jamais à court d'imagination. Quand une histoire prenait l'eau ou que la patience des inspecteurs était à bout, il en débitait une autre. Et tandis que les récits s'ornaient de ramifications de plus en plus élaborées, on semblait s'éloigner chaque jour davantage de la vérité.

4

Raymond

Sentant venir la fatigue, je délaisse un instant le manuscrit pour regarder ma montre : presque minuit, et je n'ai rien appris de nouveau, à part que je suis plutôt satisfaite de mon travail sur ces quatre chapitres. Malheureusement, la bonne littérature n'a jamais fait progresser une traque policière. Je me lève, je m'étire longuement, puis je vais à la cuisine chercher un casse-croûte pour relancer la machine. Je prends un pot de tarama, un paquet de crackers, un couteau et une serviette, et je regagne mon bureau où je me remets bientôt à feuilleter mes notes.

Je tombe sur ce propos sarcastique de Paul Flanck à propos des élucubrations de Ray :

– On a eu droit à « Papa était pompier » ou « Mon père était un grand docteur qui m'a sauvé la vie. » Pas mal, celle-là. Puis ç'a été : « Ma mère était médecin et mon père un professeur d'histoire de renommée internationale. » J'ai bien aimé aussi.

– Non, la meilleure, dit Robyn, c'était « Je suis le descendant d'une grande lignée de magistrats. » Il prétendait que son arrière-grand-père était juge à la Cour suprême et à l'écouter, on aurait juré que c'était la vérité vraie.

Mais Ray est apparemment incapable de dire la vérité.

Les cinq premières minutes, ses histoires paraissaient plausibles, jusqu'à ce qu'elles achoppent sur un détail – comme cette invraisemblable pléthore de Raymond sur sa famille. Les inspecteurs lui coupaient alors la parole et lui reposaient la question :

– Bon, Ray, pour la dernière fois, qui étaient tes parents ?

Le suspect haussait les épaules, puis fronçait les sourcils en faisant mine de fouiller sa mémoire.

Un soir très tard, pourtant, Robyn crut tenir enfin une piste sérieuse. Elle téléphona aussitôt à Paul, qu'elle tira du sommeil :

– Paul ? Quel genre d'enfant a le plus tendance à broder des histoires sur le thème « mon père, ce héros » ?

– Hein ? Quoi ?

Puis une lueur traversa l'esprit encore brumeux de l'inspecteur Flanck :

– Un enfant adopté ?

– Oui. Ou bien des enfants dont le père est mort. Ils réinventent complètement les circonstances de leur adoption. Ils imaginent par exemple que leur vrai père était un astronaute.

– Un riche astronaute.

– Un riche et bel astronaute champion de football.

– Un riche et bel astronaute champion de football qui recherche désespérément le fils dont il a été séparé par erreur. Autrement dit, Robyn, il faut qu'on mette la main sur un Raymond Raintree qui a fait l'objet d'une procédure d'adoption il y a environ vingt-huit ans.

Peut-être, mais la piste était trop ténue pour que les policiers se bercent d'illusions. Premièrement, ils ne savaient même pas si Raymond Raintree était le véritable nom du suspect. Ils ne connaissaient pas non plus son âge exact. Enfin, ils n'avaient aucune idée de son lieu de naissance. En raccrochant le combiné du téléphone ce soir-là, les deux enquêteurs pressentaient que l'idée lumineuse de Robyn ne suffirait pas à les sortir de l'impasse.

D'après mes notes, c'est à peu près le moment où Ray cessa de débiter ses contes et légendes. Les policiers continuèrent de le questionner, mais il se contenta désormais de hausser les épaules en prenant un air martyr :

– Puisque vous ne me croyez pas, je ne vous dirai plus rien.

Plus tard, il devait se murer dans un silence total. Par cette phase transitoire, il renonça simplement à se lancer dans de nouveaux récits.

– À mon avis, il était vexé, dit Robyn.

Paul n'est pas d'accord :

– Non, je crois plutôt qu'il commençait à s'ennuyer.

– Peut-être.

– À partir du moment où on ne le croyait plus, le jeu avait dû perdre tout son sel.

Paul leva les yeux au ciel.

– Comme si on était là pour lui tenir le crachoir !

– Le problème, reconnaissait alors Robyn, c'est que la situation semblait parfois tellement absurde qu'on finissait par oublier la gravité de l'affaire.

Ma vue se brouille, j'ai envie d'arrêter là, mais je pense à tous ceux qui, en ce moment même, participent à la traque et sont certainement plus fatigués que moi. Je pense aussi aux enfants qui ne sont pas en sécurité tant que Ray court toujours.

Je reprends mes notes.

– Le contenu des trois sacs à dos avait peut-être de quoi intriguer, dit Robyn, mais il ne nous fournissait aucune information sur l'identité du suspect.

L'inspecteur Anschutz n'était pas surprise par la présence des bandes dessinées.

– Une galerie de superhéros. Tout à fait typique. Les assassins se croient tous sortis de la cuisse de Jupiter. J'en ai parlé à des psychiatres. Ils appellent ça l'enflure de l'ego. Ces types sont de vraies baudruches. Mais la zigounette aurait plutôt tendance à pendouiller mollement, alors ils essaient un coup de gonflette en s'attaquant à des êtres faibles.

Robyn s'anime en parlant :

– Pour eux, les autres ne sont que de simples images qu'ils peuvent manipuler à leur guise, piétiner, soumettre à toutes leurs lubies.

Je ne pourrai pas utiliser dans mon livre cette excellente citation concernant l'appendice sexuel des criminels, mais je compte bien reprendre le reste. Malheureusement, d'après ce que Robyn avait pu lire sur le sujet, les psychopathes trouvaient très peu d'inspiration dans les vertus les plus louables de ces héros de bandes dessinées. Ils ne s'intéressaient qu'à une chose : le pouvoir. Les psychologues s'empressent de préciser qu'il s'agit d'un pouvoir exercé sur les autres, car ces malades ne contrôlent plus leur propre volonté, ayant entièrement cédé à leurs pulsions malsaines.

Je me penche sur d'autres feuillets, d'autres notes.

Les inspecteurs s'étaient inquiétés des médicaments trouvés dans un sac à dos. En effet, si Ray les avait volés puis consommés sans discernement ni modération, ses avocats auraient quelques bonnes chances de plaider qu'il n'était pas dans son état normal.

– Il transportait tout le nécessaire du petit pharmacien, m'avait raconté Paul. Des médicaments sans ordonnance, des gélules contre le rhume, le genre de trucs que tout le monde a dans son placard à pharmacie, y compris sur un bateau. Aspirine, antalgiques, vitamines, tout le bastringue. Mais il avait aussi des médicaments délivrés uniquement sur ordonnance, pour la tension artérielle ou l'asthme. On a trouvé aussi des antibiotiques, des suppositoires, des pommades. La totale. On s'est dit qu'on avait affaire à un hypocondriaque forcené. S'il n'était pas malade, il le serait devenu à coup sûr en ingurgitant tous ces cachets.

Mais les policiers poussèrent un soupir de soulagement : les seuls stéroïdes présents dans le sac étaient des corticostéroïdes prescrits contre l'asthme et les allergies.

Au moins, observa Robyn à l'approche du procès, ses avocats ne pourront pas invoquer la crise de démence provoquée par l'absorption de stéroïdes.

– Pourquoi tous ces médicaments ? demandèrent les policiers à Ray.

– Je les distribue aux pauvres.

C'était la réponse préférée de Robyn. Mais son coéquipier avait un faible pour celle-ci :

– Les gens consomment trop de médicaments. Alors je les aide à purifier leur organisme.

Paul lui lança un jour :

– Dis-moi, Ray, laquelle de ces pilules te fait raconter autant de conneries ?

Il ne pouvait pas se douter que ce sarcasme – parmi toutes les remarques peu amènes lancées par les policiers – offenserait le suspect au point qu'il arrêterait complètement de parler.

Cet incident fut en effet le point de départ d'un long silence, arme principale d'un combat que Ray mena pendant des semaines contre un système qui ne prenait plus ses déclarations pour argent comptant. Mais sans les mensonges, les policiers n'avaient plus rien à se mettre sous la dent, à part les faits bruts : ce vague emploi dans une compagnie de bateaux taxis et trois sacs à dos au contenu on ne peut plus maigre.

Aussitôt après l'arrestation de Ray, les inspecteurs retournèrent poser quelques questions à Donor Miller, ainsi qu'aux employés de la Checker Crab. J'ai sous les yeux les rapports des policiers et les copies de leurs interrogatoires. Il apparaît que les autres employés, jeunes pour la plupart, se sont toujours tenus à l'écart de Ray, qu'ils considéraient comme un simple d'esprit. Leur contribution à l'enquête fut quasiment nulle. Ils avaient horreur que Ray emprunte un bateau ou dorme à l'intérieur, car il le laissait toujours dans un état répugnant : papiers gras, chasse d'eau non tirée, robinets mal fermés, empreintes de pieds sur les surfaces en fibre de verre blanche, sans parler des mégots de cigarette.

– Il n'allait pas jusqu'à écraser ses mégots sur le pont, dit une employée, mais il fumait à bord, malgré l'interdiction formelle des propriétaires, et il faisait tomber les cendres n'importe où. J'ai souvent entendu M. Miller l'engueuler à ce sujet.

– Dans ces conditions, pourquoi le gardiez-vous ? demandèrent Paul et Robyn à Donor Miller, avant qu'il ne se mette aux abonnés absents.

– J'ai un cœur d'artichaut.

– Et puis vous ne nettoyiez pas derrière lui, je me trompe ? répliqua Paul Flanck. Les autres employés étaient là pour ça.

– Ecoutez, Ray est peut-être un cloporte, mais les cloportes ont le droit de vivre, eux aussi. En tout cas, c'est ma philosophie.

– Vous êtes la charité faite homme, Donor.

– Je ne vous le fais pas dire.

– Depuis combien de temps Ray habite et travaille ici ?

– Un an et demi, peut-être deux.

Les autres employés confirmèrent l'information, bien qu'ils aient été embauchés à une date plus récente.

– Que vous a-t-il raconté quand il s'est présenté ici ?

– Qu'il avait besoin d'un job et d'un endroit où crécher, répondit Miller. Je lui ai dit que je ne pouvais pas le payer, mais que pour le prix de son travail je le laisserais dormir sur une couchette de bateau.

– Décidément, vous êtes le bon Samaritain.

– Hé ! Je lui donnais aussi de quoi s'acheter à manger. Il n'avait pas l'air au bord de l'inanition quand vous l'avez arrêté, hein ?

Le personnel de la Checker Crab une fois interrogé, les deux inspecteurs n'étaient pas plus avancés.

– C'est un cul-de-sac, dit Paul.

– Si tu veux mon avis, Ray est tombé du ciel. Comme dans *X-Files*. D'ailleurs, on le croirait sorti tout droit de cette série. Peut-être qu'il peut mettre le feu aux gens rien qu'en les regardant. Peut-être que si on lui arrachait la peau, on tomberait sur un insecte ou une sorte de lézard.

– Dommage que les extraterrestres n'aient pas pensé à l'enlever.

Sur ce point, ils étaient d'accord : le monde serait tout de même beaucoup plus agréable sans Raymond Raintree.

Tous ces éléments figurent dans mes notes, attendant de donner corps à un chapitre.

Sur mon bureau, le neuvième volume de l'encyclopédie *Britannica* gît ouvert aux pages 452 et 453, à la rubrique « glande pinéale ». J'y ai appris ce que le médecin légiste ne s'était pas donné la peine de mentionner, à savoir que chez les vertébrés inférieurs, cet organe possède la structure d'un œil et qu'il agit comme un récepteur de lumière. On estime que les yeux humains se sont constitués, après une longue évolution, à partir de cette base. En lisant l'article, je me suis demandé si cela pouvait expliquer pourquoi Ray avait mutilé le cerveau de la fillette. Également appelée épiphyse, la glande pinéale pourrait bien être à l'origine de la notion de troisième œil, dont certaines traditions religieuses prétendent qu'il « s'ouvre » lorsque l'adepte atteint la pleine réalisation de soi. Ainsi éveillé, il est alors censé devenir le canal de la sagesse éternelle. On lui attribue des capacités intuitives phénoménales, voire des pouvoirs surnaturels.

Bref, la panoplie complète du superhéros.

M'est avis que nous n'aurions pas trop de quelques pouvoirs magiques pour comprendre Ray.

Je doute que mon troisième œil s'ouvre ce soir, ne serait-ce que d'une demi-paupière. Je me cale contre un coussin. Puisque je suis incapable de discerner le passé ou l'avenir de Ray par des moyens surnaturels, je vais me replonger dans mon manuscrit. Cette relecture déclenchera peut-être une intuition de génie.

Cette citation du procureur de Howard County, Franklin DeWeese accroche mon regard : « Ray, ou quel que soit son nom, s'il est l'homme qui a tué cette enfant, est avant tout un meurtrier. C'est tout ce qu'il vous faut savoir pour le condamner. »

Mais non, Franklin. Non !

Je jette le chapitre de côté, exaspérée, avant même d'arriver au bas de la première page.

Le public veut en savoir plus !

En tout cas, *mes* lecteurs attendent bien davantage. Ils lisent les enquêtes criminelles pour essayer de comprendre comment certains individus basculent dans le mal. S'agit-il d'une tare de naissance ou bien est-ce le résultat d'un environnement familial ? Franklin ne voit peut-être aucun obstacle à condamner un homme dépourvu de tout passé, mais comment pourrais-je écrire un livre sans ce matériau indispensable ?

Qui est Ray Raintree ?

La date limite de remise du manuscrit approche à grands pas et j'essaie de ne pas paniquer.

Je devrais avoir honte de me morfondre sur mon sort, quand d'autres vies sont en jeu. S'il y avait des indices dans les notes et les chapitres que je viens de relire, ils ne m'ont pas sauté aux yeux. Je tombe de fatigue, et pourtant je me sens moralement obligée de continuer. Une bonne douche me redonnera peut-être l'énergie nécessaire. Je relirai mes propres interviews avec Ray fraîche et dispose. Ce sont certainement les plus étranges de ma carrière, ce qui n'est pas peu dire, si l'on songe aux figures peu recommandables que j'ai eu l'occasion de rencontrer.

Je pose un regard las sur mon bureau où s'empilent les différentes versions de *La Petite Sirène*, soit dix bons centimètres de manuscrits au milieu desquels surnage encore mon téléphone.

Tout à coup, il se met à sonner.

Je tends la main, mais je vérifie l'identité de l'appelant avant de décrocher. L'afficheur numérique indique « appel privé », donc sans nom ni numéro.

– Allô ?

Pas de réponse, mais je sens une présence au bout du fil.

J'attends encore un peu, puis je raccroche avec dégoût. Je déteste ça. Les gens pourraient au moins s'excuser : « Désolé, faux numéro. »

Cet appel a toutefois le mérite de me fournir le prétexte à une pause. Je file sous la douche, mon endroit préféré pour passer au crible l'information et faire jaillir de nouvelles idées. Malheureusement, aucune ne me vient, et pourtant je passe une bonne demi-heure sous le jet d'eau chaude. J'attrape une serviette et je me sèche à la va-vite. Je suis encore en partie mouillée lorsque je sors de la salle de bains pour entrer dans ma chambre.

Là, je pousse un cri d'effroi.

Il y a un homme nu allongé sur mon lit.

– Franklin ! dis-je en éclatant de rire. Tu aurais pu frapper avant d'entrer.

Franklin est la seule personne à qui j'ai donné libre accès dans l'impasse. Il a aussi les clés de ma maison.

Nous avons commencé à sortir ensemble juste avant l'ouverture du procès, et nul n'est au courant. Non pas que notre liaison soit répréhensible – je suis célibataire, il est divorcé. Elle ne nous place ni l'un ni l'autre en porte-à-faux. Un observateur pointilleux pourrait relever là une source de conflit potentiel pour moi, dans la mesure où, en tant qu'auteur, il m'est difficile de décrire en toute objectivité un homme avec qui je couche, mais en fait j'avais rédigé la plupart des chapitres où il apparaît avant que nous passions à l'acte. Et je n'ai pas changé une virgule par la suite. Non, si nous gardons notre liaison confidentielle, c'est parce que nous avons horreur des cancans. Et puis c'est beaucoup plus amusant ainsi. Le mystère n'aiguise-t-il pas le désir ? Si rupture il doit y avoir, il nous sera plus facile de nous écarter en douceur l'un de l'autre, sans avoir à fournir de longues explications à tout l'entourage. Ni ragot, ni compassion forcée, ni froncements de sourcils réprobateurs. Rien que du plaisir... puis des adieux, si notre histoire venait à se conclure.

– Toi, tu as oublié que je devais passer...

Pas question de l'admettre. D'abord parce que ce serait très impoli de ma part, ensuite parce que j'aurais honte d'avouer que le travail ait réussi à me faire oublier, ne serait-ce qu'un seul instant, le spectacle qui s'offre à moi.

– Tu es un vrai régal pour les yeux, dis-je.

Je crois avoir assez habilement esquivé l'accusation. Le problème quand on sort avec un procureur, c'est qu'il a toujours tendance à mener la conversation comme un contre-interrogatoire.

– On dirait une de ces publicités sexy pour la literie. Un bel homme noir sur des draps blancs.

– Si tu venais essayer les ressorts ?

Je saute dans ses bras, encore humide. Il me renverse en riant et je me retrouve clouée sur les draps.

– Ce matelas est tellement moelleux que je te sens à peine, dit-il.

Je libère une main et la glisse vers un point stratégique.

– Ah ! dit-il en fermant les yeux. Te voilà.

Pendant que je prends une deuxième douche et qu'il se sèche, je lui raconte comment j'ai occupé les dernières heures.

– Le capitaine Giancola m'a demandé de relire mes notes sur Ray, pour essayer de deviner où il pourrait aller.

– Tu as faim ?

– Ça veut dire que tu as faim ? Sers-toi, idiot.

– Tu veux quelque chose dans la cuisine ?

J'entrouvre le panneau coulissant de la douche.

– Non, je suis comblée, merci, dis-je avec un sourire espiègle.

Il dépose un rapide baiser sur mes lèvres.

– Tout le plaisir était pour moi, dit-il avant de sortir.

– Franklin ?

Il repasse la tête à la porte.

– Tu n'as pas l'air très remué par l'évasion de Ray.

– Remué ?

– En colère, énervé, ce que tu veux.

Un instant, il semble perplexe, puis me sourit :

– J'ai fait mon boulot. S'ils l'attrapent, tant mieux. Et dans le cas contraire, je n'y suis pour rien.

– Ce n'est pas pour te vexer, mais quand tu veux, tu es un vrai bloc de glace.

– C'est pour ça que je suis procureur.

Et avant de passer la porte, il ajoute :

– Tu ne m'as pas vexé.

Une fois habillée, je retourne dans mon bureau tandis que Franklin se prépare un dîner tardif. Des bruits de casseroles résonnent dans la cuisine et une délicieuse odeur envahit bientôt la maison. Franklin est un magicien de l'omelette. Pendant qu'il exerce ses talents culinaires, je rassemble plusieurs chapitres que je vais probablement devoir retravailler, car ils sont écrits à la première personne. D'ordinaire, je n'aime pas me mettre en scène dans mes livres. Je préfère m'en tenir au rôle de l'observatrice détachée, invisible derrière le projecteur qu'elle braque sur les âmes des protagonistes.

Malgré les papillons qui s'agitent au creux de mon estomac, je reprends ma lecture.

La Petite Sirène

par Marie Lightfoot

~

Chapitre VII

Pour s'enivrer à respirer le doux parfum de la liberté, rien de tel que d'aller se promener aux abords de la prison de Howard County. Adjacent au palais de justice, cet établissement pénitentiaire fait partie d'un ensemble de bâtiments à vocation judiciaire situé au centre-ville de Bahia Beach, à seulement cinq kilomètres du littoral atlantique et de sa promenade de planches. Les quelque six millions de touristes qui visitent la ville chaque année peuvent monter à bord d'un trolley et s'offrir le grand écart, entre le spectacle austère d'un assassin comparaissant devant son juge et celui plus chatoyant des bikinis sur la plage. Et pour ceux qui n'apprécient pas le trolley, du centre-ville à la mer, c'est l'affaire de cinq minutes en voiture ou d'une demi-heure en bateau. Le flâneur peut même adresser des signes de la main en direction des meurtrières taillées dans les murs de la prison, qui font office de fenêtres. Mais il ne saura pas si un détenu répond à son geste. Car si les prisonniers peuvent voir la rue depuis leur cellule, l'inverse n'est pas vrai.

La prison où résida Ray Raintree avant et pendant son procès est un édifice beige de quinze étages, à faible distance du parc, des terrasses de café et des péniches embossées sur les quais de la New River. Peu d'endroits au monde offrent une juxtaposition aussi frappante de la réclusion et de la liberté. Quelle meilleure image de la liberté, en effet, qu'un bateau amarré sur une rivière menant à la mer ?

En chemin vers ma première entrevue avec Ray Raintree, je levai les yeux vers les fenêtres étroites de la prison en songeant : êtes-vous tous cinglés là-dedans ? Savez-vous à quoi vous avez renoncé ? Mais où aviez-vous la tête ? On dénombre environ trois mille heures de soleil par an à Bahia Beach, et voilà que ces types avaient réussi à atterrir dans le seul endroit de la ville constamment à l'ombre.

Chaque prison a ses règles et ses usages. Mais en général, plus son crime est grave, plus le prisonnier est soumis à l'isolement. Les auteurs de crimes contre des enfants, en particulier, sont souvent placés en cellule individuelle, à l'abri des autres détenus de droit commun, ces êtres à la vertu exemplaire qui pour beaucoup se paient encore le luxe de l'indignation. L'assassin qui a tué une vieille caissière dans un supermarché ne voudrait surtout pas, quelle horreur, être vu en compagnie d'un violeur d'enfant.

L'isolement auquel sont soumis les criminels les plus dangereux implique généralement que les interviews n'ont pas lieu dans le parloir mais en privé, dans des pièces annexes, pratiquement nues. Une table, deux ou trois chaises. Et un garde qui surveille derrière une vitre, quand il n'est pas présent physiquement dans la pièce.

En ce qui me concerne, je préfère que les gardiens soient aussi près que possible et armés, mais qu'ils se montrent assez discrets pour ne pas inhiber la personne que j'essaie d'interviewer. Les tueurs portent en général des menottes et des chaînes aux pieds. Si ce sont les homologues, en chair et en os, du fameux Hannibal Lecter – autrement dit, des psychopathes complètement incontrôlables, susceptibles de s'en prendre à n'importe qui, n'importe quand et avec n'importe quelle arme, y compris leurs dents –, je ne mets pas un pied dans la même pièce qu'eux, pas même accompagnée d'un bataillon. Je les interviewe à l'abri d'un lourd dispositif de sécurité.

Mais aux dires de tous, ce n'était pas le genre de Ray Raintree.

J'ai donc décidé que je pouvais sans danger lui parler en tête à tête, du moment qu'un garde armé s'asseyait dans un coin de la pièce. Lorsque le maton se tient parfaitement tranquille, le prisonnier finit par oublier sa présence. Et il se met alors à parler.

La première fois que j'ai interrogé Ray Raintree, le décor était le suivant : une grande pièce vide aux murs boueux, sans autre fenêtre que le carré de vitre ajourant la porte, trois chaises en métal gris, une petite table dressée au milieu de la pièce, et un gardien assis en retrait

Cette table me mettait mal à l'aise.

Je me sentais trop près de Ray, même si nous avions tous deux écarté nos chaises en les raclant sur le sol de ciment et penché nos corps en arrière, comme deux grands timides cherchant à se donner de l'espace. Il y avait un je-ne-sais-quoi de trop familier dans cette table, surtout avec mon gobelet de café et le soda de Ray posés dessus.

Le magnétophone n'a pas enregistré grand-chose ce jour-là, à part le son de ma voix tentant d'engager la conversation et les notes de guitare que Ray m'adressait pour toute réponse.

À ma demande, il ne fumait pas.

La guitare avait visiblement roulé sa bosse. La rosace avait quasiment disparu et les bords de la caisse creuse étaient comme rongés. Je m'étonnais qu'on la lui ait laissée, même en cet état. Certaines prisons assouplissent le règlement pour ceux qui n'ont pas d'autres perspectives que le couloir de la mort. Et Ray tombait à coup sûr dans cette catégorie. Parfois aussi, les matons accordent une petite compensation à l'isolement des prisonniers, surtout lorsqu'ils se montrent dociles. Or Ray ne donnait de fil à retordre à personne.

Il flottait dans la pièce une odeur âcre et animale, souvenir tenace de tous les prisonniers en salopette orange qui y avaient sué.

Je savais qu'après son arrestation, Ray s'était montré intarissable avec les inspecteurs, accumulant les récits, mais lors de notre première rencontre, il n'articula pas le moindre mot.

– Bonjour, commençai-je, d'une voix plus assurée que je ne l'étais en réalité.

En guise de salut, Ray plaqua un accord tonique en do majeur. Je le reconnus grâce aux leçons de piano de mon enfance. Dix ans de pratique forcée pour un résultat plus que médiocre : aujourd'hui je suis littéralement prise de panique dès qu'il s'agit de jouer en présence de quiconque.

– Merci de me recevoir, Ray.

Cette fois, toujours en do majeur, il joua l'accord sous-dominant, qui semblait dire : « Bah, je n'avais rien de mieux à faire. »

– Comment allez-vous ?

Accord dominant de la gamme de do.

Je reconnaissais les accords mais j'étais incapable de les traduire. Celui-là pouvait signifier « ça va » ou « quelle question stupide », ou encore « la bouffe est dégueulasse ». Je ne me leurrais pas sur le caractère parfaitement illusoire de notre conversation.

– J'ignore ce que vous savez de moi, ou ce que vos avocats vous ont dit de mon travail...

Il se mit à jouer le succès de Frank Sinatra, note par note : *The Lady is a Tramp...*

Tramp : une traînée ? Je ne savais pas comment réagir. J'avais entendu parler de son sens de l'humour assez particulier.

Mais déjà il enchaînait avec un vieux blues : « Je veux retourner au pays du coton... »

Je me suis efforcée de cacher ma surprise. Il se trouve que je suis née à Birmingham, en Alabama, mais j'avais du mal à croire qu'il ait joué ce morceau à mon intention. Comment aurait-il pu savoir ? Une notice biographique figure toujours sur la jaquette de mes livres, mais Ray ne pouvait pas les avoir lus : il était analphabète.

J'ai préféré garder le silence et attendre la suite.

Cela me donna le temps de m'habituer à son apparence physique, plus dérangeante que je ne m'y attendais. Et ce n'était pas faute d'avoir été prévenue. On m'avait assez répété qu'il était « bizarre », mais je n'avais pas compris à quel point sa petitesse semblait anormale, ni combien il paraissait jeune. Cette impression ne s'expliquait pas seulement par sa taille, sans doute inférieure à un mètre soixante. Ray n'avait pas l'ossature d'un homme adulte, mais la silhouette fluette et anguleuse d'un jeune garçon. Il ne devait pas peser plus de cinquante kilos.

Comment un individu aussi chétif pouvait-il inspirer autant d'effroi ?

Ray donnait l'impression de ne s'être jamais vraiment développé. Il y a un moment, dans la croissance de certains enfants, où leurs articulations noueuses semblent trop grosses pour le reste du corps. Bras et jambes sont comme quatre bâtons chevillés à hauteur des genoux et des coudes. Et lorsqu'ils ôtent leur chemise, on leur compterait les côtes. Ray me faisait cet effet-là, même si je ne voyais pas son torse.

Il avait l'air d'un gamin déguisé en adulte.

J'avais entendu parler de ses fortes tendances hypocondriaques, qui le poussaient à réclamer sans cesse des médicaments, qu'on lui refusait avec la même constance. Pour obtenir une ordonnance, il devait obligatoirement passer par l'infirmerie de la prison, or il ne se pliait pas à cette procédure, faisant mine de ne pas comprendre que l'une n'allait pas sans l'autre. Il ne voulait qu'une chose, des médicaments, n'importe lesquels, à avaler, à inhaler ou à appliquer sur la peau. Cela cadrait bien avec la profusion de cachets de toutes sortes découverts dans un de ses sacs à dos.

Lorsque, au moment de son incarcération, Ray avait subi l'examen médical de rigueur, le médecin nota trois signes physiques particuliers : une cicatrice à la gorge, une deuxième juste sous la cage thoracique, sur le flanc gauche, et un seul testicule. Ray déclara que le second lui avait été retiré à la suite d'un violent coup de pied. Mais fallait-il le croire ?

Quand les policiers lui présentèrent sa déposition à signer, il prétendit ne savoir ni lire ni écrire, hormis son nom. Pour preuve, il griffonna son patronyme sur une feuille blanche. D'après Paul Flanck, cela ressemblait plus à « Da Tee » qu'à Raintree.

– Tu es allé à quelle école, Ray ?

– C'est quoi, une école ? avait rétorqué le suspect, avec un sourire railleur.

– Où avez-vous appris à jouer de la guitare ? lui ai-je demandé.

Il ne répondit pas. Mon regard resta longtemps fixé sur la longue cicatrice fine qui apparaissait sous le col de sa chemise. J'aurais regardé n'importe où pour éviter de plonger dans ses yeux.

Curieusement, son visage semblait à la fois trop jeune et trop vieux. Sa « jeunesse », il la tenait essentiellement d'une peau glabre. À l'approche de la trentaine, Ray ne s'était sans doute jamais rasé de sa vie. Le rasoir et les lames trouvés dans son sac à dos ne risquaient pas d'avoir trop servi. Quant à la « vieillesse », elle se lisait dans ses yeux d'un gris-bleu éteint et dans cette bouche aux lèvres minces, très inhabituelles, car presque aussi pâles et bleutées que ses prunelles. Ray me faisait l'effet d'un garçon congelé : une glace à l'eau toute rabougrie, longtemps oubliée dans le congélateur.

Il me donnait la chair de poule.

Ray joua *Dixie* avec application, jusqu'à la dernière note.

– Vous êtes originaire du Sud ?

Pour toute réponse, il me gratifia d'un sol majeur, accord tonique, suivi par les sous-dominant et dominant, avec un accord septième en prime. Quand ils lui demandaient d'où il venait, les inspecteurs recueillaient un flot de paroles, même mensongères. Quant à moi, je n'obtenais qu'une progression d'accords.

En fait de progression, je n'avançais pas d'un pouce.

Disposait-il d'un vaste répertoire musical ou bien allait-il me seriner *Dixie*, encore et encore, *ad nauseam* ?

Au moment précis où je me posais cette question, il se mit curieusement à jouer une autre mélodie. Cette fois, je reconnus *Stardust*, le vieux standard mélancolique de Hoagy Carmichael : « Je me demande parfois pourquoi seul dans la nuit je rêve d'une étoile... »

S'il y avait une personne au monde qui éprouvait encore de l'affection pour Ray, elle aurait probablement versé des larmes en entendant ces notes plaintives.

– C'est joli, dis-je lorsqu'il eut fini.

Il pinça un arpège dissonant que je pris pour une manière de rebuffade : « On t'a demandé ton avis ? »

J'abandonnai la partie et le saluai.

Sur la bande magnétique, on entend le raclement de ma chaise sur le ciment. Puis le bruit de mes pas, une porte que l'on déverrouille, mon bref échange avec le gardien. Tout ce temps, le magnétophone continuait de tourner. J'ai le sang figé en réécoutant ce passage, car en arrière-plan, on entend Ray jouer *Divine soirée* sur sa guitare : « Un jour, tu rencontreras un inconnu... »

Plus tard, j'ai passé la cassette aux inspecteurs Flanck et Anschutz, qui en ont eu froid dans le dos.

J'ignorais si Ray accepterait de me revoir, mais j'étais prête à parier que oui. Il avait besoin d'un public. Et puisque ses mensonges lui valaient un bide, il gagnerait l'attention par son silence théâtral.

Je ne choisis jamais une affaire de meurtre pour la victime. C'est le meurtrier qui m'attire. La vérité est terrible à dire, mais les victimes, par définition plus faibles que leur bourreau, n'offrent en général pas le même intérêt. Qui pourrait citer le nom d'une seule des huit infirmières égorgées par Richard Speck ? Ce sont les noms des tueurs qui frappent les mémoires, et pas seulement à cause du battage médiatique qui les entoure.

Il y a bien sûr des exceptions à la règle. Certaines victimes échappent à l'oubli, alors que leur assassin y a sombré. Mais c'est précisément parce qu'elles étaient les plus *fortes*, supériorité qu'elles devaient à leur célébrité ou à la vague d'émotion soulevée en leur faveur. John Lennon et Mark... Comment déjà ? Et comment s'appelait l'homme qui a tiré sur Ronald Reagan ?

Mais il n'est pas facile de définir avec précision la nature de cette *force* que le public croit percevoir chez les meurtriers. Et comment pouvais-je en déceler la moindre trace chez cet avorton de Ray Raintree ?

De la force, il y en avait dans le silence obstiné, sans avantage apparent, qu'il avait adopté comme un soldat tombé à l'ennemi. Le plus étrange, c'est qu'à la différence des prisonniers de guerre, il refusait de livrer jusqu'à son « grade et numéro de matricule ». Car ce nom de Ray

Raintree, aux allitérations râpeuses, personne ne pouvait jurer que c'était le sien, après toutes ses élucubrations de son crû.

– Tu as un deuxième prénom, Ray ? lui avaient demandé les policiers.

– Steven.

La fois suivante, c'était Francis, Quentin ou Federico. Selon l'humeur du jour. Au fil des jours, il leur livra ainsi presque tout le calendrier. Ces quatre prénoms étaient évidemment empruntés aux célèbres metteurs en scène : Spielberg, Coppola, Tarantino et Fellini. Et lorsque Ray finit par leur dire que son deuxième prénom était « Suce-moi », les policiers renoncèrent à lui poser la question.

Ils n'avaient pas eu besoin de cet incident pour se mettre en rogne devant l'irrationalité du suspect. Oui, il avait emmené la fillette en balade sur son canot. Non, ça ne voulait pas dire qu'il l'avait tuée. Oui, elle avait cessé de respirer. Non, elle n'était pas morte pour autant !

– Il me rend folle quand il commence avec ça, dit Robyn Anschutz. J'ai envie de le secouer jusqu'à ce que ses yeux sortent de leur orbite. J'ai envie de l'attraper par les pieds et de lui fracasser la tête contre les barreaux de sa cellule.

On entamait le mois d'août lorsque j'ai obtenu mon deuxième entretien avec Ray. Il avait déjà usé la patience d'une avocate, et il était sur le point d'être lâché par la deuxième.

Le jour de ma visite, je n'étais pas de très bonne humeur. D'ordinaire, quand j'interviewe des meurtriers, j'essaie de diriger la conversation, mais le petit jeu de Ray avec sa guitare m'avait agacée. Plus j'y pensais, plus cela m'irritait et je comptais bien le lui faire savoir.

– On remet ça, dis-je en posant le magnétophone sur la table.

J'avais décidé d'adopter un comportement en accord avec les sentiments qu'il m'inspirait, qui pouvaient se résumer ainsi : « Parle-moi ou ne me parle pas. Je veux ton histoire mais je me fiche bien de toi, et mes lecteurs aussi. Tu n'es pas le héros du livre. »

C'était une attitude assez courageuse, qui n'excluait pas une bonne part de hâblerie.

Car en réalité, j'aurais donné cher pour qu'il se confesse.

Je m'installai le plus confortablement possible, les jambes allongées, une cheville reposant sur l'autre, les épaules juste assez relâchées et les bras croisés sur la poitrine. Une posture résolument fermée, que certains observateurs auraient considérée à tort comme défensive. Elle ne l'était pas. Elle signifiait sans ambiguïté : « Va au diable, je ne peux pas te voir en peinture. »

Je laissai délibérément mon aversion percer dans le propos comme dans le ton.

– Et c'est reparti pour un monologue avec accompagnement musical.

Il esquissa un sourire.

Pour un peu, je faillis me redresser comme un i sur ma chaise. Une réponse ! Une vraie réponse, dont l'interprétation n'exigeait aucune connaissance en solfège.

Il se mit alors à égrener une suite de notes, apparemment sans queue ni tête.

– Ray, il y a beaucoup d'éléments sur votre vie qui me manquent. Presque tous, en fait. J'aimerais en savoir plus, non pas que ça m'intéresse particulièrement, encore que ce soit sans doute passionnant, mais parce que cela répond à un souci de vraisemblance.

J'avais préparé cette phrase à l'avance, de manière un peu hautaine.

Il arrêta un instant de pincer les cordes de sa guitare. J'avais capté son attention. Il était probablement en train de se demander : qu'entend-elle par souci de vraisemblance ?

– La vraisemblance est une qualité primordiale pour tout écrivain, mais encore plus pour un auteur qui, comme moi, s'attache à décrire des faits réels. C'est un drôle de mot, non ? Son étymologie a les apparences d'une contradiction : *vrai*, donc vérité, et *semblance*, imitation. Quelque chose qui a la couleur, le goût de la vérité, mais qui n'est pas la vérité. Veiller à la vraisemblance d'un texte, c'est lui donner les apparences de l'exactitude.

J'ignorais si Ray avait l'intelligence nécessaire pour suivre cette tirade pédante, mais une chose était sûre : on n'exagère jamais assez la haute idée que se font les tueurs de leurs capacités intellectuelles. Le psychopathe le plus obtus est persuadé qu'il pourrait s'inscrire dans une école de surdoués, si toutefois il daignait s'abaisser à passer les examens d'entrée.

Ma stratégie consistait donc à titiller l'ego du tueur.

– J'aimerais écrire votre vie en donnant à mes lecteurs une impression de vraisemblance. Si je n'ai pas toutes les cartes en main, alors j'inventerai. Comme vous. Je reproduirai les histoires que vous nous avez racontées, puis je ferai intervenir des experts de plusieurs disciplines qui les analyseront. Ils émettront des hypothèses sur ce que ces affabulations laissent entrevoir de vérité. Ils taperont peut-être dans le mille, ou bien ils auront tout faux. Mais quoi qu'ils disent sur votre compte, je l'écrirai. Et mon texte fera office de biographie officielle, gravée pour l'éternité.

Je me tus.

Il se mit à jouer *Yesterday*.

Ce choix m'a déstabilisée, parce que cette chanson m'émeut toujours, mais je suis restée de marbre. Allait-il se remettre aux charades musicales ? Était-il en train de me donner un indice ?

Contrairement à notre premier entretien, j'ai décidé qu'il s'agissait là d'une authentique réponse, dans le cadre d'une conversation digne de ce nom, et j'ai écouté la chanson comme si Ray me disait quelque chose. Et lorsque les dernières notes se turent, j'ai enchaîné du tac au tac :

– Moi non plus, je n'aime pas me confier à des inconnus. Cela peut paraître bizarre, venant d'un auteur qui déshabille les autres dans ses bouquins, mais je tiens à garder ma vie secrète, comme vous. Quand on m'interviewe, je dis exactement ce que je veux qu'on sache, rien de plus. Et lorsque je dois boucler un livre, ou quand le nœud se resserre un peu trop à mon goût, je cours me cacher dans un endroit que personne ne connaît, à part mon avocat. Je prends même un nom d'emprunt, comme un criminel en cavale.

J'eus un rire forcé. Cette réplique aussi était préméditée.

– Croyez-moi, je ne suis pas ravie à l'idée d'avoir un point commun avec vous, mais apparemment, c'est le cas.

Puis je fis mine d'avoir une illumination.

– Dites, avez-vous déjà entendu parler de la régression sous hypnose ?

Sa main droite resta en suspens au-dessus des cordes.

– Vous pourriez vous faire hypnotiser...

Je repris les paroles de la chanson des Beatles, qui cadraient parfaitement avec mon plan :

– Et revenir à l'époque « où tous les problèmes... »

Il accompagna les cinq syllabes suivantes des notes correspondantes : « semblaient si lointains. » *All my troubles seemed so far away...*

– Je connais une femme qui peut vous ramener en arrière, vous transporter bien avant la mort de Natalie, par-delà les années que vous souhaiteriez oublier, jusqu'à une période heureuse de votre vie, n'importe laquelle, même les cinq premières minutes qui ont suivi votre naissance.

Ses doigts s'immobilisèrent de nouveau sur son instrument.

– Vous pourriez revoir le visage de votre mère, ou de votre père. À moins que ce soit celui d'un médecin ou d'une infirmière. Je n'en sais rien. Mais un hypnotiseur peut vous faire revivre les moments de bonheur.

Je marquai une pause et levai les yeux vers son visage. La bouche légèrement entrouverte, il contemplait le sol.

– Pensez-y, Ray. Rien que les moments de bonheur.

Ce jour-là, notre « entretien » se conclut en silence, sans qu'aucune mélodie n'accompagne mes pas jusqu'à la porte. Puis soudain, pour la première fois, j'entendis sa voix, comme je l'avais entendue sur les enregistrements de la police. Une voix haut perchée de jeune garçon.

– Vous avez déjà essayé ?

Je me retournai lentement, prenant garde de ne pas sursauter d'excitation.

– L'hypnose ?

– Ouais.

– Non.

– Ça ne vous a jamais tentée ?

J'esquissai un sourire :

– Non.

Les yeux sur sa guitare, il gratta les cordes et murmura :

– Ça nous fait un deuxième point commun.

J'attendis un moment, puis je gagnai la sortie.

Lorsque je retournai le voir trois jours plus tard, c'était à sa demande. Il n'avait pas sa guitare. Et il se mit à parler. Difficilement, sans cette faconde avec laquelle il avait berné tout le monde, mais à mots choisis, prudents, comme un aveugle qui avance sur une route semée d'embûches.

– Posez-moi des questions.

– Où êtes-vous né ?

– J'en sais rien.

– Quel âge avez-vous ?

– J'en sais rien.

– Avez-vous des souvenirs de votre enfance ?

– Non.

– Aucun, Ray ? Pas le moindre souvenir ? Pas une sensation qui vous soit restée ?

Il secoua la tête, les sourcils froncés.

– Alors quel est votre premier souvenir ?

Il réfléchit longuement.

– Un chien, dit-il enfin, comme s'il répugnait à m'en parler.

Je laissai passer un temps, avant de relancer :

– Parlez-moi de ce chien, voulez-vous ?

Il me regarda droit dans les yeux, et je me forçai à soutenir son regard.

– C'était une sorte d'épagneul.

– Blanc avec des taches marron ?

Il fronça de nouveau les sourcils, comme si un détail l'intriguait.

– Non, plutôt fauve.

– Oui, c'est très possible, Ray. Il y a des épagneuls qui ont le poil brun orangé. Que faisait ce chien ?

Il secoua la tête.

– C'était juste un chien.

– Mâle ou femelle ? demandai-je rapidement. Vous vous rappelez peut-être son nom ?

Soudain il se leva, à ma surprise et à celle du gardien.

– Je veux retourner dans ma cellule.

Il préférait se réfugier dans sa cellule plutôt que de faire resurgir le passé.

Avant de sortir, il se tourna vers moi :

– Cette femme dont vous m'avez parlé, celle qui hypnotise les gens. Ça ne marchera pas avec moi. Personne ne peut m'hypnotiser contre mon gré.

Bien sûr. J'avais oublié l'ego du tueur. Jamais Ray n'irait admettre que quiconque puisse exercer un pouvoir sur son esprit. Il aurait trop peur de paraître vulnérable ; seules les victimes sont censées exposer leurs faiblesses. Pourtant, le fait qu'il mentionne cette expérience d'hypnose prouvait qu'il y avait réfléchi.

Je restai assise sur ma chaise jusqu'à ce que la porte se referme sur Ray et son gardien.

Ces entretiens pouvaient prendre une éternité, et le jeu n'en valait peut-être pas la chandelle. N'étais-je pas déjà en train de m'égarer ? D'un autre côté, on sait que les sociopathes ont souvent débuté leur règne de terreur en s'attaquant à des animaux domestiques. Les chiens et les chats sont des proies faciles pour leurs instincts sadiques.

Était-ce la raison pour laquelle le souvenir de cet épagneul rendait Ray aussi nerveux ?

Sans doute que non. Car si les tortures infligées à un animal le mettaient mal à l'aise, il n'entrait plus dans la catégorie des sociopathes... En psychologie, on se heurte souvent à ce genre de cercle vicieux. Plus j'accumulais les lectures, plus je rencontrais de psys, et plus j'avais l'impression de tourner en rond. Heureusement que, dans mes livres, je pouvais citer les « experts », car mes opinions personnelles sur ces sujets mouvants étaient aussi fermes qu'un pudding au tapioca.

Il ne me restait qu'une certitude : j'allais ramer pour créer un semblant de vérité avec ce genre d'informations capitales – un chien. Fauve et blanc.

Pour la séance d'hypnose, Ray prit place dans une chaise longue, les jambes légèrement surélevées, les mains posées sur les accoudoirs et les paupières fermées.

Alors débuta une expérience que je n'étais pas près d'oublier.

La psychologue fit faire à Ray un long exercice de relaxation, puis elle lui dit, d'une voix envoûtante :

– Les yeux toujours fermés, regardez vos pieds. Que voyez-vous ?

Ray se mit à rire doucement.

– Des petits pieds. Des petits pieds nus. Tout blancs.

– À présent, faites remonter votre regard sur votre corps. Que voyez-vous ?

– Ça ressemble à une robe, mais ça n'en est pas une. Je ne sais pas pourquoi. Est-ce que ça veut dire qu'en fait je suis une fille ?

La question était sarcastique.

– Ne vous souciez pas de ce que cela signifie.

Calme, neutre, la voix de la psychologue résonnait dans la poitrine de l'auditeur comme les notes basses d'un violoncelle.

– Contentez-vous d'être là, de voir ce que vous voyez. À votre avis, c'est une robe de petite fille ?

– Non. On dirait un garçon. Mais pourquoi porte-t-il une robe ?

– Maintenant, je vais vous demander de regarder autour de vous. Dites-moi s'il y a quelqu'un. Allez-y.

– Une dame.

– Essayez de voir son visage. Il vous est familier ?

– Oui, bien sûr. Elle ressemble à cette actrice de cinéma. Canon.

– Une actrice de cinéma. Vous connaissez son nom ?

– Ça ne me revient pas.

– Vous vous parlez ?

– Elle n'arrête pas de baratiner, mais je ne sais pas ce qu'elle raconte. Oh ! je suis dans un lit, elle est à mon chevet. Mmmm !

– Que ressentez-vous à son égard ?

– Oh ! j'ai envie de l'embrasser. Je l'aime. Et elle m'aime.

– Très bien, donc vous êtes un petit garçon pieds nus, portant un vêtement qui ressemble à une robe.

– Je ne porte pas de putain de robe.

– Détendez-vous. Ce que vous voyez ne peut pas vous atteindre. Laissez les choses comme elles sont. Vous êtes parfaitement à l'abri. À présent, je vais vous faire voyager dans le temps, jusqu'au prochain événement. Je vais compter à rebours de trois à un, et quand j'aurai fini, vous serez arrivé. Trois. Deux. Un. Vous y êtes. Que se passe-t-il ?

– Je la vois. Par la fenêtre. Elle s'en va. Non ! Ne m'abandonne pas ! Je veux partir, moi aussi ! Maman, attends-moi !

– C'est votre mère ?

– Apparemment.

– Et vous la regardez partir par la fenêtre ?

– Non, je cours après elle.

– Où va-t-elle ?

– Dans la forêt.

Ray sembla sur le point d'ajouter autre chose, mais il se reprit. Ses yeux étaient toujours fermés, mais son visage mobile donnait l'impression qu'il fixait un point avec intensité. De nouveau, il ouvrit la bouche mais aucun son n'en sortit. Il paraissait fasciné par une scène qui se déroulait derrière ses paupières.

– Vous allez effectuer un nouveau bond en avant dans le temps...

– Quelqu'un m'appelle.

– Oui ? Il vous appelle par votre prénom ?

– Jimmy ! Jimmy ! Où es-tu ? Ils sont tous très inquiets. Tout le monde me cherche. Ils me croient perdu.

– Vous êtes perdu ?

– Non, je l'ai retrouvée.

– Que se passe-t-il ?

– Elle est morte. Morte.

– Votre maman ? Comment est-ce arrivé ?

– Je n'en sais rien.

– Que ressentez-vous en la voyant morte ?

– Je ne sais pas ce que « morte » veut dire.

– C'est normal, vous êtes un enfant. Vous êtes triste ?

– Je ne comprends pas pourquoi elle ne veut pas se relever. Mouillée.

– Elle est mouillée ? Est-ce qu'elle s'est noyée ?

– Nous sommes dans l'eau. Pas très profond, comme un marécage. Il faut que j'aille chercher du secours.

– Vous la laissez ?

– Oui.

– Vous trouvez des gens pour vous aider ?

– Non, ce sont eux qui me trouvent. Mon père pleure et me serre dans ses bras.

– Essayez de voir son visage. Est-ce qu'il ressemble à quelqu'un que vous connaissez ?

– Oui, c'est étrange. On dirait aussi un acteur de cinéma. Celui qui est mort. J'ai oublié son nom.

– Que se passe-t-il à présent ?

– Tout le monde était très inquiet et me cherchait. Ils ont cru que j'étais mort. Toute la ville est heureuse de me retrouver. Mais mon père est triste parce que ma cinglée de mère est morte.

– Cinglée ? Elle était folle ?

– Oui, complètement frappée.

– Mais vous vous sentez en sécurité maintenant, dans les bras de votre père ?

– Oui.

La psychologue choisit cet instant pour sortir Ray de sa transe hypnotique. Un peu plus tard, tandis qu'il reposait encore dans la chaise longue, elle le complimenta.

– Vous êtes un sujet très doué. Il est rare que mes patients réussissent dès la première séance. En général, ils mettent plus longtemps à aller aussi profondément. Seuls 15 % obtiennent des résultats aussi bons. Ce fut un plaisir de travailler avec vous.

– Génial.

– Repensez à l'expérience que vous venez de vivre. Dites-moi : que ressentez-vous actuellement ?

– J'ai rudement envie d'embrasser une actrice de cinéma.

Aussitôt après cette séance d'hypnose, l'avis général au sein de la brigade criminelle fut que Ray avait une fois de plus roulé son monde dans la farine. Son histoire mettait de nouveau en scène une mère dévouée, bien qu'imparfaite, puisque atteinte de folie. Et toujours le même père idéalisé. S'ajoutait à cela le roman d'une ville tout entière qui se faisait du mauvais sang pour ce pauvre petit Ray.

– Mais ça pourrait être pire, observa Paul Flanck. Et si pour une fois il évoquait un acte qu'il a vraiment commis ? Après tout, peut-être bien qu'il a tué une femme. Pourquoi pas sa propre mère ?

– Il l'aurait noyée, poursuivit Robyn. Quelque part dans une zone marécageuse. Tu parles d'un renseignement. Si au moins il avait donné le nom de ses parents, on tiendrait une piste.

– Parce que tu crois qu'ils existent ? ironisa Paul.

– Cette histoire me rappelle vaguement quelque chose, dit Robyn. Je me demande à quels acteurs il pensait...

La psychologue, une femme dans la cinquantaine, écoutait la conversation entre les jeunes inspecteurs. Elle intervint avec un air d'incrédulité amusée :

– Vous n'avez jamais entendu parler de *Raintree County* ?

Ils se précipitèrent dans un vidéoclub, en se mordant les doigts de n'y avoir pas pensé plus tôt.

Là, quelque part dans le rayon des classiques, se trouvait à coup sûr la réponse qu'ils cherchaient. *Raintree County*[1]. Robyn se saisit du boîtier et montra à Paul les deux jeunes et beaux visages qui ornaient la jaquette : Elizabeth Taylor et Montgomery Clift, « l'acteur qui est mort ».

Les deux inspecteurs visionnèrent le film. Le scénario était exactement celui débité par Ray sous hypnose. La scène avec le petit Jimmy dans son lit, vêtu d'une chemise de nuit qui ressemble à une robe. Sa « folle » de mère venue lui dire au revoir et l'enfant qui ne comprend pas qu'il s'agit d'un adieu. Il se précipite à la fenêtre de sa chambre. Juste à temps pour la voir disparaître entre les arbres. Il sort en courant et traverse la pelouse à sa poursuite...

Les inspecteurs suivirent le film bouche bée, stupéfaits par les capacités à fantasmer de leur étrange suspect.

– Voilà ! fit Robyn en pointant un doigt vers l'écran de télévision. Elizabeth Taylor est morte dans le marais ! Exactement comme l'a raconté Ray. Et la population du village qui se mobilise pour retrouver l'enfant... Et le cher papa qui arrive...

Elle parlait de Montgomery Clift.

« Jimmy » n'était autre qu'un personnage de fiction, que le suspect avait emprunté à un vieux film dont le titre original reprenait son patronyme.

1. *L'Arbre de Vie*, film d'Edward Dmytryk (1957). (*N.d.T.*)

– On vit une drôle d'époque, commenta simplement Paul.

Sur l'écran, John, le personnage interprété par Montgomery Clift, déclama d'une voix résignée : « Rain Tree n'existe pas. »

– Tu l'as dit, Monty ! lança Paul.

Il se tourna vers Robyn et moi.

– C'est quoi déjà ce synonyme pour fantôme ?

– Revenant ? offrit Robyn. Spectre ? Ectoplasme ?

– Tu y es. Peut-être bien que ce n'est pas un homme qu'on a collé en prison, mais un ectoplasme...

Robyn avait relevé une autre phrase dans les dialogues du film. À un moment donné, un personnage dit en parlant du petit garçon porté disparu : « On ne l'a pas encore trouvé. »

Les inspecteurs n'avaient pas trouvé non plus qui était vraiment Ray Raintree.

D'autres citations du film poursuivaient Robyn, comme celle-ci : « Encore une journée à fabriquer du macchabée... » ou « Demain commence ton voyage en enfer...»

Elle aurait aimé savoir ce que cela voulait dire.

Peu après cet épisode, Leanne English, célèbre avocate criminelle de Bahia Beach, se présenta à la prison de Howard County et déclara qu'elle souhaitait rencontrer « son » client, Raymond Raintree. Lorsque cette demande de visite fut transmise au détenu, il rétorqua d'une voix hargneuse qu'il n'avait jamais entendu parler de cette femme.

– J'ai été engagée pour le représenter, dit Leanne, sans se laisser démonter.

– Par qui ? fut la réponse de Ray.

– Cela ne le regarde pas. Et vous non plus, ajouta l'avocate à l'intention du maton qui jouait les porteurs de message.

Leanne English fut finalement autorisée à entrer, et cela mit un terme définitif aux séances d'hypnose comme aux entretiens littéraires. Désormais, l'accusé ne ferait de déclaration à personne d'autre qu'à son avocate ou à ses assistants. Raymond Raintree était entre les mains du cabinet Sounder, McKee, Morrison & English.

5

Raymond

– En temps ordinaire, je n'interviens pas dans une affaire de meurtre avant le procès, dis-je à Franklin, la bouche pleine.

Je suis en train de déguster l'omelette au fromage et aux légumes variés qu'il vient de m'apporter. Une assiette à la main, il prend place dans mon bureau sur le siège en cuir abricot, en face de moi.

– Si j'avais suivi ma méthode habituelle pour ce livre, je ne t'aurais pas rencontré aussi tôt.

Franklin nourrit une fascination inépuisable pour mon travail. Ce qui légitime en retour l'inépuisable fascination que j'éprouve pour lui.

– Mais je me plonge dans la documentation bien avant l'ouverture du procès. Et je corresponds avec les principaux protagonistes de l'affaire. Toi par exemple. J'écris au procureur, à l'avocat de la défense, aux policiers chargés de l'enquête, aux proches de la victime et du tueur.

– Qu'est-ce que tu leur dis ?

– Je me présente, c'est tout. J'écris aussi au tueur. Je cherche à établir une relation de confiance avec tous ces gens, pour les convaincre de me laisser entrer dans leur vie.

– Tu as plutôt réussi ton coup avec moi.

Nous échangeons un sourire de conspirateurs.

– Tu fais les meilleures omelettes du monde.

– Tu vois, c'est comme ça que tu as gagné ma confiance : tu as un goût infaillible.

Il veut savoir pourquoi j'ai changé de méthode pour l'écriture de ce livre.

– Parce que le meurtre s'est produit dans ma ville. Je te connaissais de réputation. J'avais déjà rencontré Paul et Robyn à l'occasion de recherches précédentes. Et j'avais souvent croisé les noms du juge Flasschoen et de Leanne English dans la presse. Du coup, il ne m'a pas paru nécessaire d'attendre, alors que je n'avais qu'à prendre ma voiture pour aller vous interviewer en ville. Les seuls dont j'ignorais tout étaient les McCullen et Ray. Je me suis dit aussi que plus vite je commencerais les entretiens, plus vite j'aurais terminé mon livre. Je l'avoue, monsieur le procureur : l'appât du gain, voilà mon mobile.

Il sait combien je suis angoissée à l'approche de la date limite de remise du manuscrit.

J'ai enfreint mes propres règles, je me suis engagée dans cette affaire beaucoup plus tôt qu'à l'accoutumée… et de manière nettement plus intime. Pourtant, le travail que j'ai accompli sur ce livre ne m'a pas paru foncièrement différent des autres, du moins jusqu'à ce que je cherche à entrer en contact avec la défense. Mais c'est un sujet que je ne peux pas aborder avec le procureur sans trahir les avocats de Ray.

Au lieu d'adresser un courrier à Leanne English, j'avais tout bonnement décroché mon téléphone.

– Sounder, McKee, Morrison & English, j'écoute.

– Bonjour. J'aimerais parler à Leanne English, ou à sa secrétaire, s'il vous plaît.

– Un instant...

– Ici la secrétaire de Mme English, que puis-je pour vous ?

– Bonjour. Je m'appelle Marie Lightfoot et j'écris un livre sur le meurtre de Natalie McCullen. J'aimerais fixer un rendez-vous pour en discuter avec Mme English.

– Je suis navrée, mais Mme English n'accorde aucune interview.

– Vous voulez dire, sur ce dossier en particulier, ou en règle générale ?

– Je ne peux pas vous répondre.

– Je n'ai pas l'intention de lui demander des révélations qui pourraient compromettre sa défense, je veux simplement...

– Je suis désolée, mais j'ai reçu des instructions précises : pas d'interview.

Inutile de me mettre à dos la secrétaire.

– C'est bon. Je comprends. Merci.

– Mme Lightfoot ? Vous êtes vraiment la célèbre Marie Lightfoot ?

Je souris.

– Je crois bien que oui.

– Oh, c'est incroyable ! J'ai lu tous vos livres. Vous comptez vraiment en écrire un sur cette affaire ?

– D'abord merci. Eh oui, j'aimerais bien. C'est pour cette raison que j'ai besoin d'interviewer Mme English.

– Oh, je voudrais tant vous aider, mais je ne peux pas.

Elle avait l'air sincèrement désolée.

– Je comprends. Vous pensez qu'il y a la moindre chance qu'elle infléchisse sa position ? Si vous lui dites que je suis aussi fiable que Fort Knox, ça aiderait ?

– Non, je suis vraiment navrée.

– Tant pis. Merci quand même.

– Si elle change d'avis, vous citerez mon nom dans votre livre ?

L'espoir refit surface.

– Je vous promets même de l'écrire sans faute d'orthographe.

La secrétaire éclata de rire, apparemment satisfaite.

– Bon, j'essaierai de la faire changer d'avis.

– Vous savez qui a engagé votre cabinet ?

– Non.

L'aimable secrétaire venait de se transformer en cerbère. Son « non » était tombé comme un couperet, presque aussitôt suivi d'un « au revoir ».

Assise à mon bureau, une tonalité monocorde au creux de l'oreille, j'ai haussé les épaules. Après tout, j'avais eu raison de tenter ma chance...

La stratégie de Leanne English et de ses associés m'échappait. Au moment de leur entrée en scène, je m'attendais à ce qu'ils se comportent comme tous les avocats de la défense de nos jours : ils allaient se servir des médias pour tenter de créer un mouvement de sympathie en faveur de leur client avant même de mettre le pied dans le tribunal. Mais aucun représentant du cabinet Sounder, McKee et consort n'apparut à la télévision, et on ne les vit pas davantage répondre à des interviews dans la presse.

« J'aurais dû lui écrire », me suis-je alors reproché.

Je pris donc ma plus belle plume pour protester de ma bonne foi et pour souligner avec insistance le fait que je n'avais jamais trahi la confiance de quiconque ou divulgué un secret, qu'il émane de la défense ou de l'accusation. Je sollicitai un rendez-vous auprès de Leanne English afin, disais-je en termes les plus neutres possibles, de « camper le contexte général de mon livre ».

Elle ne donna pas suite.

J'appelai alors l'inspecteur Robyn Anschutz :

– Robyn, d'où sort ce cabinet ? Si Ray ne l'a pas engagé, alors qui ? Je parie que Leanne réclame 350 dollars de l'heure.

– Minimum. Je ne sais pas, Marie, mais j'aimerais bien savoir.

– Vous croyez que ça pourrait être le type pour qui Ray travaillait ?

– Donor Miller ?

– Oui.

– Possible. Mais à supposer qu'il ait de l'argent, ce dont je doute, il ne m'a pas fait l'effet d'un homme qui le jetterait pas la fenêtre pour secourir son prochain. Et surtout pas pour un paumé comme Ray.

– Il a bien offert de lui procurer un avocat, non ?

– C'est vrai, mais à 350 dollars de l'heure ?

– Vous savez où est Miller en ce moment ?

– Pas la moindre idée.

– Si ce n'est pas lui qui règle les frais de justice de

Ray, savez-vous comment je pourrais découvrir l'identité de ce philanthrope ?

– À part pirater la comptabilité de Sounder, McKee, je ne vois pas.

– Robyn, vous connaissez sans doute les autres avocats qui travaillent dans ce cabinet...

– Oui, mais c'est le silence radio.

– Vous ne trouvez pas ça bizarre ?

– Et comment !

Mais la question en resta là, jusqu'au procès et pendant le procès.

Raymond Raintree, qui n'avait pas un sou en poche, pouvait se flatter d'être défendu par une des avocates les plus chères de toute la ville. Et personne ne savait qui réglait ses honoraires.

Je passe un doigt sur le marli de mon assiette pour ne rien perdre de cette délicieuse omelette. Après tout, rien ne m'empêche de demander l'avis de Franklin.

– Au fait, tu sais qui paie les frais d'avocat de Ray ?

– Non, mais ce n'est pas faute de m'être interrogé. Tu as une idée ?

– J'espérais que tu pourrais éclairer ma lanterne. De toute façon, j'ignore combien elle a touché, mais à mon avis ça ne suffira pas à compenser la journée qu'elle vient de vivre.

Franklin se lève et tend la main vers mon assiette vide.

– Parce qu'en plus tu vas les laver ?

– Histoire de me faire réinviter.

Je pourrais bien y prendre goût, en effet. Pas de doute, cet homme a l'art de s'insinuer dans les bonnes grâces des jurés comme dans les miennes. Je reste néanmoins sceptique sur mes chances d'entretenir une liaison durable avec un procureur. J'en connais un certain nombre que j'admire à titre personnel, mais ils ont tendance à être durs, retors et peu enclins à la mansuétude. Autant de traits qui passent pour des qualités lorsqu'il s'agit de réclamer la peine de mort, mais qui prédisposent assez mal à l'amour. Ce soir, j'ai droit au côté tendre et charmeur de Franklin DeWeese, mais il a un double, une autre personnalité, dont le principal objectif est de faire circuler un courant de plusieurs milliers de volts à travers le corps des accusés. Et je ne l'oublie pas une seconde.

– Au fait, que va devenir le juge Flasschoen ? lui demandé-je alors qu'il quitte la pièce en emportant les assiettes.

– Autodéfense. Commission d'enquête. Aucune charge retenue contre elle. Au pire, cela lui fera quelques semaines de vacances méritées. Elle sera bientôt de retour dans un tribunal.

– Et tu en penses quoi ?

– Officiellement ?

– Pour commencer, oui.

– Le juge Edith Flasschoen est une figure éminente de notre appareil judiciaire, improvise-t-il avec aisance. Son retour annoncé à la cour sera une très mauvaise nouvelle pour tous les criminels de cet État.

– Très joli. Et hors micro ?

Il sourit, et ajoute sur le ton de la vertu offusquée :

– Comment ? Tu m'accuses de pratiquer la langue de

bois ? Bon, tu veux vraiment savoir ce que je pense ? Elle aurait dû prendre un plus gros calibre.

– Tu as sans doute raison.

Il est une heure du matin, le lendemain de l'évasion de Ray. Le procureur fait la vaisselle dans ma cuisine et de mon côté, je viens de terminer la tâche que m'a assignée Robyn. J'ai relu toutes mes notes et mes textes concernant cette affaire, sans rien apprendre de nouveau.

Au moment où je m'apprête à quitter mon bureau, le téléphone sonne.

Comme tout à l'heure, l'afficheur numérique indique « appel privé ». Comme tout à l'heure, je décroche, dis « allô » et n'obtiens aucune réponse.

Après toutes ces lectures, une intuition me saisit. Je me renfonce dans mon fauteuil.

– Ray ?

– Comment avez-vous deviné ?

C'est bien sa voix haut perchée.

Mon cœur s'arrête de battre, pendant que mentalement je pousse un hurlement en direction de la cuisine : *Franklin ! Viens vite !* Mais que faire ? D'où je suis, impossible d'attirer l'attention de Franklin, impossible d'appeler la police tant que Ray est en ligne, impossible de me renseigner sur l'origine de l'appel. Je n'ose pas lui demander : « Vous voulez bien attendre une minute ? » Je suis presque tentée de tambouriner sur le mur pour alerter Franklin, mais Ray sera le premier à m'entendre.

Je n'ai qu'une seule solution : je branche le système d'enregistrement que j'utilise lorsque j'interviewe des gens par téléphone, avec leur permission. Mais cette fois, je ne demande pas la permission à mon interlocuteur.

– Je savais, c'est tout, dis-je, maîtrisant mes nerfs.

Aucun son à l'autre bout du fil pendant un temps qui me semble interminable.

Je crains de ne pas être à la hauteur de la situation.

S'il te plaît, Franklin, *je t'en supplie*, dépêche-toi de finir et reviens.

J'ai peur de poser une question directe, parce qu'elle aura tendance à faire fuir Ray ou à l'embarquer dans une kyrielle de mensonges. J'aimerais lui demander « Pourquoi m'appelez-vous ? » ou « Qu'est-ce que vous voulez ? Où êtes-vous ? Pourquoi vous êtes-vous acharné sur ces personnes dans l'ascenseur ? »

Mais je m'abstiens, car ce serait une erreur. Je me contente finalement d'un simple mot de relance :

– Alors...

– Ils me traquent.

– Oui.

Je marque une pause, avançant à pas prudents, comme quelqu'un qui marche sur l'arête d'un volcan.

– Est-ce que... ça va ?

– Dites-leur de me laisser tranquille.

– Ils ne m'écouteront pas, Ray.

– Je n'ai besoin de personne.

C'est tellement absurde que je garde le silence.

– Il y a cinq règles de survie dans la brousse.

La suite me prend au dépourvu.

– Se protéger, garder le moyen d'appeler à l'aide si nécessaire, savoir se procurer de la nourriture, se fixer un objectif et rester en bonne santé.

On aurait dit qu'il répétait une leçon.

– Où avez-vous appris ça ?

Aïe, une question directe ! Elle m'a échappé ! Mais difficile de maintenir une conversation en pesant chaque mot que l'on prononce.

Ignorant mon intervention, Ray poursuit sur un ton de conférencier :

– Première priorité, se protéger. Cela inclut des vêtements et un abri. En Floride, inutile de beaucoup se couvrir, mais quand on se cache, il faut une tenue de camouflage.

Je prends le risque de demander :

– Alors où prendre des vêtements ?

– Les plages sont faites pour ça.

– Vous voulez dire, pour voler des affaires ?

– Oui. On peut aussi trouver un terrain de foot et piquer le sac de sport d'un gamin.

– Donc les vêtements ne posent pas de problème.

Je prends soin de donner à ma phrase une intonation affirmative. La deuxième règle, si j'ai bonne mémoire, parlait d'« appeler à l'aide en cas de situation critique », ou quelque chose dans ce goût-là. Ray est dans une situation critique. Et soudain je me rends compte : c'est moi qu'il a choisi d'appeler au secours. Croit-il vraiment que j'irai dire à la police de laisser tomber les recherches, et qu'on m'écoutera ?

– Eviter la faim et la soif, reprend Ray, car elles sapent vos forces au moment où vous en avez le plus besoin. Une personne peut vivre longtemps sans s'alimenter, mais on devient nerveux, incapable de réfléchir et on finit par commettre des erreurs. On peut toujours se procurer un peu d'argent, acheter à manger, mais on risque de se faire repérer dans les magasins. Il vaut mieux voler, même si c'est dangereux.

– Oui, dis-je pour être agréable, car je suis là en terrain complètement inconnu.

– Surtout ne pas tomber entre leurs mains. Alors on se débrouille avec les moyens du bord, mais sans se faire prendre. Et si on est pris, rester calme et mentir. Ne jamais dire la vérité à personne.

Je suis fascinée par ce que j'entends, horrifiée par l'homme qui prononce ces mots.

– Mais revenons à la nourriture. Il vaut mieux chasser, pêcher, manger des algues si besoin. Les racines, les tiges et les feuilles de la plupart des végétaux peuvent se manger crues, les algues vertes sont bonnes, à condition de les cueillir dans la mer ou sur les rochers, et de ne pas les ramasser sur la plage.

Je contiens un rire nerveux.

– Pourquoi pas sur la plage, Ray ?

– Parce qu'elles pourrissent.

– Oh.

– Certaines baies sont comestibles, pas les blanches ni les rouges. Les insectes, les limaces, les asticots, les fourmis, les sauterelles. Les serpents, à condition d'avoir un couteau pour les dépiauter et un feu pour les faire cuire. Il faut savoir confectionner une fronde, un gourdin ou un trébuchet pour attraper des oiseaux et du petit gibier.

Il utilise un vocabulaire – comestible, confectionner, trébuchet – que je ne lui soupçonnais pas. Quelqu'un lui aura fait apprendre ces consignes par cœur.

– Et pour l'eau ? dit-il, comme si je lui avais posé la question. Guetter les fontaines publiques ou les tuyaux d'arrosage sur les pelouses. Et les gens laissent toujours des bouteilles d'eau à moitié vides un peu partout. Vous pouvez aussi fabriquer des enveloppes végétales pour récolter la rosée sur les feuilles des arbres.

Je hoche bêtement la tête.

– Ensuite ? me demande-t-il.

– Euh, la quatrième...

– Règle de survie ?

– Je ne me souviens plus.

– Ne pas se contenter de fuir au hasard, se fixer un objectif, aller quelque part.

Je brûle d'envie de lui crier : « Où allez-vous ? »

– Et la dernière règle, vous vous rappelez ?

– Non, désolée...

– Rester en bonne santé, donc se tenir à distance des médecins et des hôpitaux. Ça veut dire que vous pouvez vous battre, mais à condition de ne pas risquer une blessure qui nécessiterait des soins importants. Il est presque toujours préférable de fuir que se battre. Gardez-le à l'esprit. Pas de bagarre, sauf si c'est inévitable. En général, ça n'en vaut pas la peine et on ne fait que récolter des blessures.

– Vous vous êtes battu aujourd'hui ?

– Je ne peux pas y retourner.

– En prison.

– Oui.

Soudain, je crois comprendre le message :

– Vous préférez mourir.

Il y a un silence que je prends pour une approbation.

Tant d'autres questions me brûlent les lèvres.

– Vous n'avez opposé aucune résistance le jour où les policiers vous ont arrêté.

– Je savais pas qu'ils allaient me garder !

Il semble s'agiter et cela m'inquiète. Je tente de calmer le jeu.

– Vous ne saviez pas qu'ils allaient vous mettre en prison aussi longtemps.

Dans la mesure du possible, je formule des phrases qui tiennent plus de l'acquiescement que de l'interrogation. Quand il se tait, comme maintenant, je considère que c'est une réponse positive.

– Ray ?

– Oui.

– Toutes ces techniques de survie... euh...

Je ne vois pas comment lui en parler sans poser de questions.

– D'où les tenez-vous ? Quelqu'un vous les a apprises ?

Il ne répond pas, et le silence devient pesant.

– Oh non ! dit-il, de plus en plus agité. Voilà que ça recommence.

– Quoi, Ray ?

– C'est comme si mon cerveau se brouillait. Je deviens incapable de réfléchir, de me rappeler quoi que ce soit. J'ai l'impression que je vais tourner de l'œil et j'ai horreur de ça !

À ces mots, il raccroche.

– Franklin ! Franklin !

Je continue de crier jusqu'à ce qu'il apparaisse sur le seuil de mon bureau.

– Ray vient de m'appeler ! Qu'est-ce que je fais ? Qu'est-ce que je dois faire ?

Sans attendre sa réponse, je décroche le combiné et j'appuie sur l'étoile, puis le six et le neuf pour activer le rappel automatique. Si j'attends plus longtemps, ce sera trop tard. Ce service ne fonctionne que sur le dernier appel entrant. Ray est peut-être encore là-bas. Si je peux l'avoir en ligne...

Mais le téléphone sonne en vain.

– Appelle Anschutz ou Flanck ! me crie Franklin.

Je compose le numéro personnel de Robyn Anschutz. Elle décroche avant la deuxième sonnerie.

– Robyn ? Ici Marie Lightfoot. Ray vient de m'appeler.

Je lui raconte ce qui s'est passé. Elle jubile.

– Ça alors ! Mais pourquoi vous appelle-t-il, vous ?

Je lui explique que les assassins me prennent parfois à tort pour une amie.

– Vous en avez de la veine, ironise-t-elle. Je peux vous demander un service ? Vous voulez bien faire du café ? On arrive tout de suite.

Je raccroche et me tourne vers Franklin.

– Il vaut mieux que tu t'en ailles.

Il n'y a aucune raison qu'il reste là à attendre l'arrivée des policiers. S'ils veulent le contacter pour le mettre au courant, libre à eux. Ce n'est pas à moi de prendre la décision. Pour la première fois, je me demande si nous n'avons pas commis une erreur après tout, si notre liaison ne nous place pas entre deux feux. Il m'embrasse rapidement et s'en va en laissant derrière lui une cuisine étincelante.

– Bonjour, Robyn, dis-je en ouvrant la porte.

À cet instant précis, je prends conscience que je ne pourrai plus rester en dehors de ce livre. La vie de Ray est désormais liée à la mienne. Que je le veuille ou non, je fais maintenant partie de son histoire. C'est une sensation étrange pour un auteur qui se targue d'étudier le crime en simple observatrice.

– Un téléphone cellulaire !

Ce sont les premiers mots triomphants lancés par l'inspecteur Anschutz.

– Quelque part dans ce comté. Au nord-ouest d'ici. On le tient. L'endroit sera sous surveillance et la zone bouclée avant qu'il puisse vous rappeler.

– Un téléphone cellulaire ? Où Ray se serait-il procuré un téléphone cellulaire ?

En mon for intérieur, je me pose une autre question : sommes-nous vraiment aussi près du but ?

– Entrez.

À la suite de Robyn, une demi-douzaine de policiers en uniforme et en civil pénètre chez moi.

J'ai l'impression que nous allons manquer de café.

6

Raymond

Nous avons beau tromper l'attente en buvant café sur café, Ray ne se manifeste plus. Les policiers établissent que les appels proviennent d'un téléphone cellulaire à bord d'un ancien chalutier transformé en habitation et amarré sur un affluent de la New River. Le propriétaire, un vieux hippie, est porté disparu et présumé mort. Les empreintes digitales de Ray figurent partout sur le bateau.

Il a pris la fuite depuis longtemps.

Je suis effondrée à l'idée qu'il ait pu tuer cet homme dans le seul but de lui prendre son téléphone pour m'appeler. Blesser quelqu'un en tentant d'échapper à la peine de mort est un acte que l'on peut comprendre à l'extrême rigueur, sans jamais l'excuser. Mais tuer un homme pour lui voler son téléphone cellulaire ?

Le lendemain, la presse locale rapporte sur un ton accusateur : « Un suspect blessé, seul, sans arme et volontiers dépeint comme un simple d'esprit, a tourné en ridicule les forces de police de trois comtés, échappant au collet qu'elles avaient disposé en vain au nord de Howard County. Hélas, ce sont les policiers qui aujourd'hui s'étranglent de rage... »

Étant donné la nature du crime à l'origine de cette traque, je suis effarée par le choix de la métaphore.

Nul ne sait comment Ray a réussi à filer aussi longtemps entre les doigts de la police. Selon l'inspecteur Paul Flanck, il est possible qu'il « ait nagé vers le large et qu'il nous ait tous rendu un fier service en se noyant ».

– Ce serait trop beau, dit son équipière Robyn Anschutz.

Le troisième jour, submergé par les appels de parents inquiets ou furieux, le gouverneur décide de mobiliser la garde nationale. Elle aura pour mission de renforcer les équipes de recherches, le fugitif étant « considéré comme extrêmement dangereux ». Pendant ce temps, des donateurs privés et des associations d'aide aux parents d'enfants disparus réunissent une récompense d'un million de dollars. Sur Internet, les sites poussent comme des champignons, avec leur lot de spéculations morbides. L'un d'eux, baptisé Vigilance, enregistre toutes les heures une moyenne de cent « nouvelles apparitions signalées de Ray ». Les cinglés comme les citoyens soucieux de coopérer encombrent les standards de la police.

Les derniers développements concernant cette affaire apparaissent désormais sur les chaînes nationales et sur CNN, bien au-delà de l'écho rencontré jusqu'alors par l'enlèvement et le meurtre de Natalie McCullen. Au cours de l'émission à forte audience *Entertainment Tonight*, on signale même que Ray Raintree est déjà le personnage principal « d'un livre qui sera bientôt publié par l'auteur de best-sellers, Marie Lightfoot ».

Aussitôt après l'émission, je suis inondée d'e-mails qui m'interrogent sur l'état d'avancement du livre. Pour faire face à cet afflux, je réponds par tirs groupés. Comme toujours, il y a certains messages qu'il convient d'ignorer superbement, mais la plupart émanent de fidèles lecteurs et je suis ravie d'avoir ainsi l'occasion de leur exprimer ma gratitude. Mais tandis que je fais défiler les messages sur mon écran, je tombe soudain en arrêt devant ces quelques lignes :

Chère mademoiselle Lightfoot,

Je suis shérif adjoint à la retraite et il y a bien des années, j'ai enquêté sur la disparition d'un enfant. Or j'ai de bonnes raisons de croire qu'il existe un lien entre cette vieille affaire et celle de l'homme que vous connaissez sous le nom de Ray Raintree. Veuillez m'appeler en PCV dès que possible.

Salutations distinguées,

Jack L. Lawrence, Olathe, Kansas.

Je relis plusieurs fois ce message, à l'affût d'indices pour le décrypter. Le fait que mon correspondant suggère un appel en PCV parle en sa faveur : il est sans doute animé de bonnes intentions, même si son information ne vaut pas un clou. Mais comme je déteste perdre mon temps au téléphone avec des inconnus, je préfère lui envoyer un e-mail.

Cher monsieur Lawrence.

Votre message m'intrigue. Quel lien faites-vous entre votre affaire et Ray Raintree ?

Cordialement,

Marie Lightfoot.

La réponse me parvient quelques minutes plus tard, comme si ce Lawrence était assis devant son ordinateur à attendre de mes nouvelles. En lisant ce qui s'affiche sur mon écran, je sens mon cœur qui accélère :

> Il y a vingt-deux ans, je menais une enquête sur le cas d'un petit garçon nommé John Kepler qui avait disparu dans le jardin de ses parents. Nous n'avons jamais pu retrouver sa trace. Mais comme beaucoup d'enfants, Johnnie Kepler s'était inventé un compagnon de jeux imaginaire, qu'il avait baptisé Raymond Raintree. Veuillez me contacter au plus vite.
>
> Jack Lawrence.

Cette fois, je l'appelle sans hésiter, et sans PCV.

– Je ne suis qu'un vieux bonhomme à la retraite dans un bled du Kansas.

La voix rocailleuse ne manque pas d'autorité, et je ne suis pas autrement surprise que Jack Lawrence ait été un représentant de l'ordre.

– Je ne suis pas quelqu'un d'important, me dit-il. Pourquoi un policier d'une grande ville comme la vôtre perdrait son temps à écouter un shérif adjoint à la retraite qui lui téléphone d'un trou paumé ? J'ai bien appelé la ligne spéciale pour laisser mon renseignement, mais on a dû être un bon millier dans ce cas-là, alors le temps que les gars épluchent tout ça et me recontactent, il peut se passer des semaines au bas mot. Vous savez ce que c'est. Avant, je connaissais deux policiers en Floride, un à Saratosa et un autre à Naples, mais aujourd'hui ils sont aussi vieux que moi, complètement hors circuit.

Lawrence a alors demandé au shérif d'Olathe d'entrer en contact avec son homologue de Howard County. Celui-ci n'était pas disponible pour prendre l'appel personnellement, mais sa secrétaire a promis de mettre quelqu'un sur cette piste sans faute...

– Écrivez-nous et on vous rappellera... bougonne Lawrence.

Quarante-huit heures plus tard, il était toujours sans nouvelles.

– J'ai demandé à notre shérif de rappeler, j'ai essayé de tanner tout le monde...

Mais les forces de l'ordre en Floride étaient apparemment trop occupées à poursuivre un fugitif.

– Vous êtes un peu notre dernière chance, mademoiselle Lightfoot. Kim a entendu votre nom à la télé et elle a lu vos livres. C'est une fan.

– Kim ?

– Kim Kepler. La sœur du garçon disparu. Elle est persuadée que vous voudrez bien nous écouter.

– Comptez sur moi.

– Bon, maintenant, il faut que je vous prévienne, poursuit-il sur un ton à la fois grave et empreint de sollicitude. Ces gens, les Kepler, ils ont traversé une épreuve terrible, et ils voudraient éviter le remue-ménage, si possible.

– Si je comprends bien, ils espèrent obtenir des informations sur leur enfant disparu par le biais de Ray Raintree ? Il ne faudrait pas qu'ils nourrissent trop d'espoirs, monsieur Lawrence. Ray a peut-être simplement entendu ce nom quelque part, et il sera incapable de les aider. Autant que vous sachiez, il est quasiment impossible de lui arracher la moindre information. En tout cas des informations fiables. Quand il est d'humeur, il parle comme un moulin, mais on ne peut croire un mot de ce qu'il dit.

Silence à l'autre bout de la ligne, au Kansas.

Puis le shérif adjoint à la retraite reprend la parole :

– J'ai peur de ne pas m'être bien fait comprendre. Quand je vous ai dit qu'il y avait peut-être un lien entre John Kepler et Raymond Raintree...

– Oui ?

– Qu'avez-vous compris ?

– Eh bien, que Ray connaissait peut-être le ravisseur de Johnnie. Ou qu'il avait croisé l'enfant quelque part et qu'il s'était approprié le nom de Raintree.

– Non, non. Bon sang ! C'est peut-être pour ça que personne n'a voulu m'écouter là-bas. Ma femme – je suis veuf – me répétait sans arrêt qu'on ne comprend jamais rien quand j'explique une chose. Ce que je veux dire, c'est que Ray *est* John. Pas qu'il a vu Johnnie ou entendu parler de lui. Ray Raintree et Johnnie Kepler sont une seule et même personne.

Je me sens traversée par une onde électrique qui me laisse pantelante.

– Ray est le garçon que vous cherchez ?

J'ai du mal à enregistrer. Je reste abasourdie. C'est le miracle que j'attendais, et il ne se serait peut-être jamais produit si le juge n'avait pas tiré sur Ray, et si le prisonnier ne s'était pas évadé.

– Oh, mon Dieu ! Monsieur Lawrence, d'après vous, l'homme qui a enlevé Natalie McCullen aurait été lui-même victime d'un rapt alors qu'il était enfant ?

– Oui, c'est bien ça.

– Il y a combien d'années ?

– Vingt-deux ans.

– Cela lui ferait...

– Vingt-huit ans.

Exactement l'âge que prétendait avoir Ray, sans jamais en paraître certain. Ray Raintree était-il un enfant disparu ? Cette cruelle ironie jetait la confusion dans mon esprit. Était-ce possible ? Cela expliquerait tellement de choses.

– Oh, mon Dieu ! répété-je, hors d'haleine. Mais vous avez d'autres éléments ? Ou bien vous ne vous fondez que sur ce nom ?

– Non, m'dame, il ne s'agit pas d'une coïncidence, ni d'un souhait, ni d'une hypothèse. Nous sommes sûrs. Sûrs et certains. C'est pour ça que les Kepler veulent parler à quelqu'un, et puisque la police ne daigne pas répondre, alors nous nous adressons à vous. Il faut nous mettre en rapport avec ce qui se passe en Floride, et le plus vite possible. Les Kepler ont une peur bleue qu'il soit électrocuté, peur de ne jamais le revoir vivant, au moment où ils viennent enfin de le retrouver, après toutes ces années. Vous comprenez ?

– Oui, bien sûr.

J'essaie de réfléchir à toute vitesse, de proposer des solutions.

– Si vous voulez, monsieur Lawrence, je peux vous mettre en contact avec le procureur ? Ou bien avec les deux inspecteurs qui ont arrêté Ray ?

– Non, Katherine a changé d'avis.

– Katherine ?

– La mère de Johnnie.

Sa mère. Je reste bouche bée à l'idée de rencontrer la mère de Ray Raintree.

– Elle a changé d'avis à quel propos ?

– Elle ne veut pas leur parler tout de suite. Bientôt, très bientôt, mais pas tout de suite. Ils devront attendre encore un peu. Vous imaginez, c'est un choc terrible pour les Kepler, une situation très difficile. Ils n'ont pas envie de voir leur maison grouiller de policiers et de journalistes. Ils veulent seulement s'assurer qu'il s'agit bien de leur fils et ils veulent le revoir.

Je ne trouve pas les mots pour répondre à un tel vœu.

– Mais je croyais que vous étiez sûr et certain ?

– J'en suis sûr. Seulement il n'y a rien de tel que de le voir en chair et en os. Les Kepler savent que c'est lui, mais ils ont encore du mal à s'en persuader tant qu'ils ne l'auront pas vu de leurs propres yeux.

Je crains que la chasse à l'homme en cours ne condamne cet espoir.

– Il est peut-être déjà mort à l'heure qu'il est, dit le shérif adjoint, faisant écho à mes pensées. Katherine se fait un sang d'encre à propos de la peine capitale. Je suis davantage préoccupé par ces chasseurs de primes à la gâchette trop facile. Si la police le reprend et le remet en prison, les Kepler auront du temps pour apprendre à connaître leur fils. Bref, vous avez compris le problème : les Kepler veulent le voir, mais ils tiennent aussi à ce que ça reste secret le plus longtemps possible. Ils n'ont pas envie de finir à la télé.

– Shérif Lawrence...

– Appelez-moi Jack.

– D'accord. Moi, c'est Marie. Jack, est-ce que je peux les rencontrer ?

– Oui, ils veulent raconter leur histoire.

– Il faudra que les policiers l'entendent aussi, Jack. Ça

les aidera peut-être à trouver Ray, ou bien ça l'incitera à se rendre, dans l'espoir de revoir sa famille.

– Nous franchirons cette étape très bientôt, mais ils veulent d'abord vous parler.

– Pourquoi ?

– Rien de plus simple. Parce que vous écrivez un livre sur leur fils. C'est vous qui allez raconter son histoire, vivant ou mort, et sa mère veut s'assurer que quelqu'un dira la vérité. Vous l'avez rencontré, n'est-ce pas ?

– Oui, plusieurs fois.

– Elle veut parler à quelqu'un qui le connaisse.

J'ai envie de lui répondre que personne ne « connaît » vraiment Ray Raintree.

– On a pensé que si Katherine se confiait à vous, elle échapperait à la horde des journalistes.

Je n'ose pas lui dire à quel point ce calcul est naïf.

– En plus, ajoute-t-il avec optimisme, vous avez tous les contacts qu'il faut, quand nous serons prêts.

– Les Kepler veulent me parler par téléphone ?

– Non, ils préfèrent vous rencontrer en personne.

– Ils viennent à Bahia Beach ?

– Vous pourriez venir ici ?

– Bien sûr ! Quand ?

– Le plus tôt sera le mieux.

– Je prends le premier avion, Jack. Ce soir, si possible, à moins que ça ne soit trop tôt pour vous ?

– Non, c'est parfait.

– Très bien, dites-moi où je vais et comment je dois m'y rendre.

– Prenez un billet pour Kansas City. Je viendrai vous chercher à l'aéroport international, et nous irons directement chez Katherine. Elle aimerait beaucoup que vous dormiez dans la chambre de Johnnie.

Je ne raterais pareille occasion pour rien au monde.

– Dites-lui que j'accepte avec joie son invitation.

– Vous allez lui plaire, dit-il, avec un sourire dans sa voix rauque.

– Comment le savez-vous ?

– Parce que vous êtes bien élevée. Vous ne vous donnez pas de grands airs.

Il y a longtemps que je ne me suis pas sentie aussi flattée, mais je dois courir le risque de baisser dans son estime.

– Jack ?

– Oui, m'dame ?

– Ecoutez, je vais être obligée d'informer les autorités. Je ne peux pas m'envoler pour le Kansas comme un détective privé, sans prévenir la police.

– Eh bien, Katherine dit que...

– Elle n'aura pas à leur parler tout de suite, Jack, pas tant qu'elle ne se sentira pas prête.

Il accepte finalement de me laisser agir à ma guise, parce que je lui explique que, sur un plan déontologique, je n'ai pas d'autre solution. Je ne peux pas partir au Kansas sans mettre Anschutz et Flanck au courant de ce rebondissement spectaculaire dans leur enquête. Comment réagiraient-ils s'ils apprenaient plus tard que je leur avais caché ce coup de théâtre ?

Notre conversation terminée, je passe une série de coups de fils, à commencer par mon agent de voyages. Puis j'appelle les inspecteurs, Franklin et Leanne English. Je dois faire preuve d'équité, sans quoi je risque de perdre mes sources dans ma propre ville. J'ai pour principe d'être toujours honnête avec ceux que j'interviewe. Je ne tente jamais de monter les uns contre les autres, je ne mens pas aux policiers, ni aux familles des victimes, ni aux meurtriers – à eux en dernier, car on n'apprend pas à un vieux singe à faire la grimace. Si l'un des protagonistes de cette affaire venait à me demander : « Avez-vous une liaison avec le procureur ? » je serai obligée de répondre oui, et Franklin le sait. En revanche, lorsqu'on me confie un secret, je suis une tombe, sauf si j'obtiens par la suite l'autorisation de le reproduire dans mon livre. Ma carrière dépend de ma capacité à gagner et à conserver la confiance de mes interlocuteurs. Beaucoup se méfient a priori des journalistes. Et puis ils ont tous leur talon d'Achille. Il suffit d'une phrase malencontreuse de ma part pour humilier un innocent ou ruiner la réputation d'un avocat. J'évite ce cas de figure en vérifiant scrupuleusement les faits que j'expose et, lorsque le choix se présente, en préférant toujours le mot aimable à la vacherie gratuite. Dans mes livres, personne n'est « laid » – à l'exception peut-être des criminels – il n'y a que des gens « au physique intéressant ». Pas de gros ni de maigre non plus ; mes personnages ont des « rondeurs séduisantes » ou « la taille mannequin ». J'ai désormais acquis la réputation d'être à la fois diplomate et réglo, ce qui tient souvent du numéro d'équilibriste, toujours sur la corde raide. La célébrité est aussi un atout car, à l'annonce de mon nom, les gens ont plus facilement tendance à répondre à mes appels.

Pour l'heure, je n'ai aucun mal à joindre les inspecteurs Anschutz et Flanck. Je leur communique la stupéfiante nouvelle.

– Vous croyez que ce type dit la vérité ? me demande Robyn.

– Je crois... qu'il est sincère.

– Ce serait vraiment extraordinaire. Et ça éclaircirait bien des points.

– Oui.

– Mais pas tous. Par exemple, où Ray a-t-il passé toutes ces années ?

– Et qui l'a enlevé ? intervient Paul, sur un autre poste.

– Qui a kidnappé le kidnappeur ? dit Robyn, songeuse.

Ils me promettent de passer par Jack Lawrence avant de chercher à contacter les Kepler.

Cette fois, même Leanne English prend mon appel. Je m'inquiète d'abord de sa santé :

– Comment allez-vous ?

Elle n'est pas facile à comprendre à travers sa mâchoire cassée.

– J'ai connu des jours meilleurs. Donnez-moi le numéro de téléphone de ces gens.

– Non, c'est moi qui vais leur communiquer le vôtre.

J'envisage brièvement de lui proposer un marché : dites-moi qui paie les frais de justice de Ray et je vous fournis le moyen de contacter sa mère. Mais je ne peux pas m'y résoudre.

Je téléphone ensuite à Franklin. Pendant plusieurs minutes, nous exprimons notre incrédulité commune devant la tournure des événements.

– Bon, mon chéri, donne-moi une citation officielle pour mon livre.

Il réfléchit un moment.

– Quelle cruelle ironie du sort, si ce nouvel élément était avéré...

Il prend sa voix sentencieuse et me laisse tout le temps de prendre en note :

– À ma connaissance, c'est le premier cas recensé d'un enfant kidnappé qui devient kidnappeur en grandissant. Aujourd'hui, nous savons qu'il est courant que des enfants battus, une fois adultes, infligent des sévices à leur progéniture, mais cette variation m'était inconnue.

– Excellent. Autre chose ?

– Il fallait sans doute s'y attendre. En effet, combien de garçons et de filles disparaissent chaque année dans ce pays ? Certes, dans la majorité des cas, le coupable est un parent, mais il ne s'agit pas moins d'un rapt. Et je crains qu'à l'avenir on ne voie poindre une génération d'enfants, voire de petits-enfants, kidnappeurs.

Le procureur monte sur ses grands chevaux, prêt à livrer bataille à des légions de ravisseurs anonymes.

– Lorsqu'on n'a connu que les mauvais traitements, on finit par en infliger soi-même. Et lorsqu'on a été enlevé, on devient ravisseur.

– D'accord, Franklin, n'empêche que fais-tu des enfants qui ont subi le pire de la part de leurs parents mais qui s'en sont bien sortis ?

Je devine ce qu'il va répondre, mais j'ai besoin de citations exactes.

– Alors c'est qu'ils ont connu *autre chose* que les mauvais traitements.

– Dans ce cas, quid des six premières années de la vie de Ray ? Si l'on découvre qu'il était aimé et choyé ?

– Oui ?

– Cette enfance heureuse n'aurait-elle pas dû le prémunir du crime ?

– Pas nécessairement. Mets un rat sain et équilibré dans une cage et torture-le : il se laissera dépérir. Il aura beau avoir été élevé par la plus tendre des mères pendant l'équivalent de six de nos années, si tu le confies à un spécialiste du comportement animal, en quelques jours le gentil rat deviendra psychotique.

– Les rats ne sont pas des êtres humains, Franklin.

– C'est vrai, assène-t-il, mais beaucoup d'êtres humains sont des rats.

Exactement la réplique que j'espérais. De quoi ponctuer un beau paragraphe dans mon livre.

Croyant la tirade terminée, je pose mon crayon, pour le reprendre aussitôt lorsque Franklin s'enflamme :

– Voilà pourquoi il faut être gentil avec les enfants. Avec tous les enfants, même les pires garnements. Souriez-leur, car ce sera peut-être le seul sourire d'adulte qu'ils verront de toute la semaine. Si je surprends un de mes assistants à rudoyer un gamin, je lui dis : bravo, vous venez de contribuer à faire un malheureux de plus.

– Si ce qu'on vient d'apprendre sur Ray est vrai, et que la police le rattrape, continueras-tu de requérir la peine de mort ?

– Absolument ! Le fait qu'il ait été enlevé, peut-être maltraité, ne change rien à son crime. Va donc expliquer aux parents de Natalie qu'ils doivent pleurer sur le sort du pauvre petit Ray Raintree... Je me fiche de savoir où a commencé cette souffrance cyclique, il faut bien l'arrêter quelque part. Et si je dois l'envoyer à la chaise électrique pour ça, je n'hésiterai pas.

– Mais si c'est un de ces êtres malheureux que d'autres êtres malheureux ont créé ?

– Alors mettons fin à son calvaire, dit Franklin, avec un humour grinçant.

Vingt-quatre heures après cette conversation, je suis assise sur le lit d'enfant de Ray, quelque part au Kansas, dans un état proche de l'hébétement. Le papier peint date des années soixante-dix. Autour de moi, les jouets de Ray, dont certains pourraient faire figure d'objets de collection. Sa mère est restée en bas, au salon. Elle prétend qu'elle ne trouvera pas le sommeil tant qu'elle n'aura pas revu son fils.

Je branche mon ordinateur portable et je commence la rédaction d'un nouveau chapitre, pour un livre qui ne parle plus d'un enlèvement, mais de deux.

La Petite Sirène

Par Marie Lightfoot

~

Chapitre VIII

Alors que la Floride était tout entière lancée à la poursuite de Ray Raintree, le mystère entourant son identité allait se dissiper dans une ville dont les policiers de Bahia Beach n'avaient pour la plupart jamais entendu parler, chez une femme dont ils ignoraient tout.

La ville avait pour nom Olathe, située à une cinquantaine de kilomètres au sud de Kansas City.

La femme s'appelait Kim Kepler, trente ans, célibataire, sans enfant. Au moment exact où la lumière se fit, Kim regardait *Entertainment Tonight* à la télévision en mangeant un émincé de porc roulé dans de fines galettes qu'elle trempait dans une sauce de soja. C'était son plat asiatique préféré, un peu fade pour certains, mais juste à son goût, et elle le commandait chaque fois qu'elle mangeait chinois. Kim avait ainsi ses habitudes, elle aimait s'en tenir aux recettes « essayées et approuvées » : *enchiladas* au fromage dans les cantines mexicaines, *Royal with cheese* chez McDonald's ou *fettucine* dans les restaurants italiens. Elle puisait une sensation de confort dans ces repas familiers qui la mettaient à l'abri des surprises et des déceptions.

Entertainment Tonight, diffusée tous les soirs à 18 h 30 sur la chaîne locale, était la seule émission dite d'information qu'elle s'autorisait à regarder. Kim Kepler, comme sa mère, ne supportait pas d'entendre parler de ces enlèvements d'enfants qui émaillaient l'actualité. Cela réveillait des souvenirs trop douloureux, son petit frère ayant disparu à l'âge de six ans. À tout moment, une histoire similaire pouvait faire irruption à la télé ou à la une des journaux, la replonger dans le passé, lui arracher des larmes et lui gâcher la journée. C'était à croire qu'une épidémie de kidnappings sévissait aux États-Unis, tant ces faits divers devenaient fréquents. Elle faisait de son mieux pour les éviter. Lorsqu'une collègue de bureau évoquait un cas de ce genre en sa présence, Kim trouvait une excuse quelconque pour éluder la conversation.

La blessure restait trop à vif, même au bout de vingt-trois ans.

Heureusement, *Entertainment Tonight* lui était toujours apparue comme un programme sans risque. On y parlait uniquement des vedettes de la télévision ou du cinéma, des derniers cancans d'Hollywood, et jamais d'enfants disparus.

Kim pouvait donc suivre tranquillement l'émission en mangeant seule son dîner. Non pas qu'elle fût une personne foncièrement solitaire. D'un tempérament plutôt sociable, elle comptait de nombreux amis. Elle était également très proche de sa mère, de sa sœur cadette et, à un moindre degré, de son frère aîné.

Elle ne voulait plus entendre ou lire de mauvaises nouvelles. Elle n'était pas la seule à réagir de la sorte et elle ne se cherchait aucune excuse.

Pas plus qu'elle ne s'excusait d'habiter le Midwest, une région que les bien-pensants considéraient rarement comme le comble de la sophistication. Ces mêmes personnes tenaient souvent le Kansas pour un havre de paix. Aux yeux de Kim, cette tranquillité n'était qu'une illusion. Il suffisait de se rappeler ce qui était arrivé à son petit frère. Puis à son père, qui les avait quittés un beau matin. Kim ne voyait pourtant aucune raison de déménager. Si le Kansas n'était pas sûr, alors aucun endroit ne le serait. D'ailleurs, sa mère ne voudrait jamais partir et il n'était pas question pour Kim de s'en aller sans elle.

Olathe, chef-lieu du comté de Johnson, est une ville en pleine expansion. Vue d'avion, ou de l'autoroute, elle ressemble à une cité-dortoir de Kansas City, mais de plus près on s'aperçoit qu'elle a conservé un peu de son charme de vieille bourgade, avec ses petites maisons blanches entourées de jardins, aux vérandas nanties de l'indispensable balancelle. Le nom de la ville se prononce O-LAY-THA, avec l'accent sur la deuxième syllabe.

Kim habitait une de ces petites maisons blanches.

Sa mère vivait dans une autre, presque identique, à deux rues de là.

Sa sœur s'était installée avec son mari à Lenexa, dans la banlieue voisine, tandis que son deuxième frère avait élu domicile à Prairie Village, situé à une vingtaine de minutes en voiture.

À la télévision, la présentatrice Mary Hart lançait le prochain sujet :

– En Floride, le suspense demeure entier ! Une chasse

à l'homme est en cours pour retrouver un meurtrier évadé qui est aussi le personnage central du prochain livre de Marie Lightfoot, le célèbre auteur de best-sellers. Il y a deux jours, alors que Mlle Lightfoot pensait tenir son dernier chapitre, l'assassin s'est évadé du palais de justice de Bahia Beach. Il venait d'être condamné pour l'enlèvement et...

Kim s'empara de la télécommande.

– ... le meurtre...

Ses doigts graisseux cherchèrent le bouton « arrêt ».

– ... d'une petite fille de six ans, Natalie McCullen. Son meurtrier...

Kim appuya sur la touche. Rien ne se produisit. La commande ne répondait pas toujours au premier essai.

– ... est un homme qui répond au nom de Raymond Raintree...

Lorsque Kim Kepler entendit ce nom, ce fut comme si elle venait de recevoir un coup de massue en plein thorax. Frappée par un ennemi invisible, elle fit un bond dans son fauteuil et poussa un cri. Un sifflement strident emplissait sa tête. Incapable de respirer, elle se sentit prise de vertige, son champ de vision s'assombrit. La télécommande lui échappa des mains, rebondit sur le plateau télé avant d'atterrir sur la moquette. Le couvercle du boîtier sauta, éjectant deux piles. Les lèvres de Kim s'cntrouvrirent et se refermèrent plusieurs fois, mais aucun son ne sortit de sa bouche.

Elle fit un effort désespéré pour entendre ce que disait la présentatrice, mais le sang qui battait à ses oreilles et sa respiration hachée l'en empêchaient presque. Elle ne saisit au vol qu'une bribe de phrase :

– ... un projet de film est déjà signé, mais personne ne peut encore dire comment le scénario va se terminer.

Lorsqu'elle vit que Mary Hart passait à un autre sujet, Kim porta les deux mains à sa bouche et se leva si vite que son plateau-repas alla atterrir sur le tapis.

– Raymond Raintree, articula-t-elle d'une voix tremblante.

Puis elle se mit à crier. Elle éclata en sanglots, arpenta les pièces de sa maison en se tordant les mains, frappa les murs et les portes de ses poings ou de ses paumes ouvertes.

– Oh, mon Dieu ! Mon Dieu !

Avait-elle bien entendu ?

– Que faire ? Que faire ?

Elle répéta cette interrogation à l'infini, avec la sensation de tomber dans un puits sans fond.

– Maman ! appela-t-elle dans la maison vide.

Puis, tombant à genoux à côté du téléphone, elle gémit :

– Johnnie !

Raymond Raintree était le nom que son petit frère Johnnie Kepler avait donné à son compagnon de jeu imaginaire. Elle ne l'avait jamais oublié, et jusqu'à aujourd'hui elle ne l'avait entendu prononcer par personne d'autre que sa mère. Cet horrible individu, ce meurtrier évadé en Floride, avait-il quelque chose à voir avec l'enlèvement de son frère, vingt-trois ans auparavant ?

Devait-elle appeler sa mère pour lui dire ce qu'elle venait d'entendre ?

Mais s'il n'y avait aucun lien entre cet homme et son frère disparu ? Dans un cas comme dans l'autre, ne risquait-elle pas d'exposer Katherine Kepler à un nouveau crève-cœur ?

– Je ne sais pas quoi faire...

Kim se sentait soudain terriblement seule. Elle décrocha le combiné pour appeler sa sœur mais raccrocha aussitôt. Elle pensa joindre son frère, puis se ravisa.

Elle n'avait pas le choix. Sa mère ne lui pardonnerait jamais de ne pas avoir appelé sur-le-champ. Si quelqu'un avait le droit d'être prévenu avant tout autre, c'était bien Katherine Kepler.

Kim décrocha le combiné et tâcha de contenir le flot de ses larmes. Mais lorsqu'elle entendit sa mère répondre « Allô ? » de sa voix douce, elle se remit à sangloter comme une petite fille, et Katherine Kepler fut saisie de frayeur avant même d'avoir appris la nouvelle.

La dernière fois que les deux femmes avaient vu John Michael Kepler, c'était le jour où on l'avait enlevé dans leur jardin, devant la maison. Mais à la différence de Natalie McCullen, on ne retrouva jamais le petit garçon, mort ou vif.

« Raymond Raintree, c'était le nom que Johnnie donnait à son compagnon imaginaire », répétèrent Katherine et Kim à tous ceux qui allaient leur poser la question.

La police. Les journalistes. Le FBI. Les avocats.

– On n'a jamais su d'où ce nom lui était venu. Il n'y avait pas de Raymond dans notre entourage. Et on n'avait jamais entendu le nom de Raintree, à part dans ce vieux film avec Elizabeth Taylor...

Comme beaucoup d'enfants, John Kepler s'était inventé un camarade, et lorsque son frère, ses sœurs ou ses parents lui demandaient à qui il parlait, il répondait avec assurance : « À Raymond Raintree. » Il articulait les quatre syllabes de manière distincte, peut-être parce que le nom n'était pas facile à prononcer pour un garçon de son âge. Et comme tous les enfants qui ont un compagnon imaginaire, Johnnie l'emmenait partout avec lui.

Lorsque Kim entendit pour la première fois le nom du fugitif en Floride, elle songea tout d'abord à un lien indirect entre cet homme et la disparition de son frère. Les Kepler avaient toujours considéré qu'il s'agissait d'un enlèvement, mais en réalité ils ne savaient pas ce qui était arrivé à Johnnie. Il jouait tranquillement dans le jardin devant la maison, et une minute après il n'y était plus. Difficile de concevoir qu'il ait pu simplement s'égarer, se réfugier dans une maison abandonnée ou même tomber au fond d'un puits sans qu'on ne retrouve jamais trace de lui. La thèse de l'enlèvement était donc la seule vraisemblable. Mais les Kepler ne pouvaient avoir aucune certitude.

Curieusement, il ne vint pas à l'esprit de Kim que l'homme qui se faisait appeler Raymond Raintree puisse être son frère. S'il devait exister un lien quelconque, cet évadé était plus probablement l'ignoble individu qui avait détruit leur vie. Puis, en découvrant son portrait à la télévision, elle s'aperçut qu'il était trop jeune pour être le ravisseur. Mais son cœur comme son esprit restaient hermétiques à l'idée qu'il puisse s'agir de Johnnie lui-même, peut-être parce que son frère aurait dû avoir vingt-huit ans et que ce fugitif avait des allures d'adolescent attardé.

– J'avais du mal à admettre la vérité, reconnut-elle plus tard. Je ne sais pas pourquoi. Une part de moi-même refusait sans doute d'envisager que cet homme au physique si étrange, cet être ignoble qui avait tué une petite fille, puisse être mon frère. Non, c'était impossible...

Sa mère n'eut pas ces hésitations.

– J'ai su tout de suite, dit plus tard Katherine Kepler. C'était mon fils. La logique n'avait rien à voir là-dedans. Je savais, c'est tout. J'ai eu le cœur soulevé par une bouffée d'espoir et par une brusque montée de peur, comme si j'allais vomir. J'avais l'impression de monter et descendre des montagnes russes. C'était un tel choc. J'ai vomi, j'ai pleuré, j'ai tremblé comme une feuille. Mais je savais !

Kim courut jusqu'à la maison de sa mère, d'où elle appela son frère et sa sœur. Elle appela aussi Jack Lawrence, le shérif adjoint de Johnson County, aujourd'hui à la retraite. Toutes ces années, il était resté en contact étroit avec les Kepler, ne renonçant jamais complètement à retrouver Johnnie. Les Kepler avaient beaucoup d'affection pour lui, au point de le considérer comme un membre de la famille.

Kim lui répéta ce qu'elle venait d'entendre à la télé. L'ancien shérif adjoint promit de contacter aussitôt la police de Bahia Beach, de rassembler le maximum de renseignements et de la rappeler au plus vite.

– Comment réagit ta mère ? s'inquiéta-t-il.

Kim ne lui cacha pas que Katherine était dans un état effroyable – elle venait de vomir dans la salle de bains et en ressortait le visage baigné de larmes – et que seuls des renseignements plus précis seraient en mesure de la soulager.

Il promit de s'y mettre sans tarder.

Malheureusement, le shérif adjoint ne put remplir cette mission dans un premier temps, car aucun officiel en Floride ne daigna lui prêter une oreille attentive.

D'où les Kepler tiraient-ils pareille certitude ?

Ils mirent à profit les deux jours qui s'écoulèrent avant d'obtenir une réponse de Floride pour vérifier si Raymond Raintree et Johnnie ne faisaient qu'un.

Kim Kepler avait entendu parler d'un système de traitement de l'image au Centre national des enfants disparus ou maltraités, à Arlington, en Virginie. Plus connu sous le sigle de NCMEC, cet organisme n'existait pas encore au moment de la disparition de Johnnie. Désormais, il mettait gratuitement à la disposition du public sa base de données : il suffisait de se connecter sur le site Internet du NCMEC et d'entrer la description d'un enfant disparu ou d'un ravisseur. Johnnie Kepler figurait sur les listes du NCMEC depuis des années. Associant de manière assez spectaculaire les miracles de la technologie et les documents photographiques fournis par la famille, les techniciens du centre étaient capables de « vieillir » les portraits des enfants disparus, afin de réactualiser leur signalement.

Lorsque Kim appela le NCMEC, on lui dit de rassembler les meilleures photographies de Johnnie, ainsi que celles de ses parents ou de proches à l'âge qu'il devait avoir aujourd'hui.

– Vous avez des films, des vidéos de lui ?

– Non.

Le Noël précédant la disparition de Johnnie, Fred Kepler avait pensé offrir à sa femme une caméra vidéo. Mais il avait fini par renoncer, sous prétexte que ce cadeau correspondait en fait à une envie personnelle. Ce ne serait pas juste, avait-il expliqué aux aînés de ses enfants. Un peu comme si leur mère lui achetait le moule à gaufres dont elle rêvait. Plus tard, toute la famille regretta que

Fred Kepler n'ait pas davantage cédé à son égoïsme. À cause de cet accès de prévenance très inhabituel de sa part, il n'existait pas de cassette vidéo de Johnnie, pas d'images animées du petit garçon en train de courir, de manger ou de prendre son bain. Il n'y avait que des instantanés figés, dont un grand portrait en couleur où l'on voyait le sourire timide de Johnnie, ses yeux gris-bleu et sa tignasse de cheveux châtains.

– Apportez-la, dit-on à Kim.

La jeune femme avait en effet prévu de faire le déplacement en Virginie. Dès le lendemain, elle atterrissait à Arlington. Outre les photos de son frère, elle fournit une description physique aussi détaillée que possible, un portrait d'elle-même à vingt-huit ans ainsi que plusieurs clichés de son frère aîné et de ses parents à peu près au même âge. Elle ajouta à cela les photographies du suspect qu'elle avait pu trouver sur Internet.

– Il faut que j'aille sur place, expliqua-t-elle à son frère et à sa sœur. Je n'ai pas envie de confier ces précieux documents à Federal Express. S'il leur arrivait quoi que ce soit, maman ne s'en remettrait pas.

Au fil des ans, plusieurs personnes bien intentionnées avaient proposé de réaliser des copies de ces photographies, mais Katherine Kepler s'y était toujours opposée. Elle avait bien trop peur qu'elles soient égarées ou qu'elles lui reviennent abîmées. Avec une mèche de cheveux, une dent de lait et quelques jouets, c'était tout ce qui lui restait de son fils disparu.

Elle laissa pourtant Kim les emporter en Virginie.

Katherine Kepler ne l'avoua pas à sa fille, mais elle éclata en sanglots à la minute où elle se sépara de ces clichés. Et elle se garda bien de dire à ses deux autres enfants qu'elle se fit un sang d'encre jusqu'à ce que Kim les lui rapporte intactes.

– Si j'avais su, dit sa fille, je n'aurais peut-être pas eu le courage de les lui arracher.

Au laboratoire du NCMEC, lorsque le technicien entreprit de « vieillir » John, Kim vit peu à peu sur l'écran l'image d'un homme qui ressemblait beaucoup à son frère aîné, mais absolument pas à Raymond Raintree. Ce visage aux contours trop pleins respirait la bonne santé. Et on lui donnait bien vingt-huit ans, ce qui n'était pas le cas de Ray.

Prise d'une soudaine inspiration, Kim suggéra au technicien :

– Et si personne ne l'avait aimé pendant toutes ces années ? S'il avait été livré à lui-même, mal nourri ? Il serait différent ?

Le technicien pianota sur son clavier.

Le portrait affiché sur l'écran devint flou, puis se transforma. Les joues se creusèrent, la tête sembla se réduire comme une peau de chagrin. Et puis soudain surgit la photo d'un homme qui ressemblait comme deux gouttes d'eau à « Raymond Raintree ».

Dans l'avion qui la ramenait au Kansas, Kim pleura pendant tout le trajet, les photographies posées sur les genoux, dans une enveloppe matelassée. Elle redoutait de montrer le résultat à sa mère.

Le fils disparu de Katherine était vivant.

Mais ce fils était un monstre.

Katherine Kepler avait conservé exactement le même poids que le jour où son enfant avait disparu : soixante et un kilos, pour une taille d'un mètre soixante. C'était, d'après les canons de l'époque comme ceux d'aujourd'hui, cinq kilos de plus que son poids idéal. Elle avait aussi gardé la même coiffure et la même teinte de cheveux qu'en 1976 : une coupe courte châtain, striée de blond, avec une lourde frange, qui faisait fureur dans ces années-là. Heureusement, ce style somme toute classique a bien résisté aux modes. Mais ce n'est pas pour cette raison que Katherine lui est restée fidèle, ou qu'elle a entretenu ses rondeurs.

– Je voulais que John puisse me reconnaître, expliqua-t-elle. Dans ses souvenirs, s'il en avait encore, je devais apparaître telle que j'étais à trente-deux ans. Avec cette coiffure.

Elle porta la main à ses cheveux.

– Et cette ligne.

Elle désigna la silhouette qu'elle gardait jeune grâce à la gymnastique. La cinquantaine venue, elle avait dû se battre pour empêcher ses cinq kilos supplémentaires de grimper à dix. Mais avec un régime approprié et des cours d'aérobic, elle avait réussi.

– Et ce visage.

Katherine avait déjà subi deux liftings, afin de préserver à tout prix le visage que son enfant perdu avait connu et aimé. Un visage typique du Midwest, empreint de bonté et de franchise, aux yeux bleus et au nez étroit, le menton et les oreilles finement dessinés, le front large et un sourire prompt à éclairer l'ensemble. Grâce à la chirurgie esthétique, Katherine Kepler ressemblait encore de manière remarquable à la jeune femme qui apparaissait sur les photographies au côté de son fils cadet.

Si Johnnie Kepler la revoyait, elle espérait que cela réveillerait en lui le souvenir d'un visage aimant, le premier sur lequel il ait jamais posé les yeux.

– À sa naissance, dit Katherine, il avait les paupières toutes plissées et il hurlait. Mais quand la sage-femme me l'a donné, il s'est arrêté de pleurer comme par magie. Il a ouvert de grands yeux, il m'a regardé... Je suis littéralement la première personne qu'il ait vue au monde.

Vingt-huit ans plus tard, elle voulait être aussi la dernière personne que verrait son fils, si le destin devait en décider ainsi.

Au plus profond de son cœur, Katherine savait que ce jour-là, il risquait de la contempler avec le même regard qu'au moment de sa naissance, ne voyant en elle qu'une étrangère au physique agréable et quelque peu familier.

Lorsque Kim montra à sa mère le « vieillissement » réalisé par ordinateur à partir des photos de Johnnie, Katherine Kepler n'hésita pas une seconde. Elle jeta un bref coup d'œil sur le portrait et le pressa contre son cœur.

– C'est mon fils adoré et je donnerais ma vie pour lui.

À ces mots, le fils aîné des Kepler, Calvin, rétorqua hors de portée des oreilles de sa mère qu'ils n'auraient pas besoin de lui sacrifier leur vie, seulement tout ce qu'ils possédaient jusqu'au dernier centime, s'ils devaient lui payer un avocat.

– Je veux d'autres preuves que cette photo, dit-il à ses sœurs. ADN. Empreintes digitales.

Kim savait que cela ne résoudrait pas le problème. Toutes les preuves du monde ne changeraient rien au fait que Johnnie n'allait peut-être pas les reconnaître. Et s'il les reconnaissait, les Kepler voulaient-ils réellement l'accueillir de nouveau au sein de leur famille ? À cette question, Katherine répondait oui sans l'ombre d'une hésitation. Mais pour le frère aîné, qui se voyait mal prendre dans ses bras un assassin d'enfant, comme pour ses sœurs, les réponses n'étaient pas évidentes.

Lorsque la photographie du NCMEC apporta la confirmation attendue, Katherine Kepler prévint ses enfants que Johnnie ne se souviendrait probablement ni d'elle ni d'aucun d'entre eux. Il était si jeune au moment du rapt, tant d'années s'étaient écoulées depuis, pendant lesquelles il avait dû vivre l'enfer. Comment expliquer sinon ce qu'il était devenu ?

Par cette mise en garde, elle espérait les protéger et se protéger elle-même.

Des études scientifiques corroborent l'intuition de Katherine. La mémoire est associée à deux organes jumeaux nichés dans chaque hémisphère du cerveau, appelés hippocampes. On a pu observer une réduction spectaculaire de l'hippocampe chez des anciens du Vietnam souffrant d'une « névrose traumatique ». Cette détérioration atteint jusqu'à 26 % du volume total, ce qui entraîne tantôt une amnésie prolongée tantôt des troubles de la mémoire immédiate. Ce phénomène est aussi fréquent chez des individus victimes de graves maltraitances pendant leur enfance. Comme si des pans entiers de mémoire s'étaient envolés. Aujourd'hui, les chercheurs en viennent à penser que l'atrophie de cette zone sensible du lobe temporal, provoquée par un choc quelconque, pourrait bien être responsable de ces trous noirs.

Si ces études sont exactes, il pourrait y avoir une raison physiologique au fait que le meurtrier de Bahia Beach ne soit pas en mesure de se rappeler avoir été John Kepler. Katherine se préparait en toute logique à cette éventualité : son fils, si c'était lui, pouvait ne pas la reconnaître. Mais son cœur lui soufflait : « Il ne m'a pas oubliée. »

En admettant que le dénommé « Raymond Raintree » se souvienne de son passé, il restait un écueil : comment allait-on prouver qu'il disait vrai ?

- Béni soit le progrès, dit Jack Lawrence aux aînés des Kepler. Et bénies soient les mères qui conservent précieusement les mèches de cheveux et les dents de lait de leurs enfants.

En d'autres termes, bénis soient les tests ADN.

Le plus court moyen de vérifier avec certitude l'identité d'une personne grâce à la génétique consiste à prélever des cellules de ses deux parents présumés et de les comparer à son ADN. S'il existe des similitudes flagrantes, alors leur lien de parenté est pratiquement avéré. Dans le cas de Ray Raintree, il était facile d'obtenir l'ADN de la mère supposée mais personne ne savait si le père de Johnnie était encore en vie, et encore moins où il se trouvait.

On pourrait néanmoins établir si Raymond Raintree était biologiquement le fils de Katherine Kepler. En outre, celle-ci avait gardé une boucle de cheveux de John, souvenir de la première fois où son père l'avait emmené chez le coiffeur à onze mois. Comme elle avait mis de côté par ailleurs une dent de lait, on disposait d'une base suffisante pour effectuer un test ADN. Si Ray Raintree possédait les gènes de sa mère et que son propre ADN correspondait à celui de la dent et des cheveux, son identité ne ferait plus aucun doute.

– Si l'ADN d'un dinosaure peut se conserver dans l'ambre pendant des millions d'années, dit Katherine à

Jack Lawrence, alors celui de mon fils peut bien tenir vingt-deux ans dans un sachet en plastique.

C'était son vœu le plus cher, mais les experts en la matière lui auraient probablement expliqué que l'ADN « survit » dans l'ambre parce qu'il n'est pas en contact avec l'oxygène. Au fil des ans, sans se douter que cela risquait de compromettre ses chances de savoir un jour la vérité, Katherine avait bien souvent extrait la délicate mèche de cheveux de son emballage, elle l'avait caressée, pressée contre sa joue, contre ses lèvres, elle avait aussi manipulé la petite dent, versé des larmes, en se rappelant la nuit où elle l'avait remplacée par une pièce, à la plus grande joie de Johnnie. Ce faisant, elle avait peut-être détruit l'ADN de son fils, ou l'avait irrémédiablement mêlé au sien.

Jack Lawrence n'avait pas le cœur de lui dire que ces souvenirs n'étaient sans doute d'aucune utilité. Ils n'avaient pas été conservés dans les conditions idoines : en 1976, l'acide désoxyribonucléique était encore une nouveauté pour les laboratoires de la police. Des prisonniers condamnés pour viol croupissaient dans leur cellule, alors qu'ils auraient pu être innocentés sur la foi d'un test ADN pratiqué à partir de leur sperme. D'autre part, Jack Lawrence n'était pas sûr qu'un tribunal soit à même d'imposer à Ray un examen génétique contre son gré. Avait-il le droit constitutionnel de refuser ? Jack Lawrence se donna pour mission de se renseigner auprès de différents juges.

Les test ADN prennent du temps, parfois des semaines, et la famille voulait être fixée au plus vite.

Kim Kepler dit en riant qu'elle prend tous les kilos que perd sa mère. À trente ans, elle mesure trois centimètres de moins que Katherine et pèse quinze kilos de plus, mais elle les porte à merveille. Avec ses grands yeux marron, héritage de son père, et ses cheveux châtains qui tombent en boucles sur son visage, elle a un faux air de Shirley Temple. Son regard a la même lueur d'intelligence que celui de sa mère et un sourire identique égaie son visage. On devine aussi la même force de caractère chez les deux femmes. Sous la douceur apparente, on sent une détermination à toute épreuve. « Une femme de tête », c'est ainsi que Kim se définit, et tous ses proches le confirment.

Kim s'habille avec goût – un tailleur différent chaque jour de la semaine – et marche avec une allure que pourrait lui envier un ambassadeur. Elle cache sous son port altier une nature à fleur de peau.

– Je pleure comme une madeleine au cinéma, dit-elle. Et je n'en ai pas honte.

Lorsqu'on demande à son entourage quels adjectifs la décrivent le mieux, les réponses les plus fréquentes sont sincère. Fiable. Et courageuse.

– Je suis restée un peu scout dans l'âme, dit-elle en riant. Mais ne me demandez pas d'allumer un feu de camp en frottant deux bouts de bois...

Ne lui demandez pas non plus de parler de son père.

– Papa est parti.

Sa mère n'est pas beaucoup plus bavarde sur le sujet.

– Il n'a pas tenu le choc, dit-elle simplement, lorsqu'on lui demande *pourquoi*.

La sœur et le frère aîné de Kim ont moins de peine à aborder la question.

– La disparition de Johnnie a détruit notre famille, dit Christie Kepler Warneke, elle-même mère de trois enfants.

A vingt-cinq ans, elle est la benjamine des Kepler.

– On a essayé de la rebâtir, maman, Kim, Calvin et moi, mais il a fallu du temps, et ça s'est fait sans papa.

Qu'est devenu Frederick Kepler, aujourd'hui âgé de soixante-trois ans ?

Où s'en est-il allé ?

Pourquoi les a-t-il abandonnés ?

– Je m'étais imaginé que papa avait emmené Johnnie avec lui, dit Christie. Que c'était juste une dispute sur la garde des enfants : maman et papa ne s'entendaient plus, alors il est parti en prenant un des garçons avec lui.

Pendant des années, la petite Christie a voulu ainsi se persuader que Johnnie était en sécurité auprès de papa. Ce stratagème n'ôtait rien à sa tristesse d'avoir perdu un père, mais il contribuait à atténuer sa peur. Un psychologue parlerait probablement ici de « mécanisme de réconfort ». Un mécanisme qui s'avéra très efficace.

– Si mon frère était avec mon père, alors le monde devenait moins effrayant, dit Christie. Où qu'il soit, Johnnie se portait bien. Un jour peut-être, nous serions tous réunis. En tout cas, le monde n'était pas rempli de pervers qui pouvaient m'enlever, moi aussi.

Cette astucieuse construction mentale se heurtait malheureusement à un obstacle chronologique : son frère avait disparu en 1976, alors que Fred Kepler n'avait déserté le foyer familial qu'en 1979.

Aujourd'hui, Christie n'a pas renoncé à échafauder des scénarios invraisemblables. Dans le dernier en date, Fred Kepler aurait pris la route en 1979 pour consacrer le reste de ses jours, si nécessaire, à retrouver la trace de son fils disparu.

– Et pourquoi pas ? s'insurge-t-elle, lorsque sa famille rejette ses théories d'un haussement d'épaules. Après tout, papa ne nous a jamais donné les raisons de son départ !

À ces mots, les yeux de sa mère s'embuent. Certes, Fred ne s'était pas répandu en explications, pas plus orales qu'écrites, mais son départ n'avait pour autant rien d'un mystère. En tout cas, ce n'en était pas un pour sa femme. Après le rapt, Fred s'était peu à peu éloigné d'elle et de ses enfants. Il refusa catégoriquement toute aide psychologique. Il cessa d'aller à l'église. Il lâcha son emploi et se mit à boire.

Il finit par demander le divorce. Rien d'autre. Ni partage des biens, ni garde des enfants, ni droits de visite. Le divorce fut prononcé à l'amiable. À cette époque, Katherine n'en pouvait plus.

– Il ne méritait pas qu'elle s'accroche à lui, dit Calvin. Il a été anéanti par la disparition de Johnnie. N'importe qui aurait été secoué, mais c'était plutôt un faible. Notre roc, ça a toujours été maman.

Calvin est aujourd'hui un bel homme de trente-quatre ans. Après avoir médité un moment ses dernières paroles, il se ravise :

– Je ne veux rien ôter aux mérites de maman, mais c'est plutôt Kim qui nous a tenus à bout de bras.

Calvin est réputé pour son franc-parler. « Un ours mal léché », dit sa plus jeune sœur à son propos. « Il ne mâche pas ses mots », précise Kim. Lui prétend qu'il essaie tout simplement de dire le fond de sa pensée.

Quoi qu'il en soit, Fred Kepler ne refit jamais surface, pas même après le battage médiatique provoqué par leurs retrouvailles avec John/Ray. De nouvelles recherches furent lancées à son sujet. Elles se soldèrent par un échec.

– Il est peut-être mort, dit son fils aîné. En tout cas, c'est comme ça que je préfère les choses. Ray et papa. Ces deux êtres que j'ai connus autrefois – mon petit frère et mon père – sont morts. Et enterrés. Je ne les reverrai pas. Je m'y suis habitué.

Voilà pourquoi Calvin refusait de cautionner le projet de sa mère de se rendre à Bahia Beach pour voir « Raymond Raintree » dès qu'il serait repris.

– Ce n'est pas mon frère, dit-il avec une certaine agressivité. Je ne veux rien avoir affaire avec ce type. J'aurais honte d'apprendre que nous sommes du même sang.

Kim tenta de le faire changer d'avis, mais sa mère intervint :

– Laisse-le tranquille, Kim. Laisse-le.

Katherine Kepler sait que les individus n'ont pas tous les mêmes ressources émotionnelles.

– Il est peut-être plus facile pour une mère d'aimer indifféremment tous ses enfants, que pour ces enfants de s'aimer entre eux.

Dans quel état d'esprit se trouvaient les quatre frères et sœurs, à la veille de retrouvailles qui s'annonçaient dramatiques ? Kim oscillait entre l'espoir et les larmes à l'idée d'aller en Floride, de revoir Johnnie et de lui venir en aide. Christie était remplie d'appréhension, ce qu'elle avait entendu sur son frère hantait ses nuits. Calvin était mal à l'aise, rétif. Quant à John, il apparaissait comme l'incarnation du mal.

– On ne change pas ses enfants, dit Katherine. Ils ne correspondent pas forcément à l'image qu'on s'en faisait.

Mais il faut les accepter tels qu'ils sont, et les aimer de toutes ses forces.

C'était une noble déclaration de principe mais qui se révèlerait difficile à respecter. À moins que l'amour d'une mère ne parvienne à tout surmonter.

7

Raymond

Sur la route de l'aéroport, je m'arrête chez Susan et Anthony McCullen. Je m'inquiète de ce qu'ils peuvent ressentir alors que commence cette seconde enquête sur l'identité du meurtrier de leur fille.

Tony m'ouvre la porte et embraye d'office :

– Pourquoi le juge ne l'a pas tué, Marie ?

Je m'empresse d'abonder dans son sens :

– C'est sûr que ça aurait arrangé bien des choses. Comment allez-vous, Tony ? Et Susan, comment va-t-elle ?

– Entrez.

Il s'efface pour me laisser pénétrer dans cette belle maison marquée par la tragédie.

– Je ne voudrais pas vous déranger, Tony. Je suis juste passée vous dire bonjour.

– Susan ! lance-t-il vers le fond de la pièce. C'est Marie Lightfoot.

Et voilà Susan McCullen qui se précipite vers nous en s'essuyant les mains avec un torchon de cuisine.

– Je serai bien contente quand il sera mort.

Ce sont ses premiers mots, les mêmes que prononcent tous les parents de victimes que j'ai croisés au cours de ma carrière.

– C'est intolérable de l'imaginer en train de se promener comme n'importe qui d'autre. Je ne pourrai pas supporter de savoir qu'il est... vivant... jusqu'à la fin de mes jours.

– La seule chose qui me ferait encore plus plaisir, coupe Tony, ce serait de le tuer moi-même.

Il porte un maillot noir de combat qui pend sur sa grande carcasse d'ancien boxeur ; le chagrin lui a fait perdre plusieurs kilos ces derniers mois, et l'impression de se trouver face à un colosse a disparu. Pourtant, il suffit de voir ses poings serrés pour comprendre que ce ne sont pas des paroles en l'air.

– On devrait faire davantage participer les familles, nous laisser brancher le courant ou verser le poison.

– Ou administrer l'injection, ajoute Susan. Je veux bien m'en charger.

Je ne peux pas m'empêcher de lui demander :

– Vous vous en sentez capable ?

La mère de Natalie opine vigoureusement du chef. Au tribunal, le premier jour du procès, je l'avais trouvée encore digne du titre de reine de beauté qu'elle a jadis porté, avec ses yeux bleus, comme ceux de Natalie, ses mèches blondes sur des cheveux châtains mi-longs et la même frange que sa fille. À l'époque, déjà, je l'estimais trop mince ; depuis, le chagrin l'a ravagée. À croire que seule la rage la soutient. Reste à savoir combien de temps ça va durer. Jusqu'à la mort de Ray ? Si je m'en réfère à mon expérience passée, je dirais que Susan éprouvera tout d'abord un léger soulagement puis qu'elle s'effondrera.

Alors seulement pourra commencer le lent processus de la guérison.

– Et comment ! Je doserai moi-même la seringue, il n'y à qu'à me montrer où piquer.

Tandis qu'elle parle, mimant ses paroles avec force grimaces, Tony se balance d'un pied sur l'autre, comme l'ancien boxeur qu'il est, prêt à remonter sur le ring.

Le fait est là, brutal : Susan a perdu sa beauté. Elle a un teint de papier mâché. Déjà, pendant le procès, son apparence s'altérait de jour en jour. C'était clair pour tous ceux qui la voyaient, ou plutôt la regardaient, la dévoraient des yeux, discrètement ou pas. Chacun auscultait « les parents » sans désemparer. Susan et Tony prenaient cette curiosité pour une accusation. Comme si ces regards criaient à Susan : « La voilà, cette mère qui négligeait sa fille. » Et à Tony : « Le voilà, ce père qui n'a pas fermé la porte de derrière avant d'aller se coucher. »

Il me semble que tous ceux qui les dévisageaient ainsi étaient plutôt partagés entre l'horreur et la compassion. « Ce sont eux, les parents de la petite qui a été tuée ? Les malheureux ! » C'est ce qu'on se dit, entre soi, hors de portée des oreilles des intéressés. Tout un monde de sympathie qui s'est rejoint pour les plaindre, mais le jeune couple n'arrive pas à le saisir, ni à l'accepter, tant il se culpabilise. Ils ne peuvent concevoir qu'on ne les hait pas autant qu'ils se haïssent eux-mêmes.

Impossible de leur faire entendre raison.

Espérons que le temps saura s'en charger.

J'ai vu la bouée de Natalie qui flottait encore dans leur piscine. Je sais que, quand Susan fait des longueurs, elle s'y accroche et elle pleure. Ses proches ont le cœur brisé quand ils découvrent les affaires de l'enfant encore éparpillées à travers la demeure des mois après le drame. Mais Susan se met en colère si on lui conseille de les ranger ou de les donner.

« Vous vous sentiriez mieux, disent certains.

– Je ne veux pas me sentir mieux ! »

Les McCullen se cramponnent à leur colère et à leur remords aussi fort que Susan se cramponne à sa bouée dans la piscine.

– On va allumer la télé, me dit Tony. On attend toujours qu'ils annoncent aux informations qu'ils l'ont attrapé. J'espère qu'il va se vider de son sang, ou alors, qu'il résistera quand on le trouvera, et qu'il se fera tirer dessus. Ce serait plus efficace que ce que le juge a fait. Je ne pourrai pas dormir avant d'apprendre que ce salaud est mort.

Tout d'un coup, je me sens à l'étroit dans ce petit espace, avec eux, et je demande :

– Où sont les jumeaux ?

Susan paraît ne pas comprendre, comme si elle avait oublié l'existence de ses deux fils. Puis elle répond, d'un ton presque dédaigneux :

– On les a déposés chez la voisine pour la nuit.

Ça me fend le cœur. Encore une réaction que je ne connais que trop chez les parents de victimes assassinées : ils sont tellement obsédés par le chagrin et le désir de vengeance qu'ils en viennent à se détacher de ceux qui ont encore besoin d'eux. Ou, au contraire, ils s'agrippent comme des naufragés aux enfants qui leur restent. Dans tous les cas, la vie devient un enfer pour la famille.

– Vous dînez avec nous, Marie ?

– Allez ! renchérit Tony. On a beaucoup de choses à vous dire.

– Merci, mais j'ai un avion à prendre. Je passais juste vous dire que je pensais à vous. De quoi vouliez-vous me parler ? Ça peut attendre ? Je pourrais vous téléphoner dès mon arrivée.

Comme ils échangent un regard, j'ai un mauvais pressentiment.

– Nous ne souhaitons pas figurer dans votre livre, lâche Tony d'un ton bourru.

Je sens le marbre se dérober sous mes pieds. Susan intervient :

– Ça n'a rien à voir avec vous.

– Nous avons lu ce que vous nous avez envoyé, et nous ne voulons plus être dans votre bouquin. C'est tout.

Contrairement à la plupart des journalistes, j'aime obtenir l'approbation des familles de victimes avant publication. Question d'éthique. J'avais donc fait parvenir aux McCullen les passages où je parlais d'eux et de Natalie. Je sais que c'est un risque mais j'estime le prendre à bon escient.

– Pourquoi ?

J'en bégaye presque.

Tony me répond d'un ton gêné mais non moins buté :

– À cause de la maison. Je ne veux pas que les gens sachent ça, que c'est gratuit et tout. On va passer pour des tapeurs.

– Ça m'étonnerait !

– Toutes ces explications sur l'argent qu'on dépense, ajoute Susan. Je refuse que les gens lisent ça sur nous. Vous comprenez, Marie ?

J'ai envie de leur répondre : « Vous ignorez donc que je n'ai aucun besoin de votre accord ? Je peux écrire ce que je veux du moment que c'est vrai et que je suis en mesure de le prouver. » Mais je ne vais pas dire ça à des gens qui souffrent.

– Je comprends.

C'est vrai, je comprends qu'on puisse revenir sur une promesse. Cependant, ils ne se rendent pas compte du mal que je me suis donné pour les protéger. Tant pis, je tâcherai de les convaincre plus tard, ou alors je réécrirai certaines scènes dans un sens qui leur conviendra mieux, sans sacrifier mon intégrité. Mais leur coopération m'est indispensable. Sinon, la promotion de ce livre serait une catastrophe. Je vois d'ici les titres dans la presse : « La famille de la victime poursuit l'auteur. » Et Susan déclarer à la télévision : « Nous l'avons suppliée de ne pas divulguer ces choses-là. »

Tony paraît légèrement soulagé.

Je me dirige vers la sortie :

– Tenez bon.

– Pour quoi faire ? me répond Susan, amère.

– Pour les garçons !

Elle me serre dans ses bras.

– Merci d'être si gentille avec nous.

En regagnant ma voiture, je me sens la plus grande hypocrite de la terre. N'empêche que je sors un papier et un crayon pour prendre quelques notes. Je vais faire changer d'idée ces gens-là. Il le faut, c'est tout. Mais que vont-ils dire s'il s'avère que l'assassin de leur fille s'est fait enlever quand il avait son âge ? Est-ce qu'ils le haïront moins ? Le souvenir de la réaction de Franklin m'en fait douter. Ray n'en est pas moins coupable et Natalie ne reviendra pas à la vie. Avec un soupir pour les McCullen et pour toutes les familles détruites que j'ai connues, je m'en vais attraper mon vol pour le Kansas.

L'hôtesse me tend un café et je le sirote en pensant à toutes ces vérités que je ne publierai pas.

En racontant comment Tony McCullen est allé se coucher le soir de la mort de sa fille, je ne disais pas tout. Mes lecteurs ne sauront jamais pourquoi l'idée de jeter un œil sur ses enfants ne l'avait pas effleuré. Et je ne suis pas près de révéler pour quelle raison Natalie a dû se réveiller.

Tony a bien tenté de m'expliquer l'inexplicable, en insistant sur d'inutiles détails. Voilà pourquoi les gens ordinaires doivent être protégés par les journalistes qui « couvrent » leur affaire ; ils n'ont aucune expérience de la publicité et ne se doutent pas du risque qu'il y a à prêter le flanc aux interprétations erronées. À trop s'exprimer sans ambages, comme le font Tony et Susan, on risque de laisser échapper des vérités qu'on ne voudrait pour rien au monde voir paraître dans un journal.

– Voyez-vous, on n'avait rien fait depuis une bonne semaine, avec Susan. Tantôt c'était un gosse qui nous interrompait, tantôt elle ou moi étions trop fatigués, ou que sais-je, encore ? J'ai regardé le talk-show de Jay Leno en deuxième partie de soirée et puis, comme ça devenait barbant, j'ai zappé sur HBO où on passait des extraits de films porno étrangers, français, anglais. Je ne me rappelle pas tout, sauf qu'il y en avait même qui venaient d'un pays arabe, vous vous rendez compte ? Enfin, ce n'était jamais qu'une danseuse du ventre.

« En tout cas, entre les grosses poitrines, les dialogues cochons et les scènes de coucheries, moi ça m'a mis dans tous mes états. Mais je croyais que Susan dormait déjà et elle déteste que je la réveille pour faire l'amour.

C'est alors qu'il a entendu tirer la chasse d'eau.

– J'ai compris que ma femme s'était levée. J'ai éteint la télé et j'ai pris mes jambes à mon cou. Si vous croyez que je pensais aux gosses, à ce moment-là !

Ou à verrouiller les portes...

– Je me grouillais avant qu'elle se rendorme.

La porte d'entrée était fermée. Susan s'en est assurée quand elle a jeté un coup d'œil dehors pour vérifier que les enfants avaient bien remis leurs jouets dans le garage.

– Tout était rangé, m'a-t-elle confirmé. Alors j'ai fermé la porte d'entrée et j'ai poussé le verrou. Tony regardait Jay Leno, je l'ai embrassé sur le front, il m'a caressé les cheveux. Je lui ai dit que j'étais épuisée et que j'allais me coucher.

Ni l'un ni l'autre n'a parlé de faire l'amour.

– Les jumeaux avaient réveillé toute la maison à l'aube, ce jour-là. Je ne sais plus pour quelle raison. Sans doute parce qu'ils sont programmés pour dormir un certain nombre d'heures et pas plus. Ça faisait quelque temps que ça durait, j'en avais marre. Ce coup-là, j'avais besoin de sommeil.

Mais elle ne s'est pas assoupie tout de suite.

– Je ne sais pas pourquoi, je m'inquiétais pour l'argent qu'on devait, je me disais que je ferais mieux de trouver du travail, et je me demandais combien ça nous coûterait de faire garder les enfants, ou si on n'aurait pas intérêt à se débarrasser de cette maison, à louer dans un coin moins cher.

À force de se retourner dans son lit, elle s'est relevée pour aller aux toilettes.

– Il n'était pas bien tard, 23 h 30. Je l'ai vu sur notre pendule lumineuse. Au moment où je sortais de la salle de bains, Tony est arrivé. Il a enlevé son pantalon et j'ai tout de suite compris ce qu'il avait derrière la tête. Je me suis dit, et puis zut ! De toute façon, je ne dormais pas. On a juste essayé de ne pas faire de bruit mais, à un moment, on a ri pour je ne sais plus quelle crétinerie, et j'ai sorti la jambe et envoyé un coup de pied dans ma table de nuit.

Elle y avait entassé plusieurs livres, des romans d'amour que sa sœur lui avait prêtés et qui sont tombés dans un grand fracas.

– On a retenu notre souffle : on avait peut-être réveillé quelqu'un, a-t-elle ajouté les yeux pleins de larmes. On s'est dit qu'on l'avait échappé belle parce qu'on n'a rien entendu.

Peu de temps après, Susan et Tony se sont endormis, blottis l'un contre l'autre. Par la suite, ils ont tous les deux pensé que c'était la chute des livres qui avait réveillé Natalie dans la chambre voisine. La fillette était sensible aux vibrations et sa tête reposait contre le mur heurté par les romans. Pour elle, une vibration correspondait à un son.

Jamais je ne révèlerais une chose pareille dans un livre. Ils n'ont pas hésité à me le confier mais comment supporter les ricanements du public devant des détails aussi croustillants ? Je sais que Susan ne cesse de relier causes et effets, de se dire que si Tony et elle n'avaient pas emménagé dans cette maison, ils n'auraient jamais succombé à la tentation de vivre au-dessus de leurs moyens et ne se seraient pas endettés, et elle n'aurait eu aucun mal à s'endormir cette nuit-là.

Tony ne l'aurait pas entendue remuer.

Ils n'auraient pas fait l'amour.

Les livres seraient restés sur la table.

Natalie aurait continué de dormir dans son lit.

Ray serait passé droit devant leur appontement.

Natalie serait toujours en vie.

N'importe quoi d'autre aurait pu réveiller la fillette cette nuit, cependant il était inutile d'essayer de convaincre ses parents. Susan et Tony détestaient Ray mais ils ne s'en voulaient pas moins.

Non, je ne vais pas écrire ça, me dis-je à nouveau dans l'avion qui m'emmène vers le Middle West. Ça ne regarde personne. Comment reprocher à ce couple d'avoir été simplement humain ? Il voulait faire l'amour à sa jolie femme. Ils ont un peu chahuté. Si tout le monde pouvait avoir une vie sexuelle aussi robuste !

Chacun d'eux m'a assuré que c'est la dernière fois qu'ils ont fait l'amour. Ça non plus, je ne vais pas l'écrire. D'autant que ce n'est sans doute pas vrai. Je ne peux croire sur parole tous les gens que j'interroge même si, sur le moment, ils sont de bonne foi. On oublie, on arrange, on dissimule, on peut également se tromper. Il m'arrive de repérer les mensonges mais pas toujours. Je déteste m'apercevoir de leurs erreurs, involontaires ou non, une fois que le livre est publié, en recevant des rectificatifs de la part de lecteurs, de critiques ou de flics.

Alors que l'avion atterrit, j'en arrive à la conclusion que, si je dois publier cette histoire sur Raymond Raintree, alias Johnnie Kepler, j'ai intérêt à ferrer la vérité. Sinon, je ne pourrai présenter ni dénouement, ni assassin, ni mobile, ni lieu du crime ; je serai incapable de dire où se trouve Ray, et les parents de la victime ne voudront pas apparaître dans le livre.

Prise d'un début d'affolement, je tâche de me calmer en me disant qu'il y a pire, dans la vie, que de ne pas respecter un délai. Sauf que je vais bientôt entendre parler du pays. Un coup de brosse, une retouche de rouge à lèvres et je n'ai plus qu'à me préparer à rencontrer un shérif adjoint à la retraite du nom de Jack Lawrence.

8

Raymond

– Je n'arrive pas à me faire à ces nouveaux éléments.

L'ancien shérif est venu me chercher à l'aéroport de Kansas City dans un pick-up Ford vert. La climatisation tourne à fond, ce qui nous oblige à hurler pour nous faire entendre. À 21 heures, il fait encore plus de trente degrés dehors et la poignée de la portière me semble presque brûlante.

– Des années durant, continue-t-il, j'ai considéré Johnnie Kepler comme un gamin innocent. Ça m'a fait mal, pour lui et pour sa famille, des gens très bien, surtout sa mère et sa sœur aînée, Kim. Je ne parlerai pas de son père parce que personne ne peut se mettre à sa place. Et tout d'un coup, voilà qu'on apprend que le petit garçon qu'on pleurait est vivant, qu'on l'accuse d'avoir enlevé un enfant, comme ça lui est arrivé, à lui. Il y a de quoi perdre les pédales, vous ne trouvez pas ?

– Si, tout à fait.

Autour de nous, je ne vois que l'autoroute, des champs qui se perdent dans l'obscurité et des magasins violemment éclairés. Mon chauffeur est un homme de haute taille, mince, courtois. Il a porté mes bagages, m'a ouvert la porte et m'a aidée à m'asseoir. Il se tient tellement droit que ça m'incite à en faire autant, mais son visage s'affaisse en bajoues et double menton et ses cheveux grisonnants auraient besoin d'un coup de peigne. Il doit avoir dans les soixante-dix ans. Autrement dit, il frisait la cinquantaine lorsque le petit garçon a disparu.

Au bout d'un quart d'heure, j'ai l'impression de le connaître depuis une éternité. Comme souvent quand je rencontre un homme de son âge, je me demande ce qu'aurait pu être ma vie si j'avais été adoptée par quelqu'un comme lui, au lieu de ma tante et de mon oncle. Je chasse vite ces élucubrations pour tâcher de lui prêter une oreille attentive :

– Vous voulez tout savoir, je suppose ?

– Sur la disparition de Johnnie ?

– Oui. Le mieux serait que Katherine vous raconte ça elle-même.

– Il est tard. Vous croyez qu'elle voudra bien me parler dès ce soir ?

Il me jette un regard en coin.

– Kim m'a dit qu'ils resteront debout toute la nuit s'il le faut. Vous êtes le premier lien qui les rattache à lui depuis 1976. Ils veulent savoir tout ce que vous pourrez leur dire sur son compte.

– Je connais surtout les fausses pistes.

– On n'a qu'à le considérer comme un prisonnier de guerre, par exemple, me propose l'ancien shérif adjoint. Qu'est-ce que vous en pensez ? On l'a capturé, peut-être torturé, on lui a fait un lavage de cerveau, et maintenant il revient chez lui. Pas étonnant que ce ne soit plus le même homme.

– C'est une façon très humaine de voir les choses, mais je crains que la famille de la victime ne soit pas d'accord avec vous. Ils pourraient vous répondre qu'il avait tout de même le choix, que tous les prisonniers de guerre ne deviennent pas des assassins.

– Je m'en doute.

– Vous savez qu'il ne reviendra jamais chez les siens, Jack.

– Je sais, mais pas les Kepler. C'est à vous de le leur faire comprendre.

Le cœur serré, je me retourne vers la fenêtre et lui confie ce que j'ai fait de ma journée :

– Avant de prendre l'avion, je suis passée chez les parents de la petite fille que Ray a tuée. Naturellement, ils le haïssent. Ils regrettent que le juge ne l'ait pas abattu. Ils en sont à espérer qu'un chasseur de primes le descende et, faute de mieux, ils se disent prêts à l'étrangler de leurs mains. La mère de Natalie m'a affirmé qu'elle ne demandait pas mieux que de brancher la chaise électrique ou lui injecter le poison qui le supprimera.

– À leur place, je dirais la même chose. Vous leur avez parlé des Kepler ?

– Non. Je ne sais pas trop pourquoi, d'ailleurs. Sans doute parce que ce serait trop leur demander.

Il ne bronche pas, ce qui me permet d'ajouter :

– On ne peut quand même pas mettre les mères de Natalie et de Ray dans le même sac.

– Comme je vous dis, je n'arrive pas à me faire à ces nouveaux éléments.

Alors qu'il se gare devant une petite maison, je lui demande :

– C'est ici que ça s'est passé ?

– Oui. Elle n'a pas voulu déménager. Il a disparu d'ici, de ces parages.

– Comment peut-elle supporter d'y vivre encore ?

– Elle n'a rien voulu changer, pour qu'il reconnaisse les lieux si d'aventure il revenait.

– Elle n'a jamais cru en sa mort ?

– Jamais vous ne ferez croire ça à une mère.

– D'autant qu'en l'occurrence, elle avait raison.

Il s'apprêtait à sortir quand je l'arrête :

– Laissez-moi quelques minutes, le temps que je m'imprègne du décor.

Ça paraît l'étonner, alors je me fais un devoir de lui expliquer :

– Pour que je puisse décrire les lieux à mes lecteurs. Ne croyez pas que j'exagère, je ne veux pas faire attendre les Kepler trop longtemps, mais il faut que j'absorbe cette ambiance. Que je tâche d'imaginer à quel point ces arbres ont pu grandir en vingt-deux ans, que je sois en mesure de comparer l'aspect de cette maison aujourd'hui par rapport aux photos de l'époque.

Inutile de préciser qu'il me faut également laisser monter en moi cette sensation de tragédie pour me faire une idée de l'atmosphère du quartier ce jour-là. Je me crois obligée d'ajouter à l'adresse de Jack :

– Ça doit vous paraître bizarre de gagner sa vie comme ça.

Sa réponse me surprend :

– J'aime bien vos livres. Vous avez raison d'insister sur le maintien de l'ordre. Si c'est ça, votre méthode de travail, je n'y vois pas d'inconvénient.

– Merci. Allons-y, maintenant.

Je n'ai jamais rencontré de femmes plus nerveuses que Katherine Kepler et ses filles. Kim et Christie l'entourent sur le canapé, comme si elles la protégeaient. Leur frère Calvin reste en retrait, dans l'encadrement de la porte entre le salon et la salle à manger, les mains dans ses poches, l'air hargneux. La benjamine, Christie, paraît terrifiée, comme si elle craignait que son assassin de frère disparu puisse revenir à tout instant pour nous tuer tous.

Nous prenons place dans ce salon, dont la décoration n'a effectivement pas dû bouger d'un pouce depuis vingt-deux ans. Les accrocs ont été rapiécés, les éraflures sur les meubles colorées, les murs repeints dans les mêmes teintes.

Les trois femmes portent jean et tee-shirt. Leur ressemblance est frappante. Si les deux sœurs ont effectivement grandi depuis le drame, le temps ne semble pas avoir eu de prise sur leur mère. Calvin est grand et mince, avec les cheveux et les yeux noirs, enfoncés dans leurs orbites ; il garde l'allure raide même quand il me serre la main.

Kim a passé un bras sur l'épaule de sa mère.

Katherine me raconte son histoire en s'essuyant les yeux de temps en temps.

– C'était une belle journée, le 22 novembre, treize ans après l'assassinat du président Kennedy. Il avait neigé mais le soleil brillait. Johnnie était tellement content de voir cette neige qu'il mourait d'impatience d'aller y jouer. Je l'avais inscrit à la maternelle l'après-midi, comme ça nous pouvions traîner le matin, vous savez, sans devoir le réveiller alors qu'il faisait encore nuit, l'habiller à moitié endormi. Vous avez des enfants, mademoiselle Lightfoot ?

– Appelez-moi Marie. Non, je n'en ai pas.

Avec sa permission, j'enregistre notre conversation.

– Enfin, j'ai fait ça avec tous mes enfants, sauf Calvin qui aime se lever tôt.

– Alors, John voulait jouer dehors ?

– Oui, et Calvin voulait rester à la maison, bien sûr, pour profiter de la neige lui aussi. Mais je les ai tous mis dans la voiture et conduits à l'école, puis j'ai ramené Johnnie et Christie. Et, comme on avait encore nos bottes, nos manteaux et tout, je suis restée un petit moment avec eux, nous avons fait des boules de neige et entamé un bonhomme. Mais il était encore tôt, et je trouvais le temps si froid que j'ai décidé de les faire rentrer au chaud.

Son visage se crispe et j'ai l'impression d'y voir vingt-deux années de souffrance.

– Il se remettait juste d'une otite, il n'entendait encore pas bien d'une oreille. Vous savez ce qui me tourmente, depuis ? C'est de ne pas pouvoir me rappeler quelle oreille. C'est fou, non ?

Je suis suffoquée d'entendre cette femme me raconter que son fils relevait d'une otite qui l'a momentanément privé de son ouïe. Le parallèle avec Natalie Mae McCullen devient saisissant.

– Voyez-vous, continue-t-elle, après sa disparition, je me suis demandé qui allait s'occuper de lui s'il était malade. Je ne supportais pas cette idée si je n'étais pas là pour prendre soin de lui.

Elle pousse un soupir avant de reprendre :

– Après le petit déjeuner, Johnnie voulait tellement retourner jouer dehors que j'ai fini par céder.

Elle regarde d'abord Jack, puis moi.

J'ai l'impression qu'aujourd'hui encore, elle recherche une approbation, comme pour se convaincre qu'elle n'a pas eu tort, et ça me rappelle Susan McCullen. Est-ce que, dans vingt-deux ans, celle-ci s'en voudra toujours d'avoir désiré son mari la nuit de la mort de sa fille ? Jack Lawrence intervient aussitôt, si promptement qu'il a déjà dû lui répéter cent fois ces paroles :

– On ne peut pas enfermer un gamin à la maison quand il neige, Katherine.

– Oui, c'est vrai, convient-elle en s'essuyant les yeux.

Quelle scène douce-amère que de voir ce shérif à la retraite tenter de consoler la mère d'un enfant disparu ! Lui-même est veuf et je suis prête à parier qu'il en pince sévèrement pour Katherine Kepler.

La fin de son récit arrive à une vitesse atroce.

– Alors, je lui ai remis son manteau et je l'ai renvoyé jouer dehors.

J'attends la phrase suivante mais rien ne vient.

Un ange passe, triste comme la mort.

Je ne peux m'empêcher d'insister :

– Vous voulez dire que c'était...

Katherine ne m'entend pas :

– J'ai enfilé mon manteau et mes bottes et quand je suis sortie à mon tour, Johnnie n'était plus là. Il avait laissé des traces de pas jusque sur le trottoir, qui s'arrêtaient devant la route. Il avait emporté une petite pelle en plastique rouge.

La gorge sèche, je reprends :

– Madame Kepler...

– Appelez-moi Katherine.

– Katherine...

Je cherche mon souffle pour lâcher ma phrase d'un seul coup :

– Quand on a fouillé les affaires de Raymond Raintree, on a trouvé une petite pelle d'enfant.

– Oh, mon Dieu ! Elle était rouge ?

J'en ai les yeux qui piquent.

– Oui.

– C'est Johnnie ! s'écrie Katherine en sanglotant.

Comme s'il venait d'apparaître sur le seuil de sa maison.

– C'est mon fils ! J'en suis sûre !

Ses filles l'embrassent et tentent de la réconforter alors que son autre fils, Calvin, tourne les talons et disparaît au fond de la maison pour ne revenir que lorsque je me mets à leur parler de celui que je connais sous le nom de Raymond Raintree. Personne ne me pose de questions sur Natalie McCullen et je n'ai pas le courage de l'évoquer. Sinon, je leur raconte à peu près tout, parce qu'elles m'ont suppliée de le faire.

– Ce qu'il est devenu m'importe peu, conclut Katherine.

Toujours dans l'encadrement de la porte, Calvin semble d'un avis opposé. Comme si elle percevait son hostilité, Kim se retourne et lui jette un regard noir. Ce qui n'empêche pas le garçon d'exploser :

– Maman, ne dis pas que tu t'en fiches, alors qu'il a tué quelqu'un ! C'est un type ignoble qui n'a plus rien à voir avec ton gentil fiston. C'est un meurtrier pervers qu'on devrait se dépêcher d'oublier.

– Ça, c'est parce que tu ne veux pas dépenser d'argent pour lui payer un avocat ! lance Kim, sur un ton accusateur.

– Personne ne voudrait le défendre, rétorque Calvin. Il est coupable. Il va passer sur la chaise électrique s'il ne se fait pas descendre avant par un flic. Ça, madame la journaliste ne vous l'a pas dit, je parie ? Un type en fuite, ça ne revient pas chez lui. Si vous croyez que vous le reverrez, vous pouvez faire une croix dessus. D'ailleurs, je ne vois pas pourquoi vous en avez envie.

– Calvin, tais-toi ! implore sa jeune sœur effrayée.

Sa mère se lève pour prendre dans ses bras ce grand gaillard rigide, lui murmurer quelques mots à l'oreille, mais ça ne le calme pas. Il se détache doucement d'elle et se précipite de nouveau vers le fond de la maison. Une porte claque et un moteur démarre.

Katherine se remet à pleurer.

– Il ne faut pas lui en vouloir. C'est dur pour lui.

Moi, je crois que c'est carrément insupportable, pour chaque membre de la famille, et que ça ne va pas s'arranger. En attendant, j'ai tout mon temps pour interroger les trois femmes. Elles me montrent des dizaines de photos. Devant celles de Johnnie Kepler, j'ai du mal à imaginer la tragédie qui va frapper ce souriant petit garçon. Je vois aussi le père, Fred, un brave homme sans histoire, rondouillard et pas très grand. Sur plusieurs clichés apparaît un épagneul fauve et blanc. Et soudain, j'ai eu une illumination :

– Ce chien ! Il s'en souvient.

Katherine écarquille les yeux.

– Lui ? Il se souvient de Daisy ?

Sur le coup, je regrette presque d'avoir trop parlé. Ça va m'obliger à faire quelques révélations plus pénibles.

– Il m'a dit qu'il ne gardait aucun souvenir de son enfance, à part un chien fauve et blanc.

– Aucun souvenir ? Et moi... ?

J'ai de nouveau les yeux pleins de larmes à cause de cette belle femme assise à côté de moi, qui feuillette ses albums avec une détresse grandissante. Alors, je me hâte d'ajouter :

– Il ne me les a sans doute pas tous racontés.

Je ne veux pas lui donner de faux espoirs mais Ray est un tel menteur que ça n'aurait, au fond, rien d'impossible.

Lorsque je compare les photos du NCMEC avec l'image de Ray que je garde en mémoire, je ne vois aucune différence entre les deux personnages. Finalement, je suis bien obligée de confirmer :

– C'est lui. Pas de doute possible.

Et sa mère de hocher la tête comme si elle l'avait toujours su.

Tard dans la nuit, je raccompagne Jack à sa camionnette sous le prétexte d'y récupérer un agenda. La maison est entourée de bouquets d'arbres qui semblent se pencher sur nous avec curiosité.

– Des peupliers de Virginie, m'informe Jack.

Nous demeurons un instant silencieux dans l'air tiède et le murmure des feuilles. Je me sens très loin de la Floride ; en fait, je m'aperçois que je suis au beau milieu du pays, à égale distance des deux océans, et ça me rend claustrophobe. Même l'herbe sous mes pieds semble différente, plus légère, plus fine. Le grand vent du Kansas me rappelle ce qu'en disait Dorothée dans *Le Magicien d'Oz*. Il vous balaie sans cesse le visage mais il est aussi humide que chez moi : quand on met le nez dehors, on a l'impression d'entrer dans une salle de bains embuée.

– Je ne pourrais jamais vivre en Floride, remarque Jack. Il y fait une chaleur d'enfer.

– Et ce temps alors ? Vous ne le trouvez pas infernal ? Au moins, chez nous, il y a la mer.

– Évidemment, ça doit aider.

– Jack, il y a encore quelque chose que je n'ai pas précisé. C'est l'apparence de Ray aujourd'hui. Les photos que vous avez pu en voir n'ont aucun rapport avec le personnage. Vous feriez mieux de préparer Katherine si jamais elle devait le rencontrer ; ce n'est pas qu'il soit difforme ni estropié mais... Je vois difficilement comment expliquer à une mère que son fils, même s'il a tous ses membres, même s'il n'a pas été défiguré par un accident, présente un aspect insoutenable à ceux qui le voient.

Puisque l'ex-shérif m'écoute si bien, je poursuis sur ma lancée :

– Il faudrait lui expliquer que, si le diable avait un fils, ce serait un être comme celui-là, aussi biscornu et visqueux. Non, attendez, là je le décris comme un extraterrestre alors qu'il est parfaitement normal... sans l'être.

Il attend patiemment que je trouve mes mots :

– À votre place, je dirais que Ray a une apparence étrange, comme on n'en a jamais vu ni au cinéma ni à la télévision. Il y a quelque chose qui cloche chez lui, mais on ne peut pas dire quoi.

En fin de compte, je lâche la vérité telle quelle :

– Il est absolument répugnant, Jack ! C'est l'être le plus repoussant que j'aie jamais vu.

Malgré l'obscurité, je vois que j'ai choqué mon interlocuteur. Il réfléchit un instant puis remarque :

– Pour vous et pour moi, peut-être, mais pas pour sa mère.

De mon côté, je me demande si l'amour d'une mère peut aller si loin.

Jack m'explique qu'il vit au milieu d'une prairie sauvage, avec une meute de lévriers.

– Des coursiers qui ont pris leur retraite, ajoute-t-il. Comme moi.

– J'aimerais aller me reposer, moi aussi, mais j'ai encore beaucoup à écrire.

Il me tend une main que je serre, malgré ma surprise.

– C'est bien ce que vous avez fait, Marie. Je suis très content que vous soyez venue.

– Merci, et moi je suis contente que vous ayez pu les soutenir jusqu'ici.

– Je ne suis pas sûr que cela leur ait fait beaucoup de bien, marmonne-t-il d'une voix sourde.

– Si, Jack. Vous les avez réconfortées. Et vous avez recherché cet enfant tant que vous avez pu. Pour elles, c'était le plus important.

Il a l'air affligé.

– Maintenant, elles n'auront plus besoin de moi.

Il s'en va. Il a promis de revenir demain matin.

Les sœurs de Calvin jacasseraient toute la nuit si Katherine ne leur intimait de se taire, assurant qu'il faut laisser dormir leur invitée. « L'invitée » est bien d'accord. Kim et Christie rentrent donc chez elles et leur mère m'installe dans une petite chambre, puis m'apporte des serviettes de toilette et une savonnette.

– C'était la chambre de Johnnie et de Calvin, explique-t-elle.

– Oh, Katherine, vous êtes sûre que je peux y dormir ?

– Oui. Personne n'y couche jamais. Vous serez la première. Enfin, à part moi... J'ai passé de nombreuses nuits ici. Les filles ne le savent pas. Il est temps, maintenant, de tourner la page.

– Vous croyez ? Le canapé me conviendrait aussi bien.

– Mais non ! Il est tout cassé. Calvin n'a plus voulu utiliser cette pièce après la disparition de son frère, alors je lui ai laissé le canapé. Figurez-vous qu'il y a passé toutes ses années de lycée. Il rangeait ses vêtements dans la salle à manger.

Une ombre de tristesse lui passe sur le visage. Elle murmure :

– J'ignore pourquoi Calvin en veut tellement à Johnnie. On dirait que le destin a réservé des épreuves à notre famille. Mais il faut s'y résigner.

Sa gentillesse et son courage me laissent sans voix.

La maison est toute petite, avec deux autres pièces minuscules, ce qui ne m'en fait que davantage apprécier l'hospitalité de sa propriétaire. Elle a transformé la chambre des filles en débarras mais gardé celle de Johnnie en l'état pour le cas où il reviendrait.

Quand elle me laisse et ferme doucement la porte derrière elle, j'ai l'impression d'atterrir dans un mausolée. Je n'y trouve pas l'ombre d'une poussière, ce serait comme neuf si l'ameublement ne remontait pas à trente ans. Après tout, je n'aurais pas été surprise si l'occupant de cette chambre avait quitté les lieux seulement hier.

Yesterday...

Zut ! J'ai oublié de lui parler de la guitare de Raymond. Je me promets de réparer cette lacune à la première heure le lendemain.

L'air conditionné m'arrive par les bouches d'aération, je ne puis donc ouvrir la fenêtre. J'aimerais, pourtant, parce que, malgré la chaleur, j'ai envie d'entendre le vent dans les peupliers.

D'un autre côté, je sens que je ne peux pas me permettre de m'endormir maintenant. J'ai du pain sur la planche.

Je travaille jusqu'à 3 heures du matin. Au final, j'ai produit un chapitre que j'aurais été bien incapable de prévoir :

Alors que la Floride tout entière était lancée à la poursuite de Ray Raintree, le mystère entourant son identité allait se dissiper dans une ville dont les policiers de Bahia Beach n'avaient pour la plupart jamais entendu parler, chez une femme dont ils ignoraient tout.

9

Raymond

Des effluves de saucisse grillée me réveillent à 7 heures. Après ma douche, j'enfile un short, un tee-shirt et des sandales puis me laisse guider par mon odorat jusqu'à la cuisine. J'y trouve Katherine qui fait sauter pommes de terre et oignons dans une poêle en regardant la télévision. Elle porte une jupe en jean qui lui tombe juste au-dessus des genoux et un chemisier de coton blanc. De dos, on lui donnerait seize ans et, même quand elle se retourne, elle a l'air encore plus jeune que moi après deux heures de sommeil : quand j'écris tard dans la nuit, j'ai un mal fou à m'endormir et, cette fois-ci, ce fut pire que jamais. À l'écran, la météo annonce 90 % pour cent d'humidité et trente-trois degrés, un record... Katherine m'adresse un sourire pour m'accueillir

– Avec leurs records ! maugrée-t-elle. On a déjà bien assez chaud comme ça, sans avoir besoin de savoir qu'on n'avait pas atteint les trente-cinq degrés depuis l'année dernière.

– En effet. Bonjour, Katherine !

Elle me désigne la cafetière d'un mouvement du menton. Je me verse une tasse avant de venir m'appuyer contre l'évier à côté d'elle.

– Des œufs brouillés ? me propose-t-elle.

– Très bien ! Mais ce n'était pas la peine de vous donner tout ce mal.

Elle rit.

– Oh si ! Il faut que je m'occupe avant de revoir mon Johnnie, sinon je vais devenir folle et les enfants vont me faire enfermer.

– Dans ce cas, il n'y a rien de mieux que la cuisine.

Elle réserve les saucisses et verse dans la poêle les œufs qu'elle vient de battre. Voilà une éternité que je n'ai pas eu droit à un vrai petit déjeuner. Quand c'est moi qui m'y colle, je me contente de céréales et d'un demi-pamplemousse. Dans mon dos s'ouvrent de petits rideaux sur la fenêtre et le jardin qui donne lui-même sur l'arrière d'une autre maison. De nouveau, je me sens étouffer à la pensée de toutes les bâtisses qui cernent celle-ci.

Nous nous taisons un moment mais cela paraît la gêner. J'attends, néanmoins, jusqu'à ce qu'elle balbutie un bout de phrase :

– La petite fille que Johnnie a tuée...

Tout d'un coup, je me demande si je vais pouvoir avaler la cuisine qu'elle me prépare.

Elle remue les œufs sans lever la tête.

– Jack ne veut pas me dire ce qu'il lui a fait, ça doit être affreux. Il faut que vous me le disiez.

– Vous croyez ?

Elle prend un morceau de fromage qu'elle râpe consciencieusement au-dessus de la poêle.

– Je veux savoir.

– Il l'a enlevée et emmenée sur un bateau.

Je reprends mon souffle avant de poursuivre d'un seul trait :

– Il l'a tuée en lui comprimant les carotides. Voilà.

La tête baissée, elle serre les dents. Quant à moi, je continue :

– Ça, c'est le pire. Mais il y a plus impressionnant. Vous êtes certaine que je dois continuer ?

– Il l'a violée ?

– Non, non. Ça n'avait rien de sexuel.

Elle écrase les saucisses dans les œufs, ravale un sanglot dans un effort héroïque. Je ne sais pas si ça peut l'aider, mais je lui pose une main sur l'épaule.

– Qu'est-ce qu'il a fait ? insiste-t-elle d'une voix brisée.

Bon sang ! Je ne peux pas lui dire ça !

– Alors qu'elle était déjà morte, il lui a enfilé une espèce de sonde dans le nez pour détacher un morceau de cerveau.

Là, elle accuse le coup en cessant de touiller sa mixture.

– Le médecin légiste pense que Ray lui a prélevé l'épiphyse.

– Les quoi ?

La fourchette s'est remise à claquer dans la poêle. Katherine se tourne vers moi et remplit mon assiette.

– Mon Dieu, mais pourquoi aurait-il fait une chose pareille ?

– Je ne sais pas. Personne ne le sait.

– Qu'est-ce qu'il pouvait bien vouloir faire des... Comment dites-vous ça ?

– De l'épiphyse. C'est la plus petite glande endocrine du corps.

Je montre ma tempe.

– Elle doit peser un gramme et se trouve là, au milieu. Pour être parfaitement précise, je dirais entre nos hémisphères cérébraux, juste au-dessus du troisième ventricule du cerveau.

– À quoi est-ce que ça sert, grands dieux ?

– Elle sécrète la mélatonine, un dérivé d'aminoacide appelé tryptophane.

Désormais, je préfère la noyer dans un amoncellement de jargon abscons en espérant désamorcer sa terreur.

– On pense qu'elle a un rapport avec le début de la puberté.

J'essaie de me rappeler ce qu'a dit le légiste et ce que j'ai appris dans mes propres lectures.

– Autrefois, les gens croyaient que c'était une sorte de valve du cerveau qui contrôlait nos souvenirs.

– C'est-à-dire ?

– Ce serait comme une barrière qui nous permet de nous rappeler certaines choses mais pas d'autres.

– Et c'est ça ?

– Je ne crois pas. J'aimerais pouvoir vous en dire plus. Si on comprenait mieux le fonctionnement de la glande pinéale, ou épiphyse, on saurait expliquer pourquoi Ray l'a prélevée.

– Ça n'a pas de sens... murmure Katherine. Pauvre gosse !

Elle me regarde avec horreur. Je ne sais pas de quel enfant elle veut parler, mais ce pourrait aussi bien être l'un ou l'autre. Dans un cri, elle ajoute :

– Et sa pauvre mère !

La seule qui puisse vraiment comprendre Susan

McCullen n'est autre que Katherine Kepler, la mère de l'assassin de sa fille.

Jack Lawrence arrive à temps pour prendre place à la table du petit déjeuner. Ni Katherine ni moi n'avons l'estomac d'avaler grand-chose. Il porte une chemisette jaune, un jean délavé et des bottes de cow-boy ; il a encore les cheveux en bataille comme s'il ne s'était pas coiffé. Mais il a l'air rasé de frais. Katherine semble heureuse de lui remplir une assiette et lui ravi de se voir offrir un repas.

– Comme ça, observe l'ex-shérif, il s'est échappé.

– Oui, dis-je en remuant mon café.

– Ça n'aurait jamais dû se produire.

– C'est le moins qu'on puisse dire, Jack.

– Comment ça s'est passé ? demande Katherine.

Je croyais m'être délestée de tous mes souvenirs cette nuit, mais il semble que ça n'en finira jamais.

– On m'a raconté, intervient Jack, qu'il a feint de perdre connaissance. Il a profité de ce que le personnel médical n'a plus fait attention à lui pour s'enfuir.

– C'est à peu près ça.

Je jette un œil vers Katherine : je dois être un brin présomptueuse si je crois pouvoir protéger cette femme qui en a déjà tant vu.

– Il s'est emparé de l'arme d'un policier, lui a tiré dessus, et a blessé son avocate et deux infirmiers avant de jouer la fille de l'air.

– Johnnie était un enfant brillant, observe Jack, n'est-ce pas, Katherine ?

– Oui, souffle-t-elle.

Quelque part, cela ne me surprend pas. J'ai repéré ces lueurs de perspicacité chez Ray, si ce n'est d'intelligence et de finesse, au milieu de ces étranges symptômes d'amnésie qui lui donnent un air d'attardé mental. Nous restons un moment sans rien dire, à regarder Jack manger.

– Comment vont-ils ? demande soudain Katherine.

– Ils vont s'en tirer.

– Je suis désolée, murmure-t-elle.

– D'après vous, Marie, demande Jack, où est-ce qu'il est allé ?

– Je n'en ai aucune idée, parce que je le connais à peine ; je sais seulement que le dernier endroit où il ait travaillé était la Checker Crab.

De nouveau, le silence tombe. J'attends un peu avant de poser une question qui me tarabuste :

– Je ne sais pas trop que penser au sujet du père de Johnnie. Pourriez-vous m'en parler un peu ?

– De Fred ? Je dois avouer que je ne pense plus beaucoup à lui. Il est parti depuis si longtemps ! Je dirais que c'était un bon père et un bon mari, jusqu'à la disparition de Johnnie ; ensuite, il a perdu les pédales. Il s'est mis à boire et ça a été fini.

– Je ne pouvais pas le sentir.

Katherine jette un regard étonné sur Jack.

– Ah bon ?

– Non, je le trouvais mou, et il ne t'a pas apporté le moindre soutien alors que tu souffrais beaucoup.

Elle paraît touchée et lui caresse la main.

– Je ne savais pas, Jack.

– Je suis rancunier, surtout en ce qui te concerne.

J'en profite pour insister :

– Et vous n'avez aucune idée de l'endroit où il a pu aller ?

– Je n'ai jamais reçu de nouvelle, répond-elle.

– J'avoue ne pas avoir beaucoup cherché, ajoute Jack.

Katherine le dévisage comme si elle le voyait pour la première fois. Elle esquisse un sourire.

– C'est vrai ?

– Franchement, j'avais plutôt envie de dire « Bon débarras ! »

Elle se tourne vers moi en secouant la tête comme si elle allait se mettre à rire. Je suis contente de constater qu'elle ne s'est pas fâchée.

– Je l'ignorais complètement.

Jaime Suarez avait lancé un « Bon débarras ! » tonitruant quand les infirmiers emmenaient Ray vers l'ascenseur du palais de justice. Cette coïncidence entre père et fils me semble pour le moins grinçante mais, cette fois, je n'en dis rien. Je préfèrerais déclarer quelque chose, n'importe quoi de positif sur Ray.

– Vous ai-je dit qu'il jouait bien de la guitare ?

Katherine paraît tout attendrie.

– C'est vrai ? Comment le savez-vous, Marie ?

– Il m'a joué un morceau quand je l'ai interviewé.

– Et ça vous a plu ?

– Oui, il est nettement au-dessus de la moyenne. Il a dû prendre des cours, et...

Je m'interromps car ma voisine semble regarder dans le vide avec épouvante.

– Katherine ? dit Jack. On dirait que tu as vu un fantôme.

Je me penche sur elle.

– Quoi ? Qu'est-ce que j'ai dit, Katherine ?

– Qui lui a appris ?

– La guitare ? Je ne sais pas. Le type pour qui il travaillait était un ancien musicien, nous en avons conclu que c'était lui.

– Comment s'appelle-t-il ?

– L'employeur de Ray ? Euh, Miller... Donor Miller.

Elle pousse un étrange glapissement qui nous fait bondir, comme si elle venait de se blesser.

– Qu'est-ce qui se passe ? s'écrie Jack.

– M. Miller ! énonce-t-elle épouvantée. Le professeur de musique de Calvin. Il s'appelait comme ça. Un drôle de nom. Donor Miller.

Jack paraît sur le point d'avoir une attaque, quant à moi je crie :

– Donor Miller ?

– Jamais entendu parler ! s'exclame Jack.

Katherine tremble de tous ses membres et il doit lui saisir les mains pour qu'elle s'arrête, avant de lever sur lui un regard suppliant.

– Tu ne pouvais pas, murmure-t-elle. On ne parlait plus de lui. Il a déménagé avant la disparition de Johnnie. Il a cessé de donner des leçons. Il paraît qu'il se serait installé en... en Floride !

– Bon Dieu !

C'est tout ce que j'arrive à dire.

– On n'a pas enquêté sur lui, articule Jack livide.

Sans lui lâcher les mains, il s'agenouille devant Katherine.

– Donor Miller... répète-t-elle d'un ton léthargique. Calvin a cessé de prendre des leçons quand il est parti. On a voulu lui trouver un autre professeur mais il a piqué une crise et refusé....

De nouveau, elle écarquille les yeux, terrifiée des implications que cela suppose.

Elle se lève à grand-peine et se dirige vers le téléphone. On dirait qu'elle a vieilli de dix ans en quelques minutes. Elle compose un numéro et se met à parler, d'une voix tremblante :

– Calvin, chéri ? Tu pourrais passer, ce matin ? Je sais que tu dois aller travailler, mais je voudrais te voir avant. Je ne te demanderais pas ça si ce n'était pas important. J'ai une question très grave à te poser.

Elle revient s'asseoir.

– Katherine... commence Jack.

Elle se protège du bras comme pour chasser un démon.

– Je t'en prie, je ne veux plus parler pour le moment. On va attendre que Calvin arrive.

Nous restons auprès d'elle sans rien dire.

Son fils aîné nous trouve assis en rond dans la cuisine. Il semble aussitôt sur la défensive et se laisse tomber sur la quatrième chaise autour de la table. Katherine m'a dit qu'il exerçait une profession occulte dans l'informatique, qu'il avait essayé de lui expliquer de quelle branche il s'agissait mais qu'elle n'y avait rien compris. Elle lui prend les mains, comme pour l'empêcher de fuir, et lui demande d'une voix frémissante :

– Calvin, mon chéri, tu te rappelles ton ancien professeur de musique ?

– Non.

Il a répondu tellement vite que son mensonge saute aux yeux.

– Je t'en prie ! insiste sa mère. Il faut me le dire.

– Je n'ai rien à dire. Je ne sais même plus de quoi il avait l'air.

– Tu avais douze ans, Calvin ! Tu avais horreur de ces leçons. Pourquoi ?

Elle le presse avec obstination mais sa physionomie n'exprime qu'amour et compassion.

– Pourquoi est-ce que tu le détestais tellement ?

– Maman !

Il a l'air d'une bête traquée.

– Ne me demande pas ça !

– Écoute, Calvin, tu vois l'homme pour qui travaillait ton frère, en Floride, avant de tuer cette gamine ? Il s'appelle Donor Miller.

Il vacille, le souffle soudain coupé, puis se reprend :

– Et alors ? Qu'est-ce que ça peut faire ? Ce nom ne me dit rien du tout. Je ne l'ai jamais entendu.

– Si, Calvin. Je sais très bien que tu te souviens de M. Miller.

Il me jette un regard hostile et je me lève sur-le-champ.

– Vous préférez que je m'en aille ? Je sors.

Sans laisser à Katherine le temps de me retenir, je me précipite vers la porte arrière de la cuisine. Quelques secondes plus tard, Jack me rejoint.

– Il ne voulait pas parler devant moi non plus.

L'ex-shérif paraît vexé, alors je lui tapote le bras pour montrer que je compatis.

– Qu'est-ce que vous en pensez ? me demande-t-il.

Je suis étonnée qu'il se sente obligé de me poser la question mais, après tout, même les ex-flics refusent parfois de voir la vérité en face. En quelques mots, je lui dis ce qu'à mon avis Calvin raconte à sa mère.

Finalement, c'est un homme en colère qui rapporte les pénibles souvenirs d'un gamin : comment M. Miller fermait la porte de la petite salle de musique dans le sous-sol de son magasin et abusait des garçons que leurs mères attendaient sagement à l'étage au-dessus.

– Je ne savais pas quoi faire, maman, achève-t-il devant Katherine en larmes.

Il a plutôt l'air d'un gosse que d'un adulte en se délivrant de ce lourd secret.

– M. Miller m'a juré qu'il ferait du mal à mon frère si j'en parlais à quiconque.

Sa bouche tremble mais, maintenant qu'il a commencé, il peut dire tout ce qu'il a sur le cœur.

– Si tu savais comme j'étais heureux d'apprendre qu'il avait déménagé et qu'il ne me donnerait plus de cours ! J'ai compris qu'on n'aurait plus rien à craindre de lui.

Tout d'un coup, Calvin Kepler croit entrevoir la vérité.

– Ce n'est pas ma faute ! s'exclame-t-il. Je n'ai rien dit ! Ce n'est pas ma faute !

Katherine lui prend le bras et tâche de le réconforter :

– Mon chéri, bien sûr que non...

Il se dégage et s'enfuit de la maison en passant devant Jack et moi comme si nous n'existions pas. Sans répondre à nos appels, il file dans sa voiture et démarre sur les chapeaux de roues. Machinalement, je récite une petite prière pour qu'il n'ait pas d'accident.

La guérison sera longue et difficile.

Katherine nous raconte ensuite la fin de l'histoire.

Une fois par semaine, elle conduisait Calvin à ses cours de guitare et prenait son jeune frère avec lui. Calvin sortait souvent de la petite pièce en larmes mais son professeur, M. Miller, la rassurait aussitôt : son fils faisait des progrès. Les enfants ayant parfois du mal à suivre ces leçons rébarbatives, elle n'avait pas à s'inquiéter pour quelques pleurs « n'est-ce pas, Calvin, parce que, au fond, tu les adores, tes leçons de guitare, non » ? Katherine trouvait ce M. Miller assez répugnant, mais il était si gentil avec les enfants, surtout avec le petit frère de Calvin, toujours à lui dire : « Quel charmant enfant ! Calvin, tu as de la chance d'avoir un petit frère aussi gentil. »

– Où est-il ? me demande-t-elle. La police va-t-elle l'arrêter ?

Je suis bien obligée de lui dire que Donor Miller aussi s'est volatilisé.

Avec un mouvement désespéré, elle se lève et quitte la table pour s'enfermer dans la salle de bains.

Le vieux shérif en paraît tout bouleversé.

– On aurait dû retrouver son fils, murmure-t-il d'un ton navré. On ne s'est pas donné assez de mal. Je n'ai pas fait ce qu'il fallait, c'est évident. J'ai trahi Katherine.

– Comment auriez-vous pu savoir alors que vous ignoriez jusqu'à son nom ?

– On aurait dû savoir.

– Je ne crois pas. À l'époque, personne ne parlait de ces choses-là. Et puis la police ne disposait pas des instruments d'aujourd'hui. On ne recourait pas aux tests ADN, ni aux profilers du FBI, ni même, j'en suis sûre, aux analyses de fibres ou aux détecteurs de mensonge. Il n'existait aucun organisme de recherche des personnes disparues.

– On avait nos anciennes méthodes, qui pouvaient être très efficaces.

– Elles ne suffisent pas de nos jours pour une telle affaire, et à l'époque encore moins.

– On n'avait pas grand-chose à se mettre sous la dent, ni témoin, ni mobile, ni indices et rien de ce que vous venez de dire. On en était presque venus à croire que c'était un coup de Nathan Leopold. Vous vous en souvenez ?

– Loeb et Leopold ?

– Ouais.

L'affaire avait défrayé la chronique dans les années vingt. Deux adolescents issus de la haute société de Chicago ont enlevé et assassiné un enfant pour la seule gloire de tuer quelqu'un, croyant pouvoir échapper à la justice.

– Richard Loeb s'est fait assassiner en prison, continue Jack, mais Leopold a été libéré quelques mois avant la disparition de Johnnie. La rumeur a couru qu'il avait recommencé et j'en venais à le croire moi-même quand Nathan a refait surface dans un hôpital de Porto Rico où il travaillait. Il y a terminé ses jours sans jamais plus faire parler de lui. Mais ça prouve à quel point on manquait de pistes.

– Je sais que vous avez fait tout ce que vous pouviez.

– Un jour, j'ai entendu un enquêteur raconter qu'il pourrait retrouver n'importe qui en se connectant sur Internet. Moi, je peux vous dire que ce n'est pas si facile que ça quand il s'agit d'un rapt, surtout d'un enfant. Il y en a qu'on ne reverra jamais, ni eux ni leur cadavre.

– Je sais.

Il penche la tête comme pour mieux me sonder.

– Avec ces recherches que vous devez mener...

J'allais lui dire oui et m'en tenir là quand je m'avise

qu'il n'a pas cessé de me parler, de me révéler ses pensées les plus profondes et que je pourrais au moins lui rendre la pareille.

– Mes parents ont disparu, Jack, il y a longtemps. Dix ans avant Johnnie. Je n'avais pas un an. Je suis bien placée pour savoir que certaines personnes ne reparaissent jamais.

Il a l'air suffoqué.

– Que s'est-il passé ?

Je n'ai pas très envie de me livrer ainsi, mais ce n'est pas nouveau, je n'ai jamais envie d'en parler. Ça me fait toujours aussi mal de m'arracher une parole sur mes parents, sauf quand j'enquête à leur sujet. Dans ces moments-là, je serais capable d'interroger le monde entier, comme s'il s'agissait de n'importe quel protagoniste d'un de mes bouquins. J'en deviens presque objective. Mais c'est complètement différent quand je me remets dans la peau de leur fille.

– Je ne sais pas ce qui s'est passé.

Ça, c'est la réponse facile, la plus proche de la vérité, d'ailleurs.

– Un jour, ils étaient là et nous vivions tous les trois chez nous, le lendemain ils avaient disparu et on m'a trouvée dans un berceau, dans une chambre de motel à l'entrée de la ville.

– Où était-ce ?

On dirait que ça le distrait un peu. Ça me semble presque irréel mais je lui dois bien ça.

– À Birmingham, dans l'Alabama.

– Dix ans avant Johnnie, c'est ça ?

– En 1966.

– C'étaient des militants des droits civiques ?

Sa réaction ne me surprend pas : Birmingham à l'époque était le siège du mouvement en faveur de l'égalité des Noirs.

– Disons qu'ils se sentaient concernés par la situation politique.

J'ai de plus en plus de mal à poursuivre cette conversation.

– De toute façon, ils n'ont jamais refait surface et je les cherche toujours. Comme vous et Johnnie. Il leur est peut-être arrivé quelque chose de semblable ; peut-être vivent-ils sous une autre identité et qu'ils ont oublié mon existence. Ou alors ils sont morts et gisent au fin fond d'un océan. Il se peut que je ne le sache jamais.

– Johnnie a fini par resurgir.

– Oui...

– Personne ne s'y attendait.

– Et, parfois, la foudre frappe deux fois au même endroit.

– Est-ce que j'aurais pu être au courant, pour vos parents ? On en a parlé dans les journaux ?

– Oui.

– Je ne m'en souviens pas.

– Je ne m'appelle pas vraiment Lightfoot. C'est un pseudonyme pour mes livres.

– Et alors ? Comment s'appelaient vos parents ?

– Folletino. Daniel et Angela Folletino.

– Ça ne me dit rien, désolé.

En ce qui me concerne, je ne suis pas désolée du tout, plutôt soulagée. De toute ma vie, je n'ai pu faire la part entre mon désir de les retrouver et ma peur d'apprendre quelque chose sur eux. C'était un couple controversé, assez célèbre dans le milieu engagé, et je connais des gens qui sursautent encore quand on prononce leur nom.

– J'aurais aimé pouvoir opérer un miracle pour vous, conclut Jack, penaud. Ça m'aurait consolé de ne pas avoir retrouvé Johnnie pour Katherine.

– C'est gentil. Je suis fière d'avoir fait votre connaissance.

– On se demande bien pourquoi, grommelle-t-il la tête basse.

Katherine revient dans la cuisine et se laisse tomber sur sa chaise. On dirait qu'elle a pleuré puis qu'elle s'est passé la figure à l'eau froide.

– On doit aider Calvin, souffle-t-elle.

Ces dernières révélations paraissent avoir crevé son courage comme un ballon qui se dégonflerait d'un coup.

– Il faut tout faire pour l'aider, continue-t-elle d'un ton las.

Sans savoir que faire, je me lève machinalement pour débarrasser la table. J'ouvre le robinet, trop contente de pouvoir m'occuper.

Soudain, Jack se tourne vers moi :

– Je ferais peut-être mieux de vous reconduire à l'aéroport ?

C'est vrai que mon avion décolle dans quelques heures. Avant de partir, je presse Katherine :

– Venez en Floride, je vous recevrai chez moi. Votre histoire passionnera les médias et Ray va certainement en entendre parler. S'il apprend qu'il a de la famille et que vous le cherchez, il se peut qu'il se rende. Ça en vaudrait la peine, vous ne croyez pas ?

Elle n'a pas l'air convaincue :

– Je ne sais pas quoi dire, Marie.

– Vous ne croyez pas que ça pourrait attirer Johnnie ?

Tout d'un coup, elle a les yeux brillants :

– Oh oui ! Je veux bien essayer.

Je lui promets de me mettre au travail dès que j'arriverai chez moi et elle me dit qu'elle va venir le plus vite possible.

– Peut-être que Kim pourra m'accompagner, ajoute-t-elle.

– Il y a deux lits dans ma chambre d'amis.

– Merci, Marie !

Dans la camionnette de Jack, j'adresse un dernier signe d'adieu à Katherine, tout en me demandant si j'ai bien fait de déferler comme une tornade chez ces braves gens pour leur laisser des morceaux de leur vie à ramasser. Je n'avais pas l'intention de tout dévaster sur mon passage mais il est un peu tard pour avoir des remords. Et si Katherine se trouve un jour nez à nez avec son deuxième fils, cela risque de lui causer un chagrin plus terrible encore. Le souvenir de Johnnie Kepler est une chose, la réalité de Ray Raintree en est une autre, totalement différente.

Trois quarts d'heure plus tard, j'insiste pour que Jack me dépose devant l'aéroport, mais il ne veut rien savoir. Il reprend mon sac et m'accompagne jusqu'à l'embarquement.

– Et dites aux flics de Floride que je tiens à leur disposition toutes les informations dont ils auront besoin. Je vais tâcher d'en apprendre davantage sur ce Miller.

– C'est promis, Jack.

Je le remercie et, cédant à une impulsion, me hausse sur la pointe des pieds pour l'embrasser sur la joue.

– Personne n'aurait pu le retrouver, Jack.

– Sans doute, mais c'est quand même une chose qui va me tourmenter jusqu'à mon dernier jour.

Je le crois sans difficulté. Seule la grâce de Dieu devrait pouvoir soulager sa peine, ou celle de Katherine Kepler.

Avant de monter à bord de l'avion, j'avise une cabine téléphonique : j'appelle le poste de police de Bahia Beach où, par chance, je tombe sur Robyn Anschutz. Je lui répète tout ce que je viens d'apprendre. Sa réponse n'est pas celle que j'attendais :

– C'est bien joli, tout ça, mais ça ne nous aidera pas à retrouver Ray.

Au fait, c'est vrai. Aux yeux du monde, il s'appelle encore Raymond Raintree. Pour moi, il est devenu Johnnie Kepler. Et encore. Son identité véritable s'estompe de mon esprit à mesure que je m'éloigne de sa famille d'origine. Tout ce que je sais de Ray me revient et bouscule ce que j'ai appris du petit garçon kidnappé.

– J'ai horreur de m'attendrir sur les suspects, poursuit Robyn. C'est vrai qu'il y a un moment dans leur vie où ils passent de l'état de victime à celui de criminel. Pour moi, c'est extrêmement troublant. D'un côté, je les plains, de l'autre, je suis chargée de les arrêter.

– C'est comme quand un enfant martyr s'en prend à un animal.

– Et alors ?

– Alors, l'innocente victime passe tout d'un coup pour un monstre.

– C'est vrai, il y a de ça.

– Nous avons tendance à reporter toute notre pitié d'un côté et toute notre indignation de l'autre.

– Une fois que le seuil est franchi, c'est fini.

– Plus de pitié.

– Oui, on n'a plus qu'à leur mettre la main dessus pour les empêcher de nuire. Du moins, c'est comme ça que je vois mon boulot, mais j'avoue que, parfois, ça me taraude, au point de m'empêcher de dormir.

– Ça devrait tous nous empêcher de dormir.

– Oui, sans doute.

– C'est ce basculement que je m'efforce de déterminer dans mes livres.

– Vraiment ?

– C'est aussi le moment où quelqu'un d'autre passe à l'état de victime. Une minute plus tôt, il était sain et sauf et puis, en un clin d'œil, tout est bouleversé.

– Il suffit d'une minute. C'est curieux.

– Oui. C'est très mystérieux.

Robyn a l'air assez décontenancée.

– Très, répète-t-elle.

– Est-ce que vous comptez vous lancer à la recherche de Donor Miller ?

– Ce ne serait peut-être pas une mauvaise chose, en effet.

Le temps de mettre au point une stratégie, je me retrouve dans l'avion d'où j'appelle le bureau du procureur.

– Où es-tu ? me demande-t-il. J'entends comme une vibration.

– Disons, à huit mille mètres au-dessus du Missouri.

J'ai un téléphone branché directement à ma place, près du hublot. Tournée vers le ciel, je peux discuter tranquillement avec Franklin.

– Tu m'appelles de l'avion ?

On dirait que ça l'amuse.

– C'est une urgence ou dois-je le prendre comme un compliment ?

Je lui explique ce que je viens de faire et il a une réaction diamétralement opposée à celle de Robyn :

– Je me contrefiche qu'on ait vendu Ray comme esclave sexuel quand il était gosse. Il a tué une gamine, point final.

Ça sent déjà la conclusion du réquisitoire qu'il doit réserver au jury.

– Tu comptes toujours réclamer la peine de mort ?

– Plus que jamais.

À croire qu'aucune question d'éthique n'effleure jamais sa petite tête de procureur. Je me demande s'il réagirait de la même façon après avoir rencontré Katherine.

– Si tu téléphones d'un avion, c'est que tu rentres ?

– J'arrive.

– Tu me manques. Chez moi ou chez toi, ce soir ?

J'hésite et m'apprête à répondre « chez toi » quand une tout autre repartie me sort de la bouche :

– J'aimerais bien, Franklin, mais pas ce soir.

– Qu'est-ce qui t'arrive ?

– Je suis crevée, c'est tout.

Il me propose de nous retrouver demain soir.

De mon côté, j'hésite encore. Ça m'ennuie, après ces

heures passées en compagnie de la mère de Ray, de coucher avec l'homme qui veut mener son fils à la mort. La perpétuité ne suffirait pas à punir un assassin dont la vie n'a déjà été qu'un long calvaire ? Je pense aux McCullen, pour qui j'éprouve la plus profonde compassion, cependant...

Lorsque l'avion pousse une aile au-dessus de Bahia Beach, j'ai conclu que Franklin et moi entretenons un véritable conflit d'intérêts. En suivant la ligne des eaux vives, je repère mes six cyprès majestueux et la tache abricot de ma maison. Enfin, chez moi ! J'ai comme un petit coup de cafard.

L'une des premières choses que je fais en arrivant consiste à écouter mes messages. Dont un de Franklin :

« Salut, ma douce ! Merci de m'avoir téléphoné mais ça m'a paru un peu court. Je reste tard au bureau, ce soir, tu peux m'appeler si tu changes d'avis. Je me ferai un plaisir d'accourir pour te gratter le dos. »

C'est assez tentant pour me faire sourire.

N'empêche que j'efface ce message avec les précédents et que je passe au suivant.

« Marie ? C'est Kim Kepler. J'ai réservé deux billets d'avion pour la Floride. Si vous êtes d'accord, nous viendrons demain, avec maman. Elle dit que nous pouvons descendre chez vous mais nous ne voulons pas vous déranger. Vous devez connaître un motel correct dans les environs. Pourriez-vous me rappeler ? »

Ce que je fais sur-le-champ.

– Kim, votre mère n'a pas peur de voir son nom s'étaler partout dans les journaux ?

– Ce n'est pas grave si ça nous permet de ramener Johnnie à la maison.

– Vous allez être harcelées.

– Ça commence déjà. Les policiers de chez vous n'ont pas cessé d'appeler maman. Ils sont gentils mais ils l'assaillent de questions. Et je ne vous parle pas des journaux ni de la télévision. Maman refuse de les recevoir pour le moment.

– Et demain ?

Je ne veux pas la bousculer mais il le faut.

– Elle fera ce qu'elle a à faire, indique simplement Kim.

Elle me dit l'heure à laquelle je dois passer les prendre à l'aéroport et j'insiste pour qu'elles descendent chez moi. Je leur promets de les prémunir contre les écueils des médias. En raccrochant, je ne me sens même pas hypocrite : après tout, je ne fais que mon travail d'auteur avide de renseignements. Autant prendre l'information à la source et garder cette source sous la main. D'ailleurs, les motels de la région sont hors de prix. Chez moi, ça ne leur coûtera rien et, en prime, elles bénéficieront d'un chauffeur gratis.

Je téléphone aux inspecteurs et au procureur pour leur annoncer l'arrivée de Kim et Katherine Kepler. Tout le monde veut les voir.

– Amène-les à mon bureau, insiste Franklin.

Là-dessus, il laisse passer un silence lourd de sous-entendus. Comme s'il attendait que je l'invite chez moi ce soir. Il en est pour ses frais car je lui dis au revoir.

Puis je me remets à écouter mes messages.

« Bonjour, Marie ! » lance une voix charmeuse.

Je reconnais mon éditrice qui appelle de New York et me culpabilise aussitôt :

« Comment ça va, ma belle ? Le livre avance ? Non pas que je te bouscule, surtout ne t'inquiète pas. Mais j'ai tellement hâte de le voir ! Tu ne m'as donné aucune nouvelle depuis le procès et le directeur artistique m'a montré son projet de couverture. Je la trouve superbe. Je t'en envoie une copie ce soir pour avoir ton avis. Appelle-moi demain, tu veux ? Les ventes s'annoncent fabuleuses, il ne me manque plus que ton manuscrit. Encore une fois, je ne te mets pas la pression, je sais que je n'ai pas à m'inquiéter sur ce point. Je regrette quand même de ne pas t'avoir trouvée ! Raconte-moi vite comment ça se passe et donne-moi ton avis sur la couverture ! »

J'adore mon éditrice mais elle en fait parfois des tonnes.

Maintenant, je suis obligée de l'appeler demain pour cette fichue couverture. Qu'est-ce que je vais pouvoir lui dire ? « J'ai le début et la fin mais pas le milieu. Je peux raconter les six premières années de la vie de Ray et les deux dernières, il ne m'en manque que dix-neuf. En plus, j'ignore pourquoi il a tué cette petite fille, et où. Comment peut-on publier un livre sur lui alors qu'on ne sait même pas s'il est encore vivant ? Au fait, les parents de Natalie ne veulent pas qu'on parle d'eux. »

J'ai l'impression de voir ma carrière s'en aller à vau-l'eau.

Si seulement les flics trouvaient Donor Miller... s'ils pouvaient attraper Ray.

Je tombe sur une voix féminine qui me donne la chair de poule :

« Je cherche une certaine Marie Folletino. J'ai connu ses parents et je voudrais lui parler. Je rappellerai. »

– Quand ?

Je n'ai pu m'empêcher de hurler la question à mon appareil.

– Quand allez-vous rappeler ?

Pas de nom, pas de numéro, juste ce message ambigu. Aux renseignements, je n'en apprends pas davantage, ma correspondante n'habitant pas la région. Vive la technologie moderne. J'ai envie de crier, de taper du pied comme un gosse en colère. Entre mon livre et ça...

Elle a « connu » mes parents. Impossible d'en conclure qu'ils sont encore vivants. Des gens qui ont « connu » mes parents, il y en a des quantités et ça ne m'a pas aidée à les retrouver. Cependant, j'ai senti un je-ne-sais-quoi de pressant dans le ton de cette femme, qui m'émeut. Et je grille d'impatience. C'est très inconfortable. Elle ne pouvait pas me laisser son nom ou un numéro, comme tout le monde, pour que je puisse la contacter ?

Tu sais très bien pourquoi elle ne l'a pas fait, me souffle une petite voix.

En fait non, je ne sais pas trop. Toute ma vie, j'ai eu affaire à des gens que je devais supplier pour qu'ils me parlent en détail de ma mère et de mon père. Le reste, j'ai fini par l'apprendre dans de vieux journaux. Pourtant, il subsiste encore tellement de points obscurs que, souvent, ce que j'ai appris d'un côté s'est trouvé contredit d'un autre. Ils étaient ceci. Non, ils étaient cela. Ils sont allés ici, non, ils n'y ont jamais mis les pieds. Ils ont déclaré ceci. Certainement pas. Et tous mes « informateurs » d'appuyer leurs révélations avec l'aplomb de ceux qui savent, sans ambiguïté possible. En fait, personne ne sait, voilà tout. Pas un être vivant. Je risque de ne jamais rien découvrir de plus.

Et voilà que m'arrive le coup de fil de cette inconnue !

C'est bizarre quand même. On dirait qu'en citant leurs noms à Jack Lawrence j'ai levé un lièvre.

Enfin, tant pis, pour l'instant je ne peux rien faire de plus.

Mais comment me concentrer en attendant que cette inconnue me rappelle ?

Un cinquième message, sur mon répondeur, retient encore mon attention :

« Salut, c'est Robyn. Les souhaits se réalisent. Devinez qui nous venons de trouver ? Donor Miller ! À croire qu'il nous attendait. Passez-moi un coup de fil, je vous raconterai tout. »

La Petite Sirène

par Marie Lightfoot

~

Chapitre IX

Au fin fond des Everglades, la terre gardait un secret : le corps d'un être humain. Ses restes ont refait surface, littéralement, dans un coin isolé du Sud de la Floride, à quatre-vingt-dix kilomètres de Bahia Beach. Les infortunés pêcheurs qui ont fait cette découverte racontent avoir aperçu un morceau de torse humain coincé entre les herbes, les racines et la boue d'un nid d'alligator.

En temps normal, le niveau des eaux des Everglades n'est pas constant et s'élève ou décroît selon les époques. À la saison humide, toutes sortes de bestioles y grouillent : loutres, tortues, alligators, serpents, ainsi qu'une multitude de poissons et d'oiseaux. À la saison sèche, il ne reste souvent que la faune prise au piège des nids d'alligators. Non seulement cette faune régale les sauriens mais elle assure le repeuplement des marais lorsque les eaux remontent. Les biologistes la considèrent comme une dynamique évolutionniste. Les pêcheurs comme une manne facile à capturer.

Ce soir-là, deux petits gars avaient mis à l'eau leur frêle embarcation qu'ils manœuvraient à l'aviron, à la recherche du monticule caractéristique entouré d'eau et maculé de traces laissées par les alligators.

C'était un travail épuisant.

S'ils avaient pu se payer un canot à hélice, ils auraient parcouru les eaux peu profondes dix fois plus vite mais ils avaient à peine de quoi s'offrir deux hameçons, aussi ne songeaient-ils même pas à utiliser un moteur. Ils ramaient, comme toujours, un fusil à leurs pieds pour le cas où une volaille passerait à portée de canon.

Et aussi pour se défendre du propriétaire du nid.

Bien que les alligators aient une réputation tenace de mangeurs d'hommes, ces animaux n'ont pas un goût particulier pour la chair humaine. Cependant, aucun pêcheur ne voudrait vérifier de lui-même cette théorie. Leur mâchoire est assez impressionnante en elle-même et leur système respiratoire leur permet en outre de plonger n'importe quelle proie sous l'eau jusqu'à ce qu'elle cesse de se débattre.

Les deux pêcheurs progressaient avec prudence en direction du monticule.

Si l'alligator était absent et s'ils pouvaient s'approcher assez avec leurs filets et leurs harpons, ils trouveraient de quoi se régaler quelque temps et gagner une petite fortune. Sûr que ça n'était pas très légal mais les Everglades étaient vastes et, d'ici qu'ils tombent sur une patrouille...

De loin, ils avaient aperçu une silhouette assez imposante, échouée aux abords du nid. Si c'était un poisson géant, ils le laisseraient continuer de pourrir sur place.

Malgré leurs foulards sur le nez, les deux hommes savaient combien l'odeur pouvait en être redoutable.

D'ailleurs, ils percevaient déjà une puanteur caractéristique.

Ils approchèrent encore un peu, le temps de constater qu'il ne s'agissait pas d'un poisson.

– Bon sang ! s'exclama le premier. C'est un cadavre.

– Qu'allons-nous faire ? demanda l'autre.

Furieux après le fâcheux défunt qui venait ainsi gâcher leur partie de pêche, les deux amis manœuvrèrent pour opérer un demi-tour et rentrer chez eux. Ils n'avaient pas très envie de déclarer leur découverte mais décidèrent finalement qu'il était toujours utile de se faire bien voir par les autorités locales.

Ils ne savaient d'ailleurs pas trop si le cadavre serait toujours à sa place lorsque les flics iraient le chercher avec leur armada de canots à moteur et leurs hélicoptères.

Curieusement, il était toujours là.

Sans doute l'alligator et les autres prédateurs du coin avaient-ils assez mangé ce matin-là. Si bien que les deux braves citoyens n'eurent plus qu'à décliner leur identité lorsqu'on les interrogea.

L'autopsie eut assez vite fait de spécifier qu'il s'agissait d'un homme de race blanche, obèse, âgé d'une soixantaine d'années. Mais, même en présence d'une bonne partie de sa dépouille, les spécialistes devraient encore travailler un moment avant de pouvoir identifier formellement la victime et encore plus longtemps avant de déterminer les circonstances de son décès, s'il s'agissait d'une mort naturelle, d'un accident, d'un suicide ou d'un assassinat. En outre, il leur faudrait un certain délai avant d'établir une relation précise entre le cadavre des Everglades et un homme porté disparu à Bahia Beach.

Lorsqu'ils en vinrent à établir cette relation, ils ne purent s'appuyer que sur un portefeuille et sur un scorpion en pendentif. Les deux pêcheurs avaient remonté ces trésors dans leurs filets mais ne les rendirent pas immédiatement aux autorités. Chose étonnante, la police récupéra en fin de compte les papiers et le permis de conduire au nom de Donor Miller. Le compartiment à billets était vide.

L'un des deux pêcheurs fournit une explication des plus satisfaisantes à défaut d'être logique :

– L'argent a dû se dissoudre dans l'eau.

10

Raymond

– J'ai du nouveau.

C'est ce que j'annonce à Katherine et à sa fille en les accueillant au pied de l'avion. J'éprouve un réel désir de protéger ces deux femmes et pourtant je gaffe presque d'emblée. Lorsque nous atteignons un coin tranquille de l'aéroport, je dois constater que Katherine s'attendait à tout autre chose :

– Ils ont retrouvé Johnnie ?

– Non, non, je suis désolée, juste Donor Miller.

Je m'en veux de lui avoir donné de fausses espérances, ou de fausses craintes. Du coup, je prends le temps de la dévisager, pour tâcher d'évaluer son état d'esprit avant de poursuivre :

– Il est mort. On a découvert son corps dans les Everglades, en état de décomposition avancée. Son décès doit remonter à plusieurs semaines. On ne sait pas comment ça s'est produit mais on pense à un accident de bateau.

– Il est mort ?

Les beaux yeux bleus de Katherine se sont agrandis. La nouvelle passe mal.

– Ce n'est pas possible, Marie ! Il doit être arrêté et jugé pour ce qu'il nous a fait. Il doit aller en prison. Je croyais qu'il serait condamné à mort. Je croyais...

Je croise le regard de Kim et comprends qu'elle est d'accord avec moi : il vaut mieux faire conduire sa mère vers un endroit calme.

– Je vais chercher ma voiture.

– Je reste avec maman pour récupérer nos bagages.

J'explique à Kim quel genre de voiture elle devra guetter à la sortie et, vingt minutes plus tard, nous quittons l'aéroport.

– Je suis furieuse ! lance alors Katherine.

Ce que je conçois sans mal.

– Au moins, on est débarrassés de lui, fait observer sa fille. Il ne pourra plus nous faire de mal, ni à Johnnie, ni à Calvin, ni à aucun autre enfant. C'est déjà bien, maman.

Cependant, Katherine ne parvient pas à se libérer de la rage qui monte en elle, une rage que, la veille seulement, elle avait concentrée sur Donor Miller et qu'elle ne va pas pouvoir évacuer normalement.

– Je voulais assister à son procès. Je n'en aurais pas manqué une minute. J'aurais témoigné contre lui. J'aurais voulu entendre le jury le déclarer coupable et le juge prononcer sa sentence, afin que le monde entier sache quel être abominable s'en est pris à nous ! Ce n'est pas juste, il s'en tire trop bien !

Elle me fait penser aux parents de Natalie.

J'ai téléphoné à Susan et à Tony McCullen ce matin, pour les avertir que la mère et la sœur de Ray allaient passer à la télévision afin de lui demander de se rendre. Ils en ont paru assez stupéfaits, incapables de saisir ce que je leur disais, et leurs réponses ne m'ont pas aidée à mieux comprendre leurs états d'âme.

J'aimerais pouvoir expliquer à Katherine ce que j'ai appris au contact des familles de victimes : que la « satisfaction » d'un procès et d'une condamnation ne durait pas longtemps et qu'en aucun cas cela ne saurait dissiper leur fureur et leur chagrin. Mais j'ai gardé le silence, de peur de me faire taxer d'arrogance.

Alors je me contente de conduire, d'écouter, d'essayer de répondre à ses questions.

– Je ne comprends pas, poursuit-elle, comment la police d'ici peut découvrir le cadavre du ravisseur de mon fils mais pas mon fils. Voilà près de quinze jours qu'il s'est échappé ! Qu'est-ce qu'ils attendent ?

– Les évadés commencent souvent par se cacher un bon moment, surtout dans les États où subsistent de grands espaces sauvages comme ici, en Floride. Il pourrait être dans les Everglades, ou dans les grottes du centre ou quelque part dans le parc national d'Ocala.

Je ne précise pas qu'Ocala est une gigantesque forêt peuplée d'ours bruns et de pumas mais j'ajoute :

– Du côté de chez vous, un évadé s'est dissimulé trois mois dans les monts Ozark et, en Caroline du Nord, un autre a vécu des années dans les couloirs d'une mine.

Ce qui est la pure vérité. Le fugitif du Missouri s'est fait prendre, et abattre, parce qu'il avait fini par piller les cabanes inhabitées. Quant à celui de Caroline du Nord, qui posait des bombes dans les cliniques où l'on pratiquait des avortements, voilà trois ans qu'il échappe à toutes les polices.

– Voyez-vous, Ray pourrait disparaître un temps infini.

– C'est peut-être mieux comme ça, soupire Katherine. Mais... quand je pense à cette pauvre petite fille, et à ses parents, je me sens tellement coupable ! Je sais par quoi ils passent. Si seulement nous avions récupéré Johnnie, leur fille ne serait pas morte à l'heure qu'il est. C'est terrible.

Évidemment, je suis d'accord avec elle.

– C'est beau par ici, observe Kim.

Sans doute s'efforce-t-elle de faire la même chose depuis vingt ans : changer les idées de sa mère. Avec une insouciance feinte, elle poursuit :

– Est-ce qu'on est loin de l'océan ? Serait-il possible d'aller voir la plage ?

Devant un déjeuner de fruits de mer, dans un restaurant au bord de l'Atlantique, je fais ce que je peux pour calmer la mère et la fille. Elles sont toutes les deux aussi jolies, Kim dans un tailleur de coton rouge qui épouse à la perfection sa silhouette, et Katherine dans une robe noire serrée à la taille. Je ne sais pas si elles l'ont fait exprès, mais elles portent exactement la tenue adéquate pour une interview télévisée.

– Je vais vous expliquer où nous en sommes.

Je parle lentement pour qu'elles saisissent chacune de mes paroles. Le serveur a déposé devant nous des verres d'eau glacée et un plateau de crabes auquel elles n'ont pas touché.

– J'ai discuté avec les inspecteurs Anschutz et Flank...

J'attends un instant et leurs physionomies me confirment qu'elles reconnaissent ces noms.

– Ils m'ont dit vous avoir mises au courant de leurs récentes recherches. C'est vrai ?

Blêmes, les yeux écarquillés, les deux femmes acquiescent de la tête et je poursuis :

– Tant mieux. Et ils vous ont dit ce que le porte-parole de la police a fait ? Il a téléphoné au plus grand magazine de la région, le *Bahia Sun,* et à toutes les télévisions pour leur parler de vous. Ils ont hâte de vous interviewer. J'ai déjà un emploi du temps d'enfer à vous proposer.

Abasourdies, elles font oui de la tête.

Les autorités m'ont confié cette mission parce que je suis la première à voir Katherine et Kim aujourd'hui. Je n'avais pas besoin de cette excuse pour m'en mêler mais je n'aurais pu supporter l'idée de ces deux innocentes perdues sans guide dans la cambrousse du Sud de la Floride. Dans la mesure où je suis à l'origine de cette idée, le moins que je pouvais faire consistait à les conduire à leurs rendez-vous.

– Vous n'êtes pas arrivées à temps pour les infos de midi mais on compte sur vous pour celles de ce soir. Quelques chaînes diffuseront un entretien en différé, et vous passerez en direct au moins sur une.

En temps normal, la police de Bahia Beach ne se mêle jamais de ces choses-là cependant, comme il est question ici d'appâter Ray, elle a accepté de nous prêter main-forte. Ces deux femmes devront fournir un effort gigantesque mais je suis certaine qu'elles y parviendront.

– Deux chaînes locales désirent vous rencontrer dans un cadre différent, aussi j'ai pensé que ma maison ferait l'affaire. Ce n'est pas plus mal, ainsi vous n'aurez pas l'air de répéter exactement la même chose partout. Les gens n'auront pas envie de zapper après vous avoir vues une première fois.

– Et si Kim répondait de temps en temps ? suggère sa mère.

La jeune femme nous regarde d'un air terrifié. Je crois utile de la rassurer :

– Ce n'est pas difficile et ça passera si vite que vous n'aurez pas le temps de vous en rendre compte. Je vous promets que les journalistes seront très gentils avec vous et qu'ils feront tout pour vous aider. Ce serait bien, en effet, de varier un peu vos attitudes et vos réponses. Parlez de ce qui est arrivé à Johnnie, dites que vous ne pourrez supporter de ne pas le revoir vivant, suppliez-le de se rendre, mais insistez sur le fait qu'on ne lui fera aucun mal. Avant tout, racontez toujours la vérité.

– À quelle heure a lieu la première interview ? demande Kim nerveusement.

– À 17 heures. Dans quatre heures.

– Je n'y arriverai jamais !

– Tu peux bien faire ça pour ton frère, implore sa mère.

Je préfère ne pas ajouter que, si elles passent bien dans les émissions du câble, elles risquent d'être vite sollicitées par les grandes chaînes nationales. D'autant qu'elles ne sont pas attendues seulement par les caméras :

– Le procureur voudrait également vous rencontrer.

Le serveur leur apporte des crevettes grillées, qu'elles ne vont sans doute pas manger non plus. Je vais demander qu'on nous les mette dans une boîte à emporter pour le cas où elles auraient faim plus tard.

– L'homme qui a fait condamner mon frère ? demande Kim. Pourquoi ?

– Je ne sais pas.

Lui-même n'a pas voulu me le dire.

– Tu acceptes, maman ?

– Si ça peut servir, soupire Katherine.

Je me le demande.

L'entrevue avec Franklin se passe étonnamment bien.

Quand nous arrivons dans son bureau, il abandonne ses tâches en cours et accueille les deux femmes qui succombent immédiatement à son charme. Un comble pour l'homme qui veut envoyer leur Johnnie sur la chaise électrique. J'en viens à me demander si elles ont vraiment compris quel était son rôle.

– Si votre démarche l'incite à revenir, nous vous autoriserons à le voir.

– Que voulez-vous dire ? demande Kim.

Nous avons pris place toutes les trois face à lui. Je remarque aussitôt un fil blanc sur la manche de son veston noir et je dois me retenir pour ne pas le lui ôter.

– Je veux dire que nous vous laisserons le rencontrer dans un lieu surveillé, dès que possible. Je comprends à quel point ce peut être difficile pour vous et ne voudrais pas vous obliger à suivre la procédure légale pour le voir enfin.

C'est pourtant vrai qu'il n'avait aucune raison légitime de rencontrer ces deux femmes. D'ailleurs, j'ai l'impression qu'il fuit mon regard. Tout ça n'est pas très joli mais, si ça peut aider Katherine à voir son fils plus vite que prévu, je ne regrette rien.

Quand nous partons, Katherine ne peut s'empêcher de remarquer :

– Quel homme charmant !

– Je n'ai pas compris pourquoi il a tant insisté pour vous recevoir.

– Vraiment ?

Une lueur espiègle traverse son regard. C'est la première fois que je la vois aussi joviale.

– Je crois le savoir et ça n'avait rien à voir ni avec moi ni avec Kim.

– Pardon ?

Elle me décoche un clin d'œil et je me sens rougir jusqu'aux oreilles.

– Moi ?

– Oui, vous. Vous lui plaisez, c'est clair comme de l'eau de roche.

– J'aurais préféré que ce soit moi, soupire Kim.

Ça ne durera pas longtemps. D'ici à quelque temps, elles le maudiront. J'espère qu'il n'en sera pas de même pour moi.

Malgré ma promesse, j'ai complètement oublié de leur communiquer le numéro de téléphone de Leanne English, aussi, pour me rattraper, je leur parle de l'avocate et de ses intentions.

– On devrait peut-être accepter, vous ne croyez pas ? me demande Katherine.

Leanne English lâche tout pour nous recevoir. Cette petite femme acide prend soudain des gants et des manières, ce qui devient particulièrement remarquable quand on se souvient que c'est le fils de Katherine qui lui a cassé la mâchoire et déboîté l'épaule. En fait, je dirais qu'elle se montre trop aimable pour ne pas être sous tranquillisants.

– Allez-vous prendre en charge la défense de Ray ? demande-t-elle d'une voix enjôleuse.

Elle a encore du mal à articuler et il lui faut parfois griffonner un mot pour s'expliquer mais là, elle s'est fort bien fait comprendre.

– La défense ? demande Kim. Qui payait, jusqu'ici ?

Leanne fronce les sourcils et j'ai l'impression qu'elle se demande si elle ne va pas me faire sortir. Heureusement, la cupidité l'emporte sur toute autre considération et l'avocate ouvre un dossier bistre devant elle.

Elle en sort un chèque.

– C'est ça, le plus extraordinaire, marmonne-t-elle entre ses dents soudées. Normalement, je devrais me taire, mais les circonstances ne me laissent pas le choix. J'ai une histoire à vous raconter...

Seigneur ! On peut dire qu'elle sait entretenir le suspense. Il faudra que je lui demande la recette. L'ennui c'est qu'elle réserve ses effets de manches à deux pauvres femmes particulièrement vulnérables.

– Environ trois semaines après l'arrestation de votre fils, j'ai reçu un appel téléphonique émanant d'un homme qui désirait que je défende Ray Raintree.

– Qui était-ce ? demande Kim.

– J'y arrive. J'avais un peu de temps devant moi et j'ai accepté de m'en charger ; je lui ai demandé quelles étaient ses relations avec Ray Raintree et s'il voulait qu'on discute de mes honoraires. Il n'a pas répondu à ma première question et m'a promis de m'envoyer une avance.

Elle agite le chèque sous leur nez.

– Je l'ai encore parce qu'il m'est revenu sans provision. Je ne l'ai appris qu'après avoir préparé ma plaidoirie. J'ai rappelé ce monsieur pour lui dire ce qui se passait mais il n'était pas là. En fait, je n'ai plus aucune nouvelle de lui.

La chose m'étonne assez pour intervenir :

– Alors, pourquoi avoir gardé l'affaire ?

Leanne me décoche un regard noir.

– Je n'ai pas terminé. À l'époque où ce monsieur m'a appelée, il a posé certaines conditions : je ne devais pas dire à Ray qui payait, ni mentionner son nom en aucune circonstance. Je devais éviter toute publicité, si possible ; ce qui allait dans le sens de ma défense puisque, à mon avis, plus on parlerait de Ray plus les gens le détesteraient.

Avant de reprendre, elle dévisage Katherine, sans doute pour mesurer l'effet de sa dialectique.

– Néanmoins, j'avais demandé à mon correspondant pourquoi il désirait tant de discrétion et il m'avait répondu qu'il ne voulait pas que la mère de Ray soit au courant.

Katherine pousse un soupir comme si elle venait de recevoir un coup en plein cœur.

– Je ne pense pas qu'il agissait ainsi par cruauté. Il craignait au contraire de vous causer un immense chagrin si vous appreniez que votre fils avait tué une petite fille. J'estime qu'il a eu tort mais cela partait d'un bon sentiment de sa part.

– De quoi je me mêle ! s'exclame Katherine furieuse. Qui est-ce, d'abord ?

Leanne continue inexorablement :

– Je devais lui envoyer mes notes d'honoraires à l'adresse indiquée sur son chèque. Il refusait de rencontrer mon client mais il voulait savoir où était emprisonné Ray pour pouvoir demander de ses nouvelles au directeur.

D'un geste théâtral, elle approche le chèque des yeux de Kim qui s'écrie :

– Oh, mon Dieu !

À son tour, Katherine lit et reste bouche bée.

Elle me passe le chèque.

Je ne peux réprimer une exclamation qui doit bien faire plaisir à Leanne English.

La signature est parfaitement lisible : Frederick Kepler.

– Je ne savais pas que c'était le père de Ray, reprend Leanne, du moins jusqu'à ce que Marie me parle de vous. Je suis d'autant plus désolée de ne pas savoir où le joindre.

Cette fois, j'insiste :

– Mais pourquoi avoir continué à défendre Ray avec ce chèque sans provision ?

– Parce que, répond-t-elle en me fusillant du regard, je suis avocate ! J'ai pour métier de défendre les gens contre la vindicte populaire. Personne ne voulait s'occuper de lui. J'avais déjà trop travaillé sur son affaire, je savais qu'il n'échapperait pas à une condamnation et je me doutais que ça ne prendrait pas longtemps...

On dirait qu'elle veut se rendre encore plus désagréable qu'elle n'est ; cependant, derrière la carapace agressive, je devine une femme de cœur et de conviction, prête à défendre Ray gratuitement s'il le fallait.

Katherine se lève et la serre dans ses bras en pleurant.

– Merci, murmure-t-elle, merci, merci...

Quand elle relâche son étreinte, l'avocate est écarlate. Néanmoins, son regard me défie de jamais rapporter cette scène dans mon livre.

Tant pis pour toi, Leanne.

Il va falloir apprendre à vivre dans la peau d'une héroïne.

Maintenant je comprends pourquoi les autres membres de l'équipe ne portaient pas leur client dans leur cœur : il ne payait pas ! Pas étonnant que Manny Meade ait parlé de lui avec tant de dédain et que Jaime Suarez n'ait pas caché son mépris. Les cabinets d'avocats sont des entreprises comme les autres, qui ont besoin de gagner de l'argent.

Quant à Leanne, elle accomplit un autre acte de courage en exposant des vérités qu'aucune de nous ne désire entendre.

– Écoutez, je suis désolée de vous décevoir, mais je ne suis pas sûre que Ray se montre, même si vous l'en suppliez. Il se peut qu'il ne se souvienne pas de vous et, en supposant le contraire, je dois vous dire que c'est un jeune homme des plus étranges. De toute façon, s'il revenait, ce serait pour aller directement en prison et nous aurions alors une rude bataille à livrer pour lui éviter la chaise électrique.

Katherine, pourtant, relève le défi :

– Que faut-il faire ?

– Pour ce qui est de l'amener à se rendre, je n'en ai aucune idée. Mais si la police le capture vivant, j'essaierai d'obtenir un délai du procureur. Il sera lui aussi obligé de prendre en considération les événements qui ont marqué l'enfance de Ray et ne pourra plus requérir la peine de mort.

Je sais déjà que Franklin ne voudra rien entendre et que, de toute façon, Ray refuserait de se voir enfermé à perpétuité, qu'il préfèrerait la mort. Je me rappelle les techniques de survie sans doute inculquées par son ravisseur, Donor Miller : « Tout faire pour ne jamais se laisser prendre. » Ray a déjà fait plusieurs blessés et sans doute un mort pour conserver sa liberté.

Pourtant, les deux femmes semblent avoir retrouvé l'espoir.

– Nous paierons ce qu'il faut, n'est-ce pas, maman ? déclare Kim.

Sa mère hoche la tête avec conviction tandis que je m'efforce de capter le regard de Leanne : elles n'en ont pas les moyens. Ce serait la ruine pour la famille, comme l'a prédit Calvin. Ils ne sont pas riches, ils...

– Laissez tomber, tranche Leanne. Je vais retrouver Fred.

Je suis fière de lui serrer la main en quittant son cabinet.

Il nous reste un peu de temps pour faire un saut au commissariat de Bahia Beach.

Robyn Anschutz et Paul Flank paraissent perplexes devant la mère et la sœur de Ray Raintree. Ils donnent du « madame » à Katherine et ne cessent de me dévisager, comme si j'avais sorti des lapins de mon chapeau.

– Vous êtes sûrs que c'est M. Miller qui est mort ? s'enquiert Katherine.

– Presque. Il ne restait que le torse, madame, alors nous n'avons pu confronter les empreintes digitales du cadavre à celles que nous avions relevées chez Miller. Mais il portait un pendentif en scorpion.

Ils s'excusent de ces détails sordides et précisent qu'il n'y avait pas non plus de tête.

– Je me souviens du pendentif, murmure Katherine.

Cette remarque me choque quelque peu. Tout ça l'oblige à rassembler de si pénibles souvenirs... Ne serait-ce pas une simple autosuggestion ?

– Ce n'est pas un détail qu'on oublie facilement, admet Robyn.

Donc, Katherine n'inventait pas.

– Je ne me vois pas porter un truc pareil si longtemps à même la peau, continue l'inspectrice.

Je demande à Paul :

– Où se trouvait ce pendentif ?

– Ce sont les pêcheurs qui l'ont remonté avec d'autres objets dans leurs filets.

– Dont son portefeuille, ajoute Robyn.

– Madame, reprend brusquement Paul, nous sommes navrés pour vous mais en ce qui nous concerne, nous sommes toujours à la recherche d'un assassin, qu'il s'agisse ou non de votre fils. Vous voyez ce que je veux dire ? Je suis obligé de vous prévenir que Ray est dangereux et que nous ne prendrons pas le risque de le laisser vous blesser, vous ou un policier ou un passant innocent. Nous espérons qu'il se rendra de lui-même mais je ne peux pas vous garantir que tout ira comme vous le voudriez. J'ai peur qu'il ne vous faille vous préparer au pire, madame.

Katherine soutient son regard.

– Voilà vingt-deux ans que je me prépare au pire, inspecteur.

Avant de partir, j'ai le temps de glisser en particulier à Paul et Robyn :

– Est-ce que vous pourriez tâcher de retrouver un certain Frederick James Kepler ? Il se peut qu'il habite dans les parages. C'est l'ancien mari de Katherine, le père de Ray.

Les policiers me promettent de vérifier.

Alors commencent les interviews. Elles vont se succéder jusqu'au soir et c'est moi qui conduis la mère et la fille d'un studio à l'autre. Nous nous offrons une pause dîner vers 20 heures. Ensuite, la ronde reprend de plus belle. Comme je l'avais prédit, les journalistes se montrent compréhensifs et les deux femmes passent magnifiquement à l'écran. Elles pleurent toutes les deux, regardent la caméra en parlant, supplient qu'on épargne leur Johnnie et adjurent le dénommé Ray de se rendre.

Plus elles en font, plus je me sens découragée.

Ça ne marchera pas. Je n'ose pas le leur dire.

Ray ne sait pas lire, donc les journaux sont à exclure. D'autre part, rien ne nous permet de croire qu'il se trouve à proximité d'un poste de télévision ou de radio. Et même s'il voit et entend ces femmes, se laissera-t-il convaincre ? Rien n'est moins sûr. Il risque plutôt de ne pas croire un mot de ce qu'elles disent.

Vers 22 h 30, tout est terminé.

La dernière équipe de télévision a quitté ma maison. Nous attaquons une bouteille de vin dans mon patio en surplomb du pont. Le canal est magnifique, aujourd'hui, et elles sont enchantées de la vue. Nous sommes toutes les trois épuisées mais elles semblent déborder de courage et d'enthousiasme. J'ai peur que ça ne dure pas longtemps. Ce ne peut être qu'une réaction aux projecteurs et aux caméras, l'impression d'avoir enfin pu faire quelque chose. Nous demeurons là une petite heure, à nous repasser mentalement chaque interview, à envisager ce qui pourrait se produire ensuite, à évoquer d'autres souvenirs du petit Johnnie.

Je ne peux m'empêcher de penser qu'il est peut-être là, tout près, et ça me donne froid dans le dos. Le chardonnay aidant, sa mère et sa sœur semblent presque décontractées. J'ai l'impression qu'elles n'ont pas beaucoup l'habitude de boire et que cela leur permettra de dormir à poings fermés. En ce qui me concerne, l'alcool produit sur moi l'effet inverse : je me sens de plus en plus énervée. Je dois me raisonner pour ne pas regarder sans cesse par-dessus mon épaule, pour ne pas allumer toutes les lumières de la maison, pour ne pas prendre une lampe de poche et aller vérifier ce qui pourrait se cacher à l'ombre de mes cyprès.

Franklin appelle à l'instant où je viens enfin de monter me coucher.

Il sait que je travaille souvent tard le soir et que j'accueille volontiers ses coups de fil, surtout quand il m'annonce qu'il souhaite passer. Ce soir, comme j'ai des pensionnaires, il veut juste bavarder.

– Très bien, ces deux femmes, observe-t-il d'entrée.

– Ouais...

Je rallume ma lampe.

– Les McCullen aussi, ajoute-t-il.

– Bien entendu.

– Mais tu ne veux pas que je requiers la peine de mort.

– Arrête, Franklin ! Tout ce que je sais, c'est que sa mère est en train de dormir sous mon toit et que voilà trois jours que j'entends parler de la tragédie qui l'a frappée. Ça me tue d'imaginer cette femme assistant à l'exécution de son fils.

– Je croyais que tu souhaitais sa mort.

– C'est vrai, je le croyais moi aussi. Quand je songe à Natalie, je voudrais qu'il disparaisse de la surface de la terre. Mais, maintenant que je connais sa mère et que je connais son histoire, je suis perdue.

– Pas moi. Sa mère pourrait être la Sainte Vierge en personne, il mérite une condamnation à mort et ce n'est pas moi qui l'en dispenserai.

– Tu vois, là, j'ai l'impression que tu te trompes.

– Non. C'est toi qui te trompes.

Tout d'un coup, il se met à rire :

– Je ne connais pas de meilleur moyen d'exciter une avocate.

– Je ne suis pas avocate.

N'empêche que ça me fait rire à mon tour.

– Alors, reprend-t-il doucement, demain soir ?

– J'aurai encore mes pensionnaires.

– Marie ?

Tout d'un coup, il semble méfiant. Il doit avoir l'impression que je le repousse. Au fond, il est aguerri aux contre-interrogatoires, c'est un pro, je ne tiendrai pas longtemps face à lui.

– Ne me dis pas qu'on va cesser de se voir sous prétexte qu'on ne partage pas le même point de vue sur la peine de mort !

– C'est quand même plus honorable que de se brouiller parce qu'un l'un se plaint que l'autre... ronfle, par exemple !

– Ça veut dire que je ronfle ?

– Non, Franklin, ça veut dire que certaines divergences sont graves.

– Il n'y a rien d'anodin à se plaindre d'un partenaire qui ronfle quand on ne peut plus fermer l'œil de la nuit.

Comme je ne sais pas s'il me taquine ou si, lui aussi, tâche d'échapper à ses propres interrogations, je fais mine de rendre les armes :

– C'est bon ! On va dire que ronfler est un cas de divorce.

– Je comprendrais mieux que tu refuses de continuer à me voir parce que je ronfle comme une locomotive plutôt qu'à cause d'un point de philosophie.

– Ray n'est pas un point de philosophie mais une personne.

– Ray est un monstre, pas une personne.

Deux collégiens en plein concours de niaiseries.

Un ange passe.

– Écoute, dis-je, ça me met très mal à l'aise de flirter avec toi alors que j'essaie d'aider Katherine.

– Ça veut dire quoi, ça ?

– Laisse-moi le temps de faire le point.

– Tu veux qu'on fasse une pause ?

Merde ! Ce type comprend trop vite. Malgré moi, je réponds :

– Peut-être, du moins jusqu'à ce que ce soit terminé.

– D'une façon ou d'une autre.

– Oui, dis-je tristement. Jusqu'à ce que ce soit terminé d'une façon ou d'une autre.

– Si tu veux. Mais ça ne dépendra que de toi.

Sa colère est perceptible

– Je sais. Je suis désolée. Bonsoir, Franklin.

– Bonsoir, Marie.

Je reste toute seule devant mon téléphone en me demandant comment je peux me retrouver dans une situation pareille. Ai-je bien fait ? Sans doute suis-je une femme de principes ou, tout bêtement, une tête de mule. En tout cas, ça me conforte dans l'idée de ne pas fréquenter les principaux acteurs de mes livres avant que ceux-ci ne soient publiés. Je le savais déjà mais Franklin DeWeese possède un charme à damner une abbesse. Si Ray reparaît, saura-t-il convaincre un jury de le faire exécuter ? Dans ce cas, je ne suis pas certaine d'éprouver les mêmes sentiments à son égard. Je sais bien qu'il en a déjà envoyé plus d'un dans les couloirs de la mort, mais je n'étais pas directement concernée. Tandis que, cette fois, l'affaire sonne à ma porte, en la personne de la mère de Ray qui dort au rez-de-chaussée.

Je suis trop fatiguée pour me fier davantage à mes sentiments à vif.

Je m'adosse à mes oreillers et regarde le canal en contrebas. Mon lit m'a l'air trop grand pour moi et cette vue est trop belle pour que j'en profite seule. Franklin me manque déjà mais ni lui ni moi ne saurions céder. De son côté, il n'a aucune raison de le faire. Je n'étais pas sans savoir que la tâche d'un procureur consiste à faire condamner des accusés à mort dans les États qui pratiquent la peine capitale. Pas question, donc, qu'il change d'avis et j'étais bien bête de l'avoir cru une seconde. Mais comment concilier ma passion pour lui et la compassion que m'inspirent Katherine et un petit garçon prénommé Johnnie ?

Soudain, je m'avise que je n'ai pas interrogé mon répondeur depuis que j'ai débranché mon téléphone pour complaire aux équipes de télévision.

Encore un message de mon éditrice. Quand je pense que je n'ai pas écrit la moitié de ce qu'elle s'imagine !

« Marie ! Ne me dis pas qu'on s'est encore ratées, aujourd'hui ! J'ai vraiment hâte de savoir où tu en es. Il faut absolument que tu me passes un coup de fil demain. Si tu n'as pas tout à fait terminé, tu peux déjà m'envoyer quelques chapitres. »

Je déteste rendre du texte au fur et à mesure, mais je me promets de lui téléphoner au plus vite.

D'autant que mon agent y met son grain de sel :

« Chérie ! Ton éditeur m'a montré ta nouvelle couverture aujourd'hui, je l'adore, à part que ton nom apparaît en caractères trop petits. Appelle-moi demain et dis-moi quand je peux compter sur la copie de ton manuscrit. À bientôt ! »

J'imagine la conversation entre les deux : « Vous avez des nouvelles de Marie ? – Non, et vous ? – Pas un mot. J'espère que ça ne vient pas du livre. – Je crois qu'elle nous l'aurait déjà dit. – Oui, elle nous l'aurait sûrement dit... »

Il faut que je les tienne au courant, c'est la moindre des choses.

C'est alors que je découvre que j'ai manqué l'appel le plus important de tous : ma correspondante anonyme qui revient à la charge.

« J'ai déjà téléphoné. Je voulais parler à Marie Folletino. »

Cette fois, elle a l'air vraiment inquiète. Un long silence s'ensuit et j'attends, le cœur battant. Enfin, elle se décide à poursuivre d'une voix hésitante :

« Il faut absolument que je lui parle. J'essaierai de rappeler demain soir à 20 heures mais ce sera la dernière fois. Ensuite, je ne pourrai plus. Je vous en prie... »

Elle a raccroché.

Je suis au bord de la crise de nerfs et m'enfonce un poing dans la bouche pour ne pas crier.

Après la séance d'hypnose de Ray, j'ai voulu essayer cette technique à mon tour. Il s'est avéré que je n'étais pas, et de loin, un sujet aussi réceptif que lui. Salutaire, dans un sens. Tout ce que j'ai « vu » tenait du cauchemar dans lequel « je » retournais à l'état de bébé, allongé sur une couverture à l'arrière d'une vieille voiture. J'ai « vu » la nuque d'un homme assis à la place du conducteur, un brun. Il fait nuit, j'ai chaud dans mes petits habits d'enfant mais mon visage est froid. Cet homme est-il mon père ? Peut-être cette scène correspond-t-elle au voyage au cours duquel il m'a emmenée à l'entrée de Birmingham avant de m'abandonner. Mais il peut s'agir de tout autre chose. D'une scène de film, par exemple.

Cette femme tombe mal. J'aurais préféré avoir affaire à elle à n'importe quel autre moment mais pas maintenant.

C'est la dernière idée qui me traverse l'esprit avant que je ne sombre dans le sommeil.

11

Raymond

– Ne vous attendez surtout pas à avoir du neuf dans l'immédiat.

Je préfère prévenir mes pensionnaires alors que nous prenons le petit déjeuner dans mon patio. J'ai obligé Katherine à rester assise pour une fois et c'est moi qui prépare tout : crêpes, café, jus de pamplemousses cueillis dans le jardin.

– Ce n'est donc pas la peine de rester toute la journée plantées devant le téléphone. Alors je propose qu'on sorte un peu. Est-ce que vous aimeriez visiter un endroit en particulier ?

Mère et fille se regardent comme pour se demander : quel endroit ?

Tout Bahia Beach s'étale à nos pieds ; il fait un temps superbe, température douce, ciel sans nuages. De temps à autre, nous percevons un coup de klaxon sur le pont, ou un hurlement de sirène sur le canal. Une brise légère parfumée d'agrumes flotte dans l'air.

Peut-être aimeraient-elles se distraire un peu. C'est idiot de penser ça, je sais, mais j'aime tellement ma région que je voudrais les en faire profiter, même si elles trouvent qu'il y fait trop chaud et trop moite et que le taux de criminalité y est effrayant.

Beaucoup de gens pensent la même chose et ça me fait toujours bondir ; hélas, d'aucuns préfèrent balayer la neige que le sable devant leur porte. Et c'est tellement barbant d'arroser en permanence son jardin ! Quant aux crimes commis par ici, ils sont rarement atroces et prêtent plutôt à rire. Mon histoire préférée est celle de cette bande de travestis qui ont volé des robes de haute couture dans une solderie. Quand on les a capturés, ils portaient les preuves sur le dos. Comme se plaît à le répéter Dave Barry, l'un de nos célèbres journalistes locaux, je n'invente rien. Et comme le dit Carl Hiaasen, l'un de nos romanciers, la fiction n'est jamais qu'une réalité qui ne s'est pas encore produite.

De là à critiquer notre fabuleux climat, les gens décontractés et la vie tranquille... Bien sûr, il y a les embouteillages, les centres commerciaux surpeuplés, les plages bondées le vendredi soir à la saison touristique. Et alors ? Toute médaille a son revers, pas vrai ? Qu'est-ce qu'il y a de si exaltant à patauger dans trente centimètres de neige ? À faire du ski ? À voir tomber les feuilles rousses en automne ? D'accord, je veux bien aller voir du pays en vacances mais je préfère vivre au soleil. Il y a tellement de compensations, par ici, la plage, où on peut flâner toute l'année, les canaux, Butterfly World, la cuisine cubaine, les restaurants sur l'eau, les bateaux, les décapotables, les fruits, le café de Cuba et...

– Je voudrais voir les endroits où est passé mon fils, déclare Katherine.

– D'accord.

Mes deux visiteuses ont tôt fait de me ramener au présent. J'ai honte de m'être laissée aller à imaginer qu'elles puissent vouloir s'adonner à de futiles balades touristiques.

– Vous songez à un lieu en particulier ?

– On peut voir la prison où il a été enfermé ?

– Oui, et le palais de justice se trouve à côté.

– Bon. Et l'endroit où il a travaillé ?

– La Checker Crab ? Je crois qu'elle est fermée mais on peut passer devant.

– Merci, et... je voudrais aussi voir le coin où il a tué ce pauvre homme.

Elle doit parler du hippie sur le retour, propriétaire du chalutier d'où Ray m'a téléphoné. Je m'efforce de répondre d'un ton neutre :

– Pas de problème. Vous désirez voir le quartier où habite la famille de Natalie ?

– Oui, ça aussi.

– Maman !

– Il faut que je sache, Kim. Tu n'es pas obligée de nous suivre.

Sa fille a l'air effarée, apeurée, et finit par balbutier :

– Je voudrais venir mais je ne pourrai pas. Ça t'ennuie si je reste ici ?

– Bien sûr que non, ma chérie.

C'est ainsi que Katherine et moi partons, en laissant Kim à la maison. Je retourne sur les lieux marqués par le passage violent de son fils et ça dure longtemps, car elle ne se satisfait pas de les apercevoir depuis la voiture. Elle veut sortir et, notamment, entrer dans la prison. Je suis obligée de me garer devant le tribunal que nous traversons, au beau milieu d'un procès ; je lui montre l'endroit où se tenait Ray, puis la cabine d'ascenseur qui a servi à son évasion. Ensuite, elle veut voir le garage en sous-sol où s'est déroulée l'attaque puis sa fuite derrière un otage.

Nous suivons un sentier le long de la New River.

Katherine s'assied pour méditer et regarder passer les bateaux et je reste derrière elle sans dire un mot.

C'est elle qui finit par rompre le silence :

– J'ai réfléchi à ce que vous m'avez dit au sujet de la glande pinéale. En faisant la relation avec l'aspect de Johnnie aujourd'hui, d'après ses photos... c'est comme s'il n'avait jamais grandi. Alors je me demandais : vous ne croyez pas que c'est la raison pour laquelle il l'a prélevée ? En croyant peut-être que ça pourrait l'aider à devenir un homme ?

– C'est une théorie intéressante.

L'idée m'a déjà effleurée mais je l'ai vite écartée :

– La glande pinéale est sensiblement plus grosse chez un enfant de moins de six ans et Natalie venait d'atteindre cet âge. Si c'était ce qu'il cherchait, je suppose qu'il aurait choisi un enfant plus jeune.

– Il ne savait peut-être pas quel âge elle avait.

– Peut-être.

Pas une fois, elle n'a parlé de son fils aîné depuis qu'elle est là et j'ai l'impression que Kim n'est pas au courant de son rôle dans l'affaire.

– Katherine, comment va Calvin ?

– Pas bien. Il refuse de parler de cette histoire à sa femme et à ses enfants, même à ses sœurs. Il mourrait de honte s'il savait que je vous l'ai racontée, à vous et à Jack, et si vous en rendez compte dans votre livre...

– Je trouverai un moyen de l'éluder.

– Je ne sais pas ce que nous allons faire, il a tellement souffert ! Comment ai-je pu laisser se produire une chose pareille ? Comment ne me suis-je doutée de rien ? Marie, voilà des années que je me fais un sang d'encre pour Johnnie alors qu'à côté, Calvin était au supplice et avait besoin de moi.

– Je crains que Johnnie et Calvin n'aient pas été les seuls enfants que Donor...

– Sans doute pas.

Elle pousse un soupir et se redresse.

– Où Johnnie est-il parti ensuite ?

Nous visitons la gare de trolleys, elle veut même aller à la plage, voir les toilettes, le dernier endroit où on l'ait vu. Au cours d'un déjeuner interminable sur une terrasse en bordure de l'océan, elle me fait répéter dans les moindres détails tout ce que son fils a pu me dire.

– Il pourrait tenir un bon moment dans la forêt, n'est-ce pas ?

– C'est fort possible.

– Il l'a déjà fait avant.

– Sans doute, Katherine.

– Et Donor Miller lui a appris comment s'y prendre pour survivre.

Elle n'est pas dupe de la sinistre contradiction d'un tel espoir.

– Maintenant, je veux voir le bateau où il a tué l'homme dont il a pris le téléphone portable.

– Vous êtes sûre ?

– Oui, et puis vous me montrerez où habitent les McCullen.

– C'est entendu, Katherine.

Le chalutier qui servait de refuge au vieux hippie est toujours amarré sur un canal à la sortie de Bahia. Quand Ray m'a téléphoné, il ne se trouvait qu'à vingt-cinq kilomètres de chez moi ; j'ai mis un bout de temps à digérer cette information. Le bateau est tendu de vieux tissus multicolores, comme si le Joseph de la Bible y avait déployé sa tunique.

J'explique à Katherine :

– Le corps du vieil homme a été retrouvé dans la rivière.

– Qu'est-ce qui leur fait croire que Johnnie l'a tué ?

J'hésite. Il est des choses difficiles à dire à une mère.

– Il est mort de la même façon que Natalie, les carotides broyées. On dirait qu'ils se sont battus, mais l'homme était beaucoup plus vieux que Ray et n'a sans doute pas résisté longtemps.

Elle me prend la main.

– Je voudrais dire une prière, Marie.

Sous le soleil brûlant de Bahia, la mère de l'assassin prie pour l'âme de sa dernière victime.

Quand elle a terminé, c'est moi qui conclus :

– Amen.

– Bon, souffle-t-elle d'une petite voix, maintenant allons voir où habitait cette petite fille.

Cette fois, nous nous contentons de passer devant le pavillon car elle ne veut pas que Tony et Susan nous voient. Le cul-de-sac semble désert. Comme si les parents du voisinage avaient peur de laisser leurs enfants jouer dehors. Elle me demande de vite faire le tour du pâté de maison et de repartir aussitôt. Je lui explique que personne ne risque de la reconnaître mais elle craint que les McCullen ne l'aient déjà vue à la télévision et ne voudrait pour rien au monde leur faire offense. Elle se retourne et regarde derrière elle jusqu'à ce que la maison disparaisse au détour de la route.

Le long de la New River, tout est complètement différent.

Nous sommes en fin d'après-midi quand nous arrivons dans cet endroit frais et plein d'ombre, de tillandsia accroché comme un voile de guipure verte aux branches des arbres, de vigne vierge épaisse comme le bras, de feuillages denses entrelacés à vous en cacher le ciel. Partout règne une odeur de moisissure et l'on sent qu'un univers d'insectes en tout genre grouille sous ce sol spongieux. Nous avons baissé les vitres et sorti nos coudes. Des colonies d'oiseaux gazouillent partout et l'air bruisse d'une vie bourdonnante et affairée.

– C'est magnifique ! s'écrie Katherine. Mais je n'aime pas beaucoup ça, ajoute-t-elle aussitôt.

Je la comprends. J'ai des amis qui habitent dans de splendides maisons cachées parmi ces frondaisons, moi, je ne pourrais pas. J'ai besoin d'eau salée, de soleil et de brise marine. Dans un endroit pareil, je me coucherais le soir en me demandant quelles bestioles ont pu se glisser sous mes draps. Dans ces régions subtropicales, il n'y a pas jusqu'aux mignons petits lézards ou aux grenouilles qui ne risquent d'être venimeux, sans parler des serpents et des araignées qui prolifèrent.

Je suis déjà venue ici, pour mes recherches.

La route louvoie, tourne une fois, deux fois, et puis c'est là, au-delà du fil barbelé, avec, pour toute « entrée », un espace non clôturé. Quelques vieilles pancartes mal entretenues menacent : DÉFENSE D'ENTRER OU PROPRIÉTÉ PRIVÉE.

Le propriétaire en question ayant disparu, personne ne peut plus nous en interdire l'accès.

– Vous croyez qu'on a le droit ? demande Katherine.

– Oui, il n'y a aucune raison...

Nous contournons la bâtisse et repérons le bureau, l'atelier et une annexe en ruine qui ne devait servir à rien. Les quais ne sont pas loin mais aucun bateau n'est plus en vue, à part les taxis.

Je suis déçue.

– On dirait qu'il n'y a pas grand-chose à voir.

– Combien de temps Johnnie a-t-il vécu ici ?

– C'est difficile à dire. Donor Miller a raconté à la police qu'il est arrivé entre un an et un an et demi avant le meurtre. Mais nous savons maintenant que ce n'est sans doute pas vrai. Il a dû rester là tout le temps que Donor y était lui-même et je crois que Miller a acheté cette maison il y a une dizaine d'années.

Elle sait que la police enquête maintenant sur le passé du patron des bateaux taxis.

Pour le moment, on ignore où il s'est rendu après avoir quitté le Kansas avec Ray, ni où ils sont allés ensuite. Ils sont peut-être venus directement ici.

– J'aimerais marcher un peu, me dit Katherine.

Nous sortons toutes les deux de la voiture pour faire quelques pas en direction de la marina.

Je m'efforce de la suivre de près pour répondre à ses questions éventuelles, tout en respectant son désir de solitude. Arrivée à la rivière, elle se tourne vers moi et demande :

– Quel bateau était-ce ?

– Le numéro 6, mais il n'est pas là, Katherine.

– Oh ! La police a dû le prendre.

– Exactement.

– Vous croyez qu'on pourrait jeter un coup d'œil dans le bureau ?

– On peut toujours essayer.

La porte n'est même pas fermée à clé mais, quand nous pénétrons à l'intérieur, Katherine semble submergée d'émotion et ressort en me bousculant. Je me précipite derrière elle et lui caresse le dos tandis qu'elle tâche de reprendre sa respiration.

– Ça va ?

– Oui.

– Vous voulez partir, maintenant ?

– Non, pas encore, si ça ne vous ennuie pas, Marie.

– Nous resterons tout le temps que vous voudrez.

– Est-ce que vous pourriez m'attendre ici ?

– Bien sûr. Vous voulez rester un peu seule ?

Elle m'adresse un petit sourire timide et fait oui de la tête.

Je la regarde rentrer dans l'atelier et mon cœur la suit, si ce n'est ma personne tout entière. D'autant qu'il n'y a pas un coin où s'asseoir tranquillement, sans redouter une piqûre ou une morsure....

– Katherine ! Attention aux serpents !

D'un geste du bras, elle me fait comprendre qu'elle m'a entendue.

Je redescends vers les quais pour jeter des cailloux dans l'eau jusqu'à ce que le soleil commence à décliner derrière moi. Aussitôt, l'atmosphère fraîchit, l'humidité tombe. Chez moi, mon patio doit se réchauffer, au contraire. Si Kim est restée dehors tout l'après-midi, elle ne va pas tarder à trouver refuge à l'intérieur.

Une demi-heure plus tard, Katherine n'a toujours pas reparu et je me demande ce qu'elle fait. Un quart d'heure passe encore et je commence à m'inquiéter. Et si elle était ressortie de l'autre côté, et si elle s'était perdue dans l'épaisse végétation ? Sait-elle seulement nager ?

C'est idiot de se monter ainsi la tête.

Cependant, je retourne à l'endroit où je l'ai vue pour la dernière fois.

– Katherine ?

Pas de réponse.

Elle a dû s'asseoir sur un tronc d'arbre pour pleurer et elle va revenir d'une seconde à l'autre. Je m'approche de l'atelier où quelques outils achèvent de rouiller. Ensuite, je me rends dans l'annexe en ruine. Peine perdue. J'appelle de nouveau :

– Katherine ?

Toujours rien. Bientôt je découvre un sentier menant dans les bois.

Elle a dû s'aventurer par là pour admirer les beautés de la nature.

Mais il se fait tard, la nuit va tomber et, même si je répugne à la déranger dans ses méditations, j'estime qu'il est temps de lui faire signe. J'ai une torche électrique dans la voiture. Si j'allais la chercher ? Non, Katherine ne doit pas être bien loin et il y a encore assez de lumière.

Je m'engage dans le sentier.

Cent mètres plus loin, il rétrécit et j'en suis à écarter les lambeaux de tillandsia de mes cheveux, à tâcher d'éloigner les sauterelles qui voudraient se poser sur mon visage ou sur mes épaules.

J'appelle encore, tends l'oreille.

Une mélodie semble parcourir les arbres et mon cœur s'arrête : une guitare dont on gratte les cordes une à une.

Yesterday, all my troubles...

Tout d'un coup, je suis terrifiée, pour elle, pour moi.

C'est Ray, je le sais, ce ne peut être que lui.

Faut-il que je coure chercher de l'aide ou que je continue mon chemin ?

À peine me suis-je posé la question que je connais la réponse : pas question de l'abandonner ici sans savoir où elle se trouve, dans quelle situation, et si Ray est bien là, lui aussi.

Je ne peux m'écarter du sentier, la végétation est trop dense, et je ferais du bruit, sans compter que j'aurais toutes les chances de me perdre. Il ne me reste qu'à continuer aussi discrètement que possible en direction de la musique, de cette mélodie qui semble cadencée au rythme de mon cœur.

Quelque chose a bougé à droite. J'étouffe un cri.

... *all my troubles seemed so far away...*

Le guitariste joue tranquillement, comme s'il n'avait pas senti ma présence.

J'aperçois un autre sentier qui avait failli m'échapper. Je m'y engage. La musique paraît plus forte, maintenant, encore qu'interprétée avec une infinie délicatesse.

Dans un rayon de soleil m'apparaît soudain Katherine.

Elle est debout et contemple quelque chose à ses pieds.

Je me rapproche : c'est Ray assis sur un tronc d'arbre

abattu, la tête penchée vers sa guitare, sous les yeux de sa mère. Il n'a pas changé. Il est plus sale, peut-être. Tous deux bavardent entre les notes intermittentes et je m'arrête pour les écouter.

– ... nord de la Floride, c'est là que Donor avait une cabane.

– Combien de temps y as-tu passé, Johnnie... Ray ?

– Sais pas. Longtemps. Et puis ici.

– Tu te rappelles un peu ton ancienne vie ?

Il lève la tête et je frémis en me demandant ce que Katherine a pu éprouver lorsqu'elle l'a enfin vu. C'est qu'il n'est pas beau, son fils. Il est aussi affreux que dans mon souvenir, sinon plus.

– Non, dit Ray.

– Rien du tout ? Ni moi, ni ton père ?

– Non.

– Tu as un frère et deux sœurs.

– Pas possible !

Ça n'a pas l'air de beaucoup l'intéresser, comme s'il n'en croyait pas un mot.

– Nous n'avons jamais cessé de t'aimer, Johnnie.

Il louche vers elle, l'air de ne pas comprendre. Katherine attend un instant puis demande doucement :

– Pourquoi as-tu tué cette petite fille ?

– Je ne voulais pas.

Cette réponse me laisse abasourdie et je constate que Katherine est aussi secouée que moi.

– Que veux-tu dire ?

Il pince quelques cordes avant de murmurer :

– Donor m'a dit : « Va chercher un môme et rapporte-le moi. » Il a dit que j'étais trop âgé pour lui maintenant, et qu'il se sentait trop vieux, et qu'il avait besoin d'un autre petit enfant. Il a dit que je devais en trouver un pour lui, comme j'étais avant. Alors je l'ai prise.

– Mais tu l'as tuée.

– Il ne fallait pas !

Il regarde autour de lui comme s'il avait toujours peur de se faire capturer.

– J'étais bien obligé. Je devais la tuer pour qu'elle ne meure pas.

Un sanglot altère la voix de Katherine :

– Je ne comprends pas.

– C'est ça, la mort ! s'écrie-t-il tout d'un coup furieux. Vous ne comprenez donc pas ? La vie, c'est la mort. La mort, c'est la vie. Je savais que si je l'amenais à Donor, elle mourrait. Il lui ferait ce qu'il m'a toujours fait et elle mourrait, comme je suis mort, là-dedans.

Lâchant les cordes de sa guitare, il se frappe la poitrine puis la tête pour montrer où il est « mort » : dans son esprit, dans son cœur.

– Mais si je la tuais, elle n'aurait pas à mourir comme moi.

Mon Dieu ! Cet homme me bouleverse.

En clair, il a tué Natalie pour la « sauver » de Donor, la sauver du terrible destin qui l'attendait en devenant la petite fille de Donor, comme Ray avait été son petit garçon.

Katherine, s'il vous plaît, questionnez-le sur le pont...

Elle pleure à chaudes larmes. Ray n'a pas l'air de s'en rendre compte.

– Mais tu as mutilé son cerveau, tu as pris sa...

– Pas moi !

Là, c'est le Ray aux accents enfantins que je connais.

– C'est pas moi ! C'est Donor ! Je lui ai rapporté la

petite et je suis allé me promener et ensuite je l'ai emmenée sur le pont.

– Pourquoi... le pont ?

– Peur.

– De quoi avais-tu peur, Johnnie ?

– Donor. Il voulait que j'aille chercher un autre enfant. Un nouvel enfant.

– Et tu ne voulais pas ?

Sans répondre, il secoue la tête.

– Tu voulais arrêter Donor.

– Ouais.

– Et tu ne comprenais pas pourquoi la police voulait te mettre en prison, te juger, te condamner à mort.

– Pour la mort, c'était pas grave. C'était juste la prison. Je n'en pouvais plus.

Katherine tombe à genoux devant lui.

– Johnnie ? Pourquoi Donor a-t-il fait ça ?

– Quoi ?

– Pourquoi lui a-t-il pris cette partie de...

– Je crois qu'il voulait une âme. Je ne sais pas où c'est, une âme. Il disait que s'il pouvait prendre une petite âme innocente il serait... comment il disait, déjà ?... Ah oui ! racheté.

Johnnie fait la moue, comme s'il venait de produire un grand effort.

– Je ne comprenais pas ce qu'il racontait. Je crois qu'il voulait juste un gosse, comme moi.

Un instant, tous deux se taisent.

– C'est vrai que vous êtes ma mère ?

– Oui, Johnnie.

Hochant la tête, il rejoue quelques notes que je n'ai jamais entendues. Je me demande si c'est lui qui a écrit cet air et si un don magnifique n'est pas demeuré latent dans ce triste personnage, un don qui ne s'épanouira jamais. Maintenant, cependant, il faut que je prenne une décision.

Vais-je révéler ma présence ? Ou m'éloigner furtivement pour aller chercher de l'aide ?

Katherine est-elle en danger ? Et moi ?

Un bruit retentit derrière moi. Je me retourne mais, avant de comprendre ce qui m'arrive, un choc brutal dans le dos me propulse en avant.

– Ta gueule, Ray ! La ferme ! hurle une voix masculine.

Un coup de pied me fait tomber et je me retrouve à plat ventre, essayant d'échapper à l'objet qui me creuse encore les côtes. Mon Dieu, un fusil ! Je me retourne, lève les yeux et découvre un homme aux traits tellement déformés par la fureur que je ne le reconnais même pas.

– Avance, salope !

Je rampe vers Katherine qui m'aide à me relever, l'air terrifiée.

L'homme nous vise toutes les deux de son arme puis la retourne contre Ray.

– Qu'est-ce que tu leur as dit ?

– Rien, Donor ! Je n'ai rien dit !

Serrée contre moi, Katherine frémit. Donor ! S'il s'agit bien de lui, alors à qui appartenait le cadavre repêché dans les Everglades, avec le portefeuille de Donor et le pendentif au scorpion ?

– Vous deux ! crie-t-il. Debout !

Nous obéissons tant bien que mal.

– Venez, on va faire un tour.

Il s'approche de Katherine et la saisit par les cheveux,

la fait tournoyer sur elle-même, sans me quitter des yeux, l'air de dire : toi, si tu bouges, je lui fais encore plus mal.

Je reste pétrifiée mais Ray s'écrie :

– Non ! Laisse-la tranquille !

Soudain, il se précipite sur nous.

Donor lâche Katherine et retourne l'arme vers lui. Je me jette contre le canon mais le coup est parti avant. J'ai l'impression que tous les bois ont explosé à la fois. Un éclair jaillit, un mugissement retentit. Ray semble voltiger dans l'air avant de retomber tandis que je m'abats sur le fusil. Je glisse au sol. Donor me saisit par un bras en hurlant :

– Debout !

Katherine pousse un cri et veut se précipiter vers son fils.

Mais Donor braque l'arme sur ma tête pour l'empêcher de continuer. Je sais, tout comme lui, que s'il avait orienté le fusil sur elle, il aurait dû tirer pour l'arrêter. Elle a l'air si désespérée, si accablée, que je me détourne, incapable d'en supporter davantage.

– On va faire un tour, répète-t-il.

Nous remontons le sentier, Katherine devant, moi derrière, le fusil dans les côtes. Nous laissons Ray étendu à terre. Encore une fois, on lui a tiré dessus et, encore une fois, j'ignore s'il est vivant ou mort. Katherine titube et sanglote en répétant son nom : Johnnie.

Je manœuvre la voiture pour sortir de la marina.

Katherine est assise derrière moi et Donor à côté d'elle, le fusil pointé sur la cuisse droite de sa voisine.

– C'est vous l'écrivain ?

Je fais oui de la tête.

– Quoi ?

– Oui, c'est moi.

– Emmenez-nous chez vous.

– Pourquoi ?

– La ferme ! Roulez.

Dans un silence mortel, nous reprenons la route de Bahia, traversons les rues joyeuses, éclairées, animées ; nous nous arrêtons aux feux, nous croisons des centaines de voitures. Je cherche fiévreusement un moyen de nous sortir de là : heurter un autre véhicule sans que Katherine prenne un coup de feu ? Comment faire ? Je ne parviens qu'à conduire. S'il ne tenait qu'à moi, seule au volant, un canon contre la tempe, je jure que j'aurais roulé droit dans un poste de police ou dans une borne à incendie. Mais ce n'est pas moi que le fusil menace, c'est Katherine.

Je n'arrive même pas à imaginer ce qu'elle peut ressentir en ce moment. Je dois me plier aux quatre volontés de cette brute.

Nous passons devant la maison du gardien sans que je puisse lui transmettre un seul signe.

Nous pénétrons dans le garage. Voilà que je ne songe plus qu'à Kim.

Elle attend dans ma maison, sans savoir. Elle va venir nous accueillir innocemment quand nous pousserons la porte de la cuisine.

Il faut que je fasse cesser cette horreur sur-le-champ.

Je coupe le contact et demande d'une voix calme :

– Puis-je vous poser une question ?

– Laquelle ?

Un ego d'assassin. Ne pas oublier ça.

– Ray a dit que vous aviez prélevé la glande pinéale de Natalie. La plupart des gens n'en connaissent même pas l'existence. Comment avez-vous appris à faire ça ?

Il me balance un coup de crosse sur le crâne.

Je pousse un cri, me prends la tête dans les mains. J'ai du sang plein les doigts.

– C'est là !

Il a tapé juste à l'endroit qu'il désigne.

– J'étais chirurgien pendant la guerre de Corée. C'est là que réside l'âme. Je pourrais vous la voler, vous l'arracher, mais vous n'êtes pas assez innocente à mon goût.

Il est cinglé. Un psychopathe pervers déglingué.

Il nous oblige à sortir de la voiture. De nouveau je l'interroge, il faut que je sache :

– Qu'est-ce que vous nous voulez ?

Il pousse Katherine dans ma cuisine avant de répondre :

– Vous, vous allez me ramener chez moi, au Kansas.

Devant mon expression ahurie, il éclate de rire.

– Vous ne savez toujours pas qui je suis ?

Je secoue la tête, alors il plonge la main dans sa poche tout en gardant son arme braquée vers ma poitrine. Il en sort un portefeuille qu'il me lance. Je l'ouvre et découvre un permis de conduire avec la photo d'un homme d'à peu près son âge : Fred Kepler.

– Je suis Fred Kepler, à présent, s'esclaffe-t-il. Et on croit que c'est moi qui nourris les alligators dans les Everglades. D'abord, je me suis offert une nouvelle âme. Maintenant, je vais renaître sous l'identité de Fred Kepler. Je retourne au Kansas et là, je disparaîtrai. Tout le monde croit que Donor Miller est mort. Mais Fred Kepler est vivant et rentre au Kansas !

Il me pousse dans la cuisine.

J'entends mon téléphone sonner. Il est 20 heures. La femme qui connaissait mes parents rappelle comme elle l'a promis.

Donor arrive derrière moi. Je fais un pas de côté.

Ce qui permet à l'ancien shérif adjoint, Jack Lawrence, de l'abattre.

– Je suis venu en Floride à la recherche de Donor Miller, explique Jack quand il apprend qui il a tué. Je l'ai vite retrouvé, on dirait. C'est Kim qui m'a ouvert.

Mon téléphone sonne une troisième fois, et j'ai le choix : me précipiter pour répondre ou réconforter Katherine Kepler. Je prends Katherine dans mes bras et Kim vient nous étreindre à son tour. Après une dernière sonnerie, le téléphone se tait.

Quelques heures plus tard, Johnnie Kepler décède sur un lit d'hôpital, sa mère près de lui. Sa sœur lui tient la main et je reste à côté de Jack dans un coin de la chambre. Johnnie n'avait aucune chance de s'en tirer avec la plaie béante qu'on lui a trouvée en pleine poitrine. C'est un miracle qu'il ait tenu assez longtemps pour entendre sa mère lui dire qu'elle l'aimait. Je prie pour que les âmes existent et que Johnnie en ait une. Si oui, je sais qu'elle est aussi innocente et pure que le jour où il a été arraché à sa famille.

La Petite Sirène

par Marie Lightfoot

~

Chapitre X

Les inspecteurs Flanck et Anschutz partirent sur l'idée que le cadavre découvert dans les marais appartenait à Fred Kepler. Le chèque sans provision à la main, ils se rendirent à l'adresse indiquée dessus, un appartement dont les échéances n'avaient pas été payées depuis deux mois.

– Voilà un temps fou que je n'ai pas vu Fred, déclara un voisin.

– Est-ce qu'il a de la famille ? lui demandèrent-ils.

– Pourquoi, il est mort ? Qu'est-ce qui lui est arrivé, à ce brave Fred ?

Aucun de ses voisins nc lc connaissait assez pour apporter des informations intéressantes. Mais la banque qui lui avait fait le prêt leur montra son dossier, sur lequel il mentionnait deux adresses d'employeurs et son ex-femme à titre de référence.

L'ex-femme n'était pas Katherine Kepler mais une certaine Ellen.

Il s'avéra qu'Ellen Kepler était une agréable personne d'une cinquantaine d'années, mère de deux adolescents qui n'étaient pas de Fred. Elle invita les inspecteurs à entrer dans son pavillon cossu et pleura lorsqu'ils lui annoncèrent que son ex-mari avait été assassiné. Elle demanda qui avait fait cela et, lorsqu'ils lui dirent que c'était Donor Miller, elle parut tout comprendre.

– Cet homme ! murmura-t-elle.

– Vous en avez entendu parler ?

– Il a enlevé le petit garçon de Fred, il y a des années.

– Vous êtes au courant...

Elle les interrompit pour poser une question qui devait lui sembler infiniment plus importante :

– Est-ce que Fred est allé voir son fils ?

– Son fils ? répliqua Robyn.

– Ray Raintree, celui qui a tué cette petite fille.

– Que savez-vous au juste sur cette affaire ?

– Fred est venu me voir un jour, complètement bouleversé. C'était partout dans les journaux, l'histoire de ce jeune homme, Ray Raintree, qu'on avait arrêté pour le meurtre d'une enfant. Fred était dans tous ses états. Il m'a raconté que son petit garçon, qui avait été enlevé, s'était inventé un ami imaginaire du nom de Raymond Raintree, comme cet assassin. Il mourait de peur que ce soit son fils. Surtout que les âges correspondaient et qu'il travaillait chez un homme qui avait enseigné la musique à son frère aîné.

– Comment le savait-il ?

– À cause du nom très bizarre.

– Pourquoi avait-il tellement peur ?

Ellen se concentra en fronçant les sourcils.

– Je ne sais pas. Il devait se sentir coupable. Et puis il

avait honte. Ça le rendait fou d'imaginer que son propre fils ait pu faire une chose pareille après avoir tant souffert. Je trouvais ça curieux. Moi, si je récupérais mon enfant au bout de si longtemps, je serais folle de joie. Pas lui.

– A-t-il réagi ?

– Je sais qu'il en avait l'intention. Il avait lu dans les journaux qu'on avait attribué à Ray des avocats commis d'office alors il m'a dit qu'il allait faire son possible pour lui assurer une vraie défense. Il n'a jamais eu beaucoup d'argent mais il jurait de consacrer tout ce qu'il possédait au gamin. La dernière fois que je lui ai parlé, il ne savait pas encore s'il irait le voir. Je crois qu'il était en proie à la panique, que tout ça le dépassait. Je sais que ça peut paraître terrible de le dire, mais Fred n'était pas très courageux. Il fuyait ses responsabilités.

– Il a dit quelque chose à propos de l'autre homme ?

– Le professeur de musique ?

– Oui.

– Il était furieux. Je n'avais jamais vu Fred dans une telle rage, j'ai cru qu'il allait avoir une attaque. Il disait qu'il allait le retrouver et l'accuser d'avoir enlevé son fils, qu'il allait le battre, le tuer...

Elle s'interrompit, regarda ses interlocuteurs dans les yeux.

– Je ne l'ai pas cru. Je ne pense pas que Fred aurait jamais trouvé le courage de faire ce qu'il disait. Je me disais qu'il finirait pas aller porter plainte pour que la police l'arrête.

– Malheureusement, soupira Paul, c'est Miller qui a fini par le tuer.

– Oh, Seigneur !

Elle se cacha le visage dans les mains.

– En rapprochant ce que vous venez de nous dire avec ce que nous savons déjà, reprit Robyn, il semblerait que Fred se soit rendu à la marina de la Checker Crab pour y trouver Donor Miller. Certains de ses employés l'ont entendu crier après quelqu'un, sans doute votre ex-mari. Miller était une vraie brute, madame Kepler. Je ne pense pas qu'il y ait eu beaucoup d'hommes capables de se battre avec lui. Je crois qu'il a tué votre ex-mari et qu'il a jeté son corps dans les Everglades pour prendre son identité.

Avant de les laisser quitter la petite maison, Ellen leur demanda de nouveau :

– Est-ce que Fred a fini par rencontrer son fils ?

Ils furent bien obligés de lui répondre que non, qu'il n'en avait pas eu le temps.

– Madame Kepler, lança Robyn sur le seuil, votre ex-mari a voulu empêcher sa première épouse d'apprendre ce qui s'était passé pour son fils. Savez-vous pourquoi ?

Ellen hocha la tête, comme si elle ne connaissait que trop la réponse.

– C'était un faible, inspecteur. Il avait tellement peur d'affronter la vérité qu'il croyait que tout le monde était comme lui. Il a dû faire un effort exceptionnel pour aller trouver cet homme chez lui. Je considère qu'il est mort en héros, pas en lâche, et je serai à jamais fière de lui pour ce qu'il a fait, même si c'était idiot. Voulez-vous le dire à sa première femme ? Racontez-lui aussi comme il a fait ce qu'il pouvait pour aider son fils. Et comment il est mort.

Robyn promit de transmettre ce message.

Alors qu'ils regagnaient le poste de police, Paul observa :

– Et moi, j'ai une chose à dire sur Fred Kepler. Pour un bon à rien de son espèce, il savait drôlement bien choisir ses femmes.

– Comme toi, rétorqua Robyn avec un clin d'œil.

– Quoi, comme moi ? Pour les femmes ou pour le bon à rien ?

– Les deux.

Ils en apprenaient chaque jour davantage.

Les trois dents de bébé qu'ils avaient découvertes dans l'un des sacs à dos de Ray lui appartenaient. Il les avait gardées depuis sa plus tendre enfance, comme tout gamin qui espérait que la petite souris allait lui glisser une pièce sous son oreiller. Les médicaments qu'il avait volés lui permettaient, à sa façon, de se soigner. Il n'avait pas le droit de voir de médecin et personne ne s'occupait de lui quand il était malade.

– Il faut se préparer, avait-il dit à Katherine dans le bois. Parce qu'on sait jamais ce qui peut vous arriver.

Il parcourait les canaux, comme le lui avait dit Donor.

C'était agréable de piloter un de ses taxis. Donor ne le laissait pas souvent faire. Chaque fois qu'on en sortait un, il fallait l'avertir ou signer un formulairc. Ray n'avait rien fait de tout cela, ce soir. Il avait juste pris un bateau. Donor serait furieux mais, ces derniers temps, il était toujours furieux.

Ray devait passer le plus clair de son temps dans les bois, se débrouiller tout seul, ne pas se montrer, sauf s'il mourait de faim. Donor s'était quelque peu radouci ces dernières années et le laissait passer la nuit assez souvent dans les bateaux vides. Mais Ray ne se sentait pas à l'aise dans une cabine étroite. Il lui fallait vivre à l'extérieur ou, à la rigueur, dans un appentis qu'il s'était construit. Donor lui avait enseigné comment faire, il lui avait tout appris, même la guitare, même à se cacher des gens qui pouvaient le chercher, à échapper aux autorités.

Depuis le temps qu'il vivait ainsi, Ray se demandait comment les gens pouvaient supporter de rester dans des maisons, d'aller travailler même si, parfois, il les observait de loin. Quel effet cela pouvait-il faire d'entrer dans une voiture ?

« Tu n'es qu'un imbécile, lui répétait Donor. Tu es un attardé mental, un crétin. Les crétins ne passent pas leur permis de conduire. Ils ne vont pas à l'école et personne ne veut les connaître. Tu as une sacrée chance que je m'occupe de toi. Ne l'oublie jamais, car je suis le seul qui voudrai jamais t'aider. Si tu as besoin de quoi que ce soit, c'est à moi que tu dois le demander. Ne t'adresse à personne d'autre, sinon on t'enfermera dans un asile de fous ou en prison pour le restant de tes jours. Et là, je ne pourrai plus rien pour toi. Tu ne me reverras jamais. Je ferais comme si je ne connaissais pas ta sale figure. »

Il longeait un canal résidentiel, bordé de maisons.

Il passa dans un ronronnement de moteur et se rangea au bout du quai afin de pouvoir repartir tout de suite. Il fut étonné de voir une petite fille descendre en courant d'un jardin pour venir à sa rencontre. Elle semblait toute contente de voir son bateau noir et blanc. D'un seul coup, Ray comprit que c'était elle que Donor l'avait envoyé chercher.

Il avait un sac de pop-corn dans le bateau, il le lui tendit.

– Tu en veux ?

De l'autre main, il attrapa un poteau pour retenir son embarcation.

La fillette prit une poignée de pop-corn sans même le regarder, tant elle semblait ravie de voir cette coque à damiers. Soudain, elle sauta à bord.

Ça devenait trop facile.

– Dégote-moi un petit enfant ! lui avait ordonné Donor. Tu es trop vieux pour moi, je veux un petit enfant comme toi quand tu étais jeune et mignon. Tu dois m'en dégoter un, Ray.

Pour sa part, Ray trouvait ça complètement fou, mais Donor perdait la tête depuis quelque temps.

Il avait toujours été d'une folle méchanceté, maintenant il était plus fou et plus méchant que jamais. Ray avait de moins en moins envie de quitter ses bois, sauf que, si Donor l'attrapait, il le battrait quand même. Donor le retrouvait toujours.

– Tu aimes les bateaux ? demanda Ray à la petite fille.

Elle ne parut pas l'entendre.

– Hé ! Tu aimes les bateaux ?

Elle ne réagissait pas et regardait les maisons comme si de rien n'était.

– Tu es sourde ?

Eh oui : elle était sourde. Et ça le rendait tout triste de voir ça, c'était insupportable. De vagues souvenirs l'envahirent, comme s'ils appartenaient à quelqu'un d'autre. Mais c'était sa vie à lui. Sa vie avec Donor qui lui revenait et, en regardant la petite fille, il comprit que c'était cette vie qui l'attendait, elle aussi.

Le bateau démarra et remonta le canal ; intérieurement, Ray hurlait non, non, non !

La petite ne savait pas, n'avait rien remarqué.

Il poussait le taxi en direction de la rivière comme s'il ne pouvait plus l'arrêter, ni arrêter ce qui allait arriver à l'enfant. Pourtant, il le pouvait ! Il pouvait la sauver de cette mort à petit feu, jour après jour, jusqu'à ce qu'elle devienne un zombie, comme lui, depuis tant d'années qu'il ne savait plus les compter. Parfois, il avait peur. Parfois, il se sentait dans la peau de quelqu'un d'autre, comme si d'autres gens se promenaient dans son cerveau, avec d'autres souvenirs et d'autres sensations. Parfois, il avait la tête qui tournait et tout devenait noir autour de lui – ça, c'était le pire – et, ensuite, il ne se rappelait pas ce qu'il avait fait ni ce qu'il avait été.

Le taxi s'engagea dans la New River.

Il faisait plus sombre, par ici, et la petite fille se retourna.

Ray lut la frayeur sur son visage et cela lui fit mal au cœur, il ne pouvait pas le supporter. Il devait la sauver de cette peur, de cette agonie qui la rongerait jour après jour. Il coupa le moteur et laissa le bateau dériver. Et lui-même se mit à dériver, dans un lieu dont il ne se souviendrait pas par la suite.

Quand il aborda les quais, elle gisait au fond du bateau. Ray ne savait pas ce qui arrivait à la fillette.

Donor sortait du bureau. Il n'y avait personne d'autre en vue ; la marina était plongée dans l'obscurité à part quelques faibles lueurs çà et là.

– Ray, espèce d'abruti, qu'est-ce que tu fous à me faucher mes bateaux sans m'avertir ? Je croyais qu'on me l'avait volé, crétin ! J'ai appelé la police ! Qu'est-ce que tu foutais ?

– Tu m'as dit de t'amener un gosse !

– Ah bon ? Et alors ?

– Tu ne dois pas faire ça, Donor !

– Ne te mêle pas...

– Il ne faut pas faire mal aux enfants comme tu m'as fait mal.

– Moi ? Qu'est-ce que tu me chantes ? Moi qui ai toujours été si bon avec toi...

– Arrête de faire mal !

– Je vais te montrer ce qui fait mal, crétin ! Viens ici !

Ray s'enfuit dans les bois sans regarder derrière lui.

Il n'aurait su dire combien de temps s'écoula avant qu'il trouve le courage de reparaître. Il n'y avait personne sur les quais. Donor n'était pas là. Ray courut détacher le bateau et repartit avec. Il aperçut une bâche de toile dans le fond et comprit qu'elle était dessous.

Donor allait lui dire d'en trouver une autre.

Si Donor ne pouvait avoir celle-ci, il en voudrait une autre.

Ray ne pouvait faire ça. Il ne savait pas pourquoi mais il ne pouvait pas. Pourtant, Donor le punirait et lui ferait encore mal, de plus en plus mal. Il devait s'assurer que Donor n'allait pas l'obliger à enlever d'autres enfants et se mettre à l'abri. Mais comment s'y prendre ? Où pourrait-il se mettre à l'abri ?

En prison. Donor n'irait pas le chercher là-bas.

Il lui avait toujours dit que s'il se faisait capturer et jeter en prison, il ne le reverrait jamais.

Il devait se laisser prendre, aller en prison, montrer au monde ce que faisait Donor, pour qu'il ne puisse plus recommencer.

Ray mit en route le moteur du bateau numéro 6 et sortit de la marina puis s'engagea dans un canal où il avait vu un pont.

Quand il ramena le bateau, Donor lui demanda :

– Qu'est-ce que tu as fait d'elle ?

– Je m'en suis débarrassé.

– Parfait. Maintenant lave ce bateau. Qu'il ne reste aucune preuve.

Mais Ray n'avait pas envie d'obéir. Il devait se laisser capturer et enfermer pour que Donor ne l'atteigne jamais plus.

Il attendit que celui-ci soit rentré chez lui pour aller dans les bois et attendre le lever du soleil.

12

Raymond

Katherine attend sur le seuil de leur maison, les fleurs à la main.

C'est moi qui l'ai amenée chez le fleuriste pour choisir une belle gerbe de roses blanches et de gypsophiles, avant de la déposer devant la maison des McCullen.

J'en suis toute retournée pour elle et pour la jeune femme qui lui ouvre. Comment Susan va-t-elle réagir ? Renvoyer Katherine ? J'espère de tout mon cœur qu'elle n'en fera rien mais comment lui en vouloir si cela se produisait ? Mais si ! Elle s'efface et laisse Katherine entrer.

La porte se referme sur les deux femmes.

J'appuie la tête sur mon siège et je ferme les yeux.

J'ai un téléphone dans ma voiture, désormais. J'ai programmé une touche pour appeler les urgences automatiquement ; j'espère n'avoir jamais besoin de m'en servir. Enfin, pour le moment, ça me rassure de savoir que je possède ce moyen de défense si un intrus venait à pénétrer dans ma voiture.

Je n'ai encore communiqué à personne le numéro de ma ligne.

Si je veux parler à quelqu'un, c'est moi qui téléphone. Je décroche et j'appelle le bureau du procureur.

– Tu as fini ton bouquin à temps, Marie ?

– Pas tout à fait dans les temps, mais c'est fait.

– Tant mieux. Je suis content. Qu'as-tu écrit à mon sujet ?

– Que tu fais des merveilles au prétoire.

– Merci. C'est plus facile quand il n'y a pas de défense pour me contredire.

Nous croyons désormais savoir pourquoi Ray n'a jamais avoué la vérité : il considérait les derniers mots de Donor comme un avertissement. S'il parlait, son bourreau s'en prendrait à d'autres enfants. Alors Ray s'est tu, dans l'espoir de les protéger. D'ailleurs, en supposant qu'il ait tout avoué, il aurait quand même été condamné pour le meurtre de Natalie. Sans doute ses raisons étaient-elles particulières, sans doute avait-il cru bien faire, mais le fait est qu'il a tué.

Quant à moi, j'ai un problème à régler auprès de mon procureur préféré :

– Je me demandais si tu accepterais de venir, ce soir, parler philosophie chez moi, devant une omelette. Enfin... si je n'ai pas cassé trop d'œufs...

– Il se peut, répond-il comme si on s'était quittés hier, que les femmes de lettres ne soient pas aussi douées pour les joutes oratoires que les hommes de loi mais qu'elles soient plus aptes que les procureurs à considérer les prévenus comme des êtres humains à part entière.

– Si je comprends bien, on aurait chacun à apprendre l'un de l'autre ?

– Sans compter que j'apporte le vin.

– Là, je ne discute pas.

Il fait chaud dans ma voiture. Je sors, le téléphone collé à l'oreille, pour me réfugier devant la pelouse des McCullen, au pied d'un palmier qui dispense tout ce qu'il me faut d'ombre. On continue à discuter, à rire, à flirter. Je transpire, les moustiques se régalent, une noix de coco tombe à quelques centimètres de ma tête, manquant de m'assommer au passage. L'espace de quelques minutes, à prix d'or quand on connaît les tarifs du portable, je vis une nouvelle journée de rêve en Floride.

Composition PCA
44400 – Rezé

Impression réalisée sur CAMERON par

BRODARD & TAUPIN
GROUPE CPI

La Flèche

pour le compte des Éditions Michel Lafon
en avril 2001

Imprimé en France
Dépôt légal : avril 2001
N° d'impression : 7281
ISBN : 2-84098-667-1
LAF : 180